U0644966

王小妮——著

上课记 2

人民东方出版传媒

东方出版社

图书在版编目（CIP）数据

上课记. 2 / 王小妮 著. —— 北京 : 东方出版社，2018.1
ISBN 978-7-5060-9912-7

Ⅰ.①上… Ⅱ.①王… Ⅲ.①随笔－作品集－中国－当代 Ⅳ.①I267.1

中国版本图书馆CIP数据核字（2017）第263010号

上课记2

（SHANGKE JI 2）

作 者：王小妮
责任编辑：柳 媛 江丹丹
出 版：东方出版社
发 行：人民东方出版传媒有限公司
地 址：北京市东城区东四十条113号
邮 编：100007
印 刷：三河市金泰源印务有限公司
版 次：2018年1月第1版
印 次：2018年1月第1次印刷
印 数：1—5000册
开 本：880毫米×1230毫米 1/32
印 张：12
字 数：164千字
书 号：ISBN 978-7-5060-9912-7
定 价：46.00元
发行电话：（010）85924663 85924644 85924641

目录

附录

去毕节看清山（代后记）

2011年上课记

2011年秋季学期，加了一门新课，开新浪微博，领到四个专业381名大二学生的名单。

这篇"上课记"写得慢，和过去的五篇相比，材料太多又散乱，很多不能使用，很多细节源于友谊和信任，只适于永久保留在我和他们之间。越切近地相互认识，越觉得陷在其中，感情起伏复杂。很多名字有意隐去，是听了同学的意见，不能为了真实性让他们有丝毫的不自在。

"吃货"的青春

1. 生命感

别人喊 90 后"脑残",而他们自称"孩纸们",这三个字给我的直觉是:孱弱像纸,一捅就破。每次去上课,跟随他们浩浩荡荡,涌满从学生宿舍到教学楼的道路。习惯了到教室门口停顿一下,里面电风扇轰轰轰当头疯转,每次进门都忍不住想"磨刀霍霍向少年"。

少年们这时候在干吗?一进教室最先见到的场景是吃零食,前几年没这么明显。一个女生告诉我:"老师,到了我们 90 后,每隔两年就是又一代。"这么说他们是最被催命的一代。按两年一代算,从美国人何伟写《江城》到今天,大学生已经天翻地覆了六七代,眼前的正是"吃货"一代。

曾经带着偏见,以为"蛀书虫"总比"吃货"听起来更舒服更积极向上吧,"吃货"相当于最后的投降,退回动物本能。看看中国的大中小各级学校已经成了垃圾食品集散地，害人和被害的"共荣圈"。

真想问他们，能不能稍稍"高尚"一点，不要自称"吃货"吧，直到有同学在微博私信里告诉我："老师，告诉您我为什么是吃货，除了好吃的真的美味，现在我愈发觉得，什么都不可靠，人心更不可靠，只有吃到肚里的东西才可靠，但现在吃的也不可靠了，呵呵。"这话在一瞬间帮我找到了我和"吃货"们之间的共同点。

饥饿让人吃东西，空虚也让人吃东西，这些小生命是需要"经过"吃的过程，得以获得饱满充实的质感，比起其他，只有"吃"这个最本能的行为使他们感到生命的安全可控，由"吃饱"获得自己的最后藏身处。

开学没几天就是教师节，收到一件可爱的礼物：写有"生于九十年代"的搪瓷水杯。很怀旧的款式，他们用班费买的，我回送他们一本三联版的《七十年代》。

和我上大学时候相比，现在的"吃货"们更敢于直接表达自己。教室一角，几个同学议论军训。一个女生认为军训很好，她的集体意识和身体都在军训时得到锻炼。一个男生马上反驳："这个我不同意。"另一个女生也急于插话参与辩论。

刚开学是军训季，有人困惑：有次看到大一的孩子们整齐地走正步，竟然看呆了，仿佛有什么安全感在里面。

有人说：折腾人、摧毁人的工具中，军训是最轻量级的，大学里人踩人才是最可怕的。

有人质疑一门课，老师在讲台上激情澎湃地说：在战场上，要杀人如麻，决不手软，六亲不认，心狠手辣，这才是好将军！！！骇然了我……要这么豪放么……

北大学生齐唱"化学歌"竟然没一个笑场，我很奇怪，他们的解释是：无数次排练，对唱什么歌词早没感觉了，就是唱呗，说不定唱好了将来有好处呢。

对于教育体制，有同学说：有时觉得，千万学生都像被囚禁在玻璃器皿中安静的孩子……出口在哪里？我们心里没有底，四周都是看不见但摸得着的铜墙铁壁。可当我们从梦想的执念中探出头来，学会迎合这世界欲求的目光时，是真的成长还是内心的退化和损坏？

……

对于考试，他们说：如果是喜欢的，考不好我会愧疚，不喜欢的，连应付考试也懒得看，有时候如果不是不想让父母失望伤心，情愿用零分表达自己的厌恶。究竟谁开了我们的课？

外文专业老师开的诗歌赏析课临近结束，老师请同学提问，有同学过后回忆说：我站起来说了我对这首诗的理解，但是我被狠狠地驳回了，我只是讲讲我的理解，而老师认为我是对他的讲解提出质疑。解读诗歌，有必要这样吗？我认为外院最人文的老师，还是看不起学生的智慧……

有人说：我们还年轻就得老成地接受这个既定的命运，怎么可能不绝望，谈什么希望理想积极乐观。虽然也的确是这样，不知道怎么跟自己交代。

有人说：不知道为什么就是很难高兴了，觉得自己的身心历尽沧桑。

对于未来，有人说：看一眼未来，然后装死，行尸走肉。

也有人告诉我：老师，我在高中的成人仪式上曾立下豪言，要创立非官方的教育慈善机构。当时还被班主任笑话了。现在，我觉得更有必要坚定自己的决心……我会一步步向着目标前进的。

期末考试，教室里死静。一个女生写得正投入，一粒粒染过的小红指甲在纸面上簌簌滑行，又好看，又轻佻。20岁的年纪，本是轻盈美妙，不该太多的沉重，他们却过早地沉重了。想想我20岁的时候，正在农村插队，动物一样活着，身边的人们不只迷茫，还自暴自弃，还毫无辨识力地坚信大喇叭里宣讲的一切。今天的90后们心里却早是明镜儿似的，他们看这世界很简单，它就是两大块：

一个是要多强大有多强大的社会，另一个是渺小的孤零零的他自己，碰到抗不过的强大阻力后，他自然退却，直接退回靠饱胀感去知会的这个自身。个体和社会，就是这样分离割裂着，他很知道他和那个庞大东西绝非一体，这也许就是两年更替一代人的不可抗拒的收获。

出路和担当，似乎无关，但是无担当就将彻底无出路。读过食指诗歌《相信未来》的那个中午，大二的王蕾随我离开教学楼。她问我：老师你相信未来吗？我说：我不信。她说：我信，我什么也没有，只有拼未来。

2. 啃苹果节

12月22号放学，遇到两个女生在回宿舍的路边摆纸箱卖苹果，3块一个，当时很少有人过问。到12月24号下午再出门，学校变成了"苹果校园"，到处是捧着苹果乐滋滋走在路上的学生，各种夸张的包装，把苹果打扮得耀眼可爱。校门口一个戴小红帽的男生摆了苹果档位，卖9块一个了。

碰到一位同学，我问她非吃苹果不可吗，明天的苹果不是照样甜？

她说，那就不同了。

中文系的蒋茜告诉我：老师啊，我们中学时候就这样了，到平安夜都要抢苹果，抢了不马上吃，一到半夜，一片的啃苹果声，把我都给吵醒了，你说得多大声啊，这就是习俗，求个平安啊。

所谓平安夜，他们都要信"苹果教"。原以为是年轻人追求洋时尚，再想，或者是不愿意漏掉任何祈福的机会，靠啃苹果祝福自己，他们不觉得这形式幼稚好笑，除非你能马上给他们一个真正可信赖的信仰。

不啃苹果的时候，就啃火腿肠巧克力，总要有目标，总要握住个离自己最近的"抓手"。英语四、六级考试刚散场，有人在去吃饭的路上发微博说：哈哈，六级，明年我会再来的。

生活需要填充物，过去是十二年的学习考试，现在是吃东西，明天可能是报名考各种证书。不然，没什么能证明他这条生命还存在着，这么多年的教育体制训练了这个庞大的群体，条件反射般的言不由衷者，表面百依百顺唯唯诺诺的背后，也许包藏着一个随时可能塌掉的内心，一批一批在深夜的黑咕隆咚里啃苹果的"孩纸们"。

3. 吃货

过去没特别留意过学生的早餐问题。早上 7 点 40 的课，7 点起床，路边随便买早餐带着，走路用掉 20 分钟，刚刚来得及赶到教室。早上的课，我几乎什么都没吃就赶着去上课的。铃响后，常有学生在书桌下面藏着吃的，隔一会儿偷吃一口，被我看见了，马上静止，鼓着嘴收起手端坐。我说，摆到桌面上好好吃吧，不用掖藏，我不喜欢一个堂堂正正的人偷偷摸摸。说了几次，没明显效果，依旧有人偷着吃。他们大约属于三种情况：

怕老师或怕巡视的督导，尽管我早申明了一旦督导出现，还有我呢。

有人已经铭记了，教室里不能吃东西，即使不挨骂，自己也不习惯。

有人背后议论：你们还真吃啊，老师就是那么一说！惯性思维让他们坚信：凡老师说出来的一律是口是心非，是圈套或假话。

有个早上，我再次强调我的态度：下面吃着，上面说着，像一家人一样，我感觉很好。

有人接话说：督导可不是这么说的。

即使不怕我，他们必须怕督导。搬出惩治者，我就没办法了。

有去过台湾宜兰交换学习的同学说，台湾的老师遇到早上的课，会带上自己做的三明治给学生们分吃，吃不完的还能打包带走。而已经保研到厦大的一个同学说，听说在武汉大学上课吃东西要罚款的。

每年有机会去台湾的学生大约只占学生总数的百分之一，派出之前百查千选，都是信得过的好学生。我认识的一个学生没通过校内面试，竟然是因为没答出本校成立于哪一年。就我的观察，台湾游学一个学期回来的，个个都有明显变化，个性更开放更舒展。

不断扩招并校，学生数量猛增，中午一下课，学生们多夺门而出。听说午餐要排长队，占去太多休息时间，11点半的下课铃，就是冲出教学楼、抢占有利排队位置的召集令。10月开始，我把中午下课时间提前大约10分钟，取消课间10分钟休息，我连续上课，他们可以自由出入，早10分钟就能确保他们排在前面，吃上热饭热菜，对"吃货"们这样更人性。我想我不怕督导。

"海子专题课"刚结束，我还在回家路上，收到同学的短信说，她还没能理解透海子的诗。我请她别急慢慢理解，马上就收到回复，无论如何没想到是这样的回复：吃上热腾腾的面了，什么都忘了，老师要不要来一碗？

我来了认真，问她：念一个菜谱，是否比念一首诗更受同学们的欢迎？

她回答：哈，在热腾腾的面面前，什么都忘记……

过了几分钟，也许是发觉了我的认真，她又回复：如果是川菜系的菜谱，我很难引起共鸣，吃东西让人暂时忘却悲伤。我喜欢读跟我感受恰好重合的诗，不管谁写的。

最后这句话让我感到她不是盲目的追星者，我回她：得理解一下你这说法。

她马上连续发来几条：

老师啊……那没有什么深刻内涵……

……我不是调剂来的中文系，所以我真心喜欢一些文字，比如歌词，我也真心喜欢吃。

……其实老师你不是那种诗人，你挺注重现实情况的，你转发的微博，我用电脑的时候就有看。我感觉感性和理性结合，诗人才能存活。

……可能我还幼稚，不能体会你们内心的情感，个人感受，呵呵。

……我觉得活着很重要，把感觉表达出来也很重要，不然憋得慌，活着就表达呗。

看着这一串半自言自语，我心里好笑，想她是吃完了一碗热面，有了饱胀的幸福感，重新回到了形而上。比起空着肚子讨论诗，显然她更真实，我喜欢这样。

早知道贵州、四川、重庆乡村里的很多孩子上学是经常不吃午餐的。有人说小时候饿过，以后怎样吃都感觉不到饱。而"吃"也随着这些孩子的长大，成了他们中间的一个敏感词，享用垃圾食品也是要有经济实力的。不知道"吃货"是否和曾经长久积累的匮乏缺亏相关，而沉淀成了基因记忆，但知道"吃"，有时候是乡愁、欲望、温暖、安慰的全部。只有把所有这么多重的含义都联系在一起，才有助于更多地理解"吃货"一代。所以我说："读书重要还是吃饭重要，吃饭重要。义愤重要还是吃饭重要，还是吃饭重要。"

4. 新生见面会

那个下午很热，我被我的学生约去对2011年刚入校的新生讲点什么。大太阳下面，几个被叫作学长学姐的都到了，都是学生会干部请的。学生会也不全是头脑僵化一成不变的，今年请来的人多是不念经的。一进教室是例行的热烈鼓掌，满满当当直挺挺坐了一屋子，很少懈怠溜号的，表面上看像真拍手真呼应，其实说的听的，各自飘移。

上来演出小节目的新同学跟刚走出蜡像馆的蜡像一样，又紧张又僵硬，眼神呆滞无法定睛。他们之前都是怎么过来的哦，原准备介绍几本书和几部电影，临时决定放弃，气场不对。

轮到大三同学介绍交换去台湾的见闻，然后有已经保研的同学呼吁解散学生会，下面没什么反应，刀枪不入地坚持着。如果这是一个校外人士来讲座，一定很失望，进而下结论：现在的90后实在太差，连对话的可能都没有。而大学里的讲座偏偏多是拉"傻乎乎"的大一新生充数。

不到一小时的新生见面会，鼓掌、主持、讲话、答疑、表态，各环节都像排练好的木偶剧。

这就是又一批年轻人大学生活的开始，是摆脱曾经捆绑他们前十几年生命的开始。不敢胡乱猜测那些挺直如机器人的小脑袋里都在想什么和曾经想过什么，我敢说，他们可不是表面看上去那么傻。一个学期后、一年后的他们一定不一样。生命本能自会让他们各自分离成活蹦乱跳的个体，虽然一下子还没舒展开。无论靠自己的努力还是被动的获取，大学四年只要能让他们确立一个独立的自己，就算功成。

2009年起，考进这所海岛大学已经越来越难，考生分数已经要达到一本了，它正在攒劲想登临知名大学之列，可这和每个具体的学生有哪些切近的关系？有同学说关系大了，211了，好就业啊。有人说，211，那还有985呢。我心里想，居然全是枯燥的数字代号，一点创意也不想有。

大三的学生尹泽淞说，新生问他：学长我很迷茫啊。

尹说：我都大三了，我还迷茫呢。

迷茫和"吃货"都是高校里的常态，是走向不迷茫和坚定的必然准备期。

关爱

1. 湖南女生的故事

9 月底一次课间休息，她直直走过来说：老师能给我带什么书看吗？恰好手边新买的书都分发出去传递了。再上课，带去提前还回来的刘香成影像集《中国：1976—1983》，买这本书的初衷是为新时期诗歌课做背景阅读的。

她接过书轻翻一下就抬起头，白皙又缺血色的脸上满是失望：老师还有书吗？哦，她的意思是要看厚重的"字"，而不是随便递给她一本"画"。我说下次带给她。

很快收到她的短信说她很痛苦，家里遇到了事情，睡眠不好。我简要地回她说：好好休息，下课路上可以跟我一起走。下课的时候，我和三五个同学一起，她始终拿一卷报纸，跟在旁边，大家分头散去吃午饭了，只有她跟着我，好像并不想说什么，走着走着到楼下，我说今天只有我一个人在家，想上楼吗。她说好哇。上楼，已经过了 12 点。我说一起吃饭吧。她说好哇，但是老师我可很能吃的。我说看你脸色太白了，不会是有贫血吧？她说有点，但是没事的，身体很结实的。动手做饭，她说她会切菜，在旁边看一眼就知道，她属于笨手笨脚的，但是兴致很好。她说她奶奶老是说她不能这么切菜，老是骂她，她偏不听，她爱怎么切就怎么切。我没说什么，由她切。直到吃过饭，面对空盘子，她才开始说，显然这是闷在心里很久了的。

小学四年级的时候，母亲去世了，在湖南乡下。而她的爸爸现在也得了重病，她说她这些天好痛苦。她是老二，家里还有姐姐正在江苏读大四，本来准备考研，现在家里出了事，不知道能不能考了。

小学一、二年级的时候她是没有课本的，因为没交学费。没课本也没什么感觉，反正是就知道玩的小孩子。她的老师什么课都教，数学语文都是他，手里拿根棍子随时扬起来打学生，是当地最硬的木头。她比画着，我没法儿想出那是多么尖硬的木棍子。那老师经常打。到期末老师喊她不能上课了，回家取钱交了学费再来，她跑回家，母亲正生病在床，母亲说没钱，让她回学校去，回学校老师还是赶她快回家取钱。就这样她两头跑，反正是两头乱跑。父亲也不给钱，他很少拿钱回家的。这样，她就没去学校也没参加期末考试。

三年级了，好像是家里给交学费，她又能去上学了。老师很厉害，能一会儿上课一会儿做饭一会儿自己回家干点儿活，让小孩子们自学。老师的女儿也在这个班上，自然成了这个班的"王"，什么都说了算，支配同学，人人都怕她，因为她能整人。老师女儿会命令一个女孩子去河边打一碗水，结果打水回来迟到了，被老师打了一顿。三年级的时候，这老师不教他们了，换了新老师，马上，大家全都不理原来老师的女儿了。

后来她学习不错，但是，奶奶总是打她，她曾经想过自杀，不想活了，但是想想死也很害怕。五年级，她遇到一个20多岁的语文老师，非常好，上课可以自由发言，教室的一角放上他自己的书，大家都可以看。是在那时候，她看到了《格林童话》《安徒生童话》《阿凡提的故事》。

每天上学要走10里路，走一个半小时，每次走都是很渴很渴。

我问：没有水壶？

她说：没有啊，没水壶，哪个同学都没有。

每天中午带米和菜在学校做午饭。放学回来的路上她就举着一本童话看，一边走一边看。她起身学给我那个姿势，侧面单手举着书。说到欢快的事，又吃过了饭，脸色红润多了，她说：那时候就是走路我也能看书。遇到了好老师，每天都感觉好，走路也是直直的，可精神了。一次走在路上，遇上一对夫妻，那阿姨说，这个孩子是不是当班长的啊，这么精神！她马上说是啊。其实她不是班长。但是听到陌生人的夸奖，她真高兴，从此就更爱看书。这位好老师之后又换了一个好老师，也是教语文的，因为考试成绩不理想，很快被调去教数学了。

她变得很喜欢上学。湖南农村下雪的晚上，路很滑，放学回家不知道要走多久，到家的时候奶奶已经睡觉了。那时候村子里也很少有人看电视，只有一家人有电视，那家男的总是打女的，打得那个狠啊，经常满街追着打，人们也追着劝。结果总是很荒诞，男的被一帮男的拉走，女的被一帮女的拉走，后来就一伙伙地聊上天了。这时村子里的孩子就这边那边地在中间跑啊跑。

上初中第一天的早上，她穿了一条绿色连衣裙。那条绿裙子被她描述得好像就是昨天的事，好像是人间最美的华服。出门才走10分钟，路边杂草上的露水把可爱的裙子全打湿了，全身都湿透了，她被迫跑回家，换了旧衣裤，再用塑料膜把自己全包住，才去报到。那条绿裙子真好看，她连连说。从此，每天上学都要先用塑料膜把自己包严，走20多分钟山路，然后把塑料膜卷起，寄存在路边一人家，再走大路，从此再没穿过那条绿裙子。

上初中后，学校不让带米了，要求直接交钱统一吃食堂，这样一个月要好几十块。交不上啊，太贵了，她只好和班上一个女生两人合吃一份饭只交一份钱。后来，两个人再遇到总是非常非常后悔：我们两个都没长到一米六，都怪当时太傻，天天吃不饱能长高吗。

她说，初中三年的记忆就是吃不饱。初中以后是两个字："饿"和"冷"。高中住校，从来没用过热水洗头发，头发很长到了腰，冷水冰得头皮都麻了。从那时候到现在，她一直特别怕冷。

来和我说话那天是10月下旬了，她说一会儿就去买厚棉被。忽然她反问我：一般会以为我要买便宜的吧，不是，我喜欢买不那么差的东西，有时候我也看看别人买的。她的意思大约是，别人买差的东西，她不喜欢，她瞧不上便宜东西。几天后，收到她的短信，说头疼睡不着，买的棉被难道是黑心棉，熏得人头疼。

来上大学，才是她第一次坐火车：学生谁没事儿坐火车啊，以前看过火车，没坐过；也看见过飞机，没见过飞机起飞，只是见到飞机在天上，高高的。

她的意识很跳跃的，会突然说：老师，跳楼多疼啊。

我说，你还没去过湖南以北吧。她说是啊，没去过的地方太多了。我说，来上学见到了海，可你还没见过草原，没见过雪山，没见过的多着呢。

她说：是。我还非常喜欢穿别人的衣服，那没什么，干净就行呗。

说到爸爸的生病，她说城里人的医疗费报销80%，乡下人的报销30%，家里欠了很多钱。好几万。

一旦爸爸走了，她希望能到处看看，似乎已经在期待那轻松和新生。她说未来就是她和姐姐，应该生活得很不错。

进家门是中午12点，送她离开是下午3点40。她要去校外很远的地方追要做家教时欠她的95块钱。第二天，我问她钱要到了吗。她说没有，家长没在家，虽然之前是约好了的。

出门时，展开路上卷着的报纸，她问：老师看了这期的《南方周末》吗？是10月20号的报纸，真实版的《盲井》——《一个瘸腿前矿工的"杀猪"生意》。她说想介绍这文章给我。我买过那份报，已经看了。她又问：老师看过《盲井》？我说看过。她稍稍迟疑问：会不会太血腥？我说：没有让人受不了的镜头。她把报纸重新卷起来。我送她一本《2008年随笔选》，补偿她对"画册"的失望。我说多看点高兴的书吧，她的眼睛忽然一亮，说：我看了学校图书馆，有《格林童话》。

听着很重的脚步声下楼去。前一次她失望于刘香成影像集的时候，我曾经想过带《夹边沟记事》给她，听了她的故事，就改送她一本温和的书。

生病，缺钱，打骂。七八岁因为交不上学费被支使得在学校和家之间来回跑，随后挨饿挨冻，看着村人从家庭暴力演变成男男女女聊成一团。就是这些碎片构成了她早期的人生记忆。

期末，又碰见她，她向我介绍了几本科幻杂志，下学期她准备选修宇宙探秘课程。

她说有一次上课看一只蚂蚁，她故意让脚一动不动，看蚂蚁上不上她的脚，蚂蚁最后选择离开了。她说：这只蚂蚁看我的脚就是泰山啊。忽然她又跳话题说：你以为我会沉在其中吗？

我能感到她非常敏锐强烈的自卫和自尊。我说我遇到事情的办法是写，她说她的办法是"吃"。我说，不怕吃胖吗？她说她能控制。

2. 黄菊的故事

"2008年上课记"写过"黄菊的故事"。

2011年圣诞节刚过，她想来串门，说再不来说说话就怕很难见老师了。哦，她大四了。黄菊坐在沙发上，和三年前相比，沉稳端庄舒展多了。我确信不只是一堂接一堂地上课让她变化了。

隔了三年，我知道了2008年深秋她忽然离校回家的原因，也知道那个晚上慌慌张张给我打电话的是班上一个辽宁的同学。黄菊的高考志愿填报的就是"戏剧影视专业"，身边没人说得清戏剧影视学的是什么，她以为学这个将来能当新闻记者。从家乡陕西汉中来海南也是她平生第一次坐火车。诗歌课上说到海子15岁考上北京大学是他第一次坐火车，课后很多学生都对我说，如果不是这么远来上大学，根本没机会坐火车，甚至没机会见到火车，不学习去乱逛，那不成了盲流？

黄菊进大学读了两个月，发现学的东西不是她想要的，茫然又失望，决定回去复读重考。并没和人多商量，便自作主张离校，上了回汉中的火车。回到乡下的家，又陷入新的更大的失落，她决定返校。黄菊离校出走，在家里停留一星期，又回来了。说明她既随性，也是个很有主见的人。多少人迷迷糊糊混过大学四年，而她始终想掌握自己的命运。

说到父亲的艰难，他靠经营小水果摊，供出她和哥哥两个大学生。现在哥哥已经在苏州就业，而她也就要找工作了。我无意间问了一句：你妈妈做帮手吗？"妈妈"两个字一说出来，她就流眼泪了。母亲在她9岁时去世，她说当时太小了，不知道失去母亲意味着什么。而她从9岁开始就成了那个农村家庭事实上的"主妇"。哦，我想到她大一时交上来的纸条，她喜欢的电影是《背起爸爸去上学》。

一个 9 岁的小姑娘，对她的爸爸和上初中的哥哥宣布，从今以后，在这个家里谁也不许叹气。"才那么大，我就懂这个了。"她说。

现在，每到她父亲生日，她都会打电话陪他闲聊一个多小时。挂断电话，她赶紧提醒哥哥给父亲打电话，顺便叮嘱该怎样怎样哄老人家。

她说：父亲 50 多了，我告诉他，现在你就负责爱护好身体，我一找到工作就接你进城享福。

隔了一会儿，她又说：我从小就没得到过爱，可现在就要付出爱了。

黄菊在大学里的前三个暑假都没有回家，分别去了深圳、杭州和西安打工。她正计划着 2012 年的寒假也不回家，去云南转转，边打工边旅游，说到在一座陌生城市找一份工作，她的口气很自信：找份工作不难。

去深圳那次，她隐瞒了大学生身份，应聘去一家生产电插线板的工厂做了一个月，认识了很多流水线上的女工，年纪都比她还小，人都很好很单纯。刚进厂前几天，手生，完成不了任务量，很多女孩围过来帮手。工厂加班多，从早上 6 点工作到晚上 10 点，她认为并不太累。她发现有个小姑娘的工资条上每月都比别人多发 200

块。她问为什么，小姑娘很平静地说自己的工种有污染，可能损害健康。才加 200 块，就做接触有毒物质的工作，她说。

在插线板厂做到就快开学了，黄菊结束了"潜伏"，或者她真有做记者的天赋。

像去年的同学晏恒瑶一样，黄菊也跟我说她家乡的美：真是可以盖别墅啊，现在的人家新起房子，都是学城里人做出独立的厨房和卫生间。

我和她们都说，一定要保住乡村的房子和土地，那才是她的根。

几天后，有和黄菊同班的同学听说黄菊来过我家，有点认真地说：黄菊是我们班上最沉默的人，她能对你说，一定是信任你。

3. 爱同类

很久都没法儿忘掉黄菊的话：从小就没得到过爱，可现在就要付出爱了。

中国乡村留守儿童的官方公布数字是 5800 万，这其中能够靠悬梁刺股考上大学的当然是少数。而根据 2012 年 4 月 16 日《南方都市报》刊发文章的统计：城市子女考入重点大学的机会是农村子女的 3.1 倍，在一般本科学校的录取率也是农村子女的 1.4 倍。越是声望地位高的大学，农村子女越难进。我每天面对的学生中，留守儿童的比例相对高，从 2010 年起，我避免在学生中搞数据调查，这涉及他们的自尊。有些人在作业里很直接地说出自己的感受。

下面是五段作业摘抄：

在我很小的时候父母便外出打工了，因此我的童年是辗转于亲戚家度过的，说实话，寄人篱下的感觉并不怎么好受……

我出生在非常贫困的家庭，姐妹多，所以从小便被送到离家千余里远的四川，跟外公外婆一起生活……6 岁的时候，妈妈把我接回了家，当时心里除了对外公外婆的思念，便是对"家"的恐惧了……

如果我没有赡养爸爸的义务只要养活我自己就够了，我宁愿做一个农民，或不经意之间，发现我养的猪是双眼皮，多神奇啊。

希望爸爸过得好一点，现在他一个人守着空荡荡的家，一想我就很难过，我还希望以后我可以挣到钱，给他买一堆衣服……神啊，我想做一个高大的男人！！（女生）

一个人的成长，除了生理的体格发育成熟外，也包括心灵人格发展成熟，能够不怕别人的打击批判，能够自我肯定，人格独立，自主无私，不求回报地爱别人，这样坚强的成长力量从何而来？我们的身体成长的力量由物质资源提供而来，心灵的成长力量则由感情资源得来，我们需要被充分地爱，长大后才能够有力量去爱别人……这社会太过冷漠，太过残酷，太令人伤感，这社会需要反省，"仁者"存在，却不"爱人"。

留守乡村的孩子们读书的 12 年，比城里孩子多了另一种残酷，很少被父母爱。小动物本该由它们的上一代孕育并紧紧相随学习生存的基本技能和伦理，他们该被"拉扯大"，而不是独自长大，这甚至超越了道义责任，限度低到不过是遵循动物本能，每个生命都该享用领受这份关爱后才逐渐独立，成为一个成熟的新生命。而今天很多学生的童年记忆里，对父母的印象缺失，勉强把他们带大的是隔代的老人。当黄雀母子间嘴对嘴的哺乳之情没有了，他们的幼时记忆里掠过的多是阴影。

为生计为养家为孩子读书，农民工奔忙和委曲于城市，反又把自身的苦痛压力都转换成了对子女的付出，渴望他们"高考登科"

而得到足够多的回馈补偿，起码能给自己长久的艰辛付出挽回些颜面。有的同学假期见到日夜想念的父母，总要被追问成绩，听说有的大学把成绩单寄给大学生的家长，要求他们签上字再寄回学校。显然，这是中国的小学校的管理办法。

得不到来自父母的爱，留给他们的更多的只剩了自己爱自己和兄弟姐妹间的爱。有个刚毕业的同学告诉我，她给去年考上大学的妹妹写了一封"万言书"，总结了自己的大学四年，告诉妹妹该怎样读大学。

2012 年春天，已经毕业了的邓伯超说起小他 5 岁的妹妹，父母都不在身边，眼看着妹妹长大，上了五年级，他这个哥哥去书店买了一堆有关生理知识的书给她，告诉她好好看。邓伯超说，没办法啊，父母太远了，这些事谁管？后来听说妹妹的学校开了生理课，他赶紧嘱咐妹妹，别的课都可以不听，这个课才是最有用的。当时邓伯超 17 岁，妹妹 12 岁。

本该由母亲们完成的事情，现在都缺失了，这有五千年历史的文明古国，以往有过这样的"兄妹教育史"吗？

听说，我的学生中有个女生不喜欢图书馆，大家都认为她太古怪。见到好些人全都围着一张桌子坐，人和人那样面对面，她就难受。她问，人为什么要去图书馆？大家都觉得一个大学生连图书馆都不去，真是不求上进。但是，这个小女生的故事被大家知道的其实只是冰山一角，人们不一定有耐心去听故事的全部：她是被家境贫困的养父母带大，从小到大，养母总想阻止她这个女孩读书，而她一再努力只为争得读书的机会。成长的经历让她一直怕人，人多会让她不安和焦虑。

熊培云在《一个村庄里的中国》中说到了"家教"，家教的重要性当然人尽皆知，可是它在今天的乡村，几乎失去了全部可操作性，变成了空洞过时的一个古词汇。怎样有礼怎样修身怎样仁爱，包括怎样有坐相有站相都失去了讲述人和讲述的意义。

有个成语叫"视如己出"，新生命出自于自己很重要。古人很懂，今人似乎不在乎了。长久地使亲生的骨肉分离，让他们之间的关系成了出资人和回报者，维系基本感情的部分被抽离掉。空的家，空的乡村，情感和约束全都缺失，怎么能凭空让人生出做人行事的"底线"。如果这个底线就是吃饱穿暖，当它也受到挑战的时候，是否底线可以再下调？是否这下调空间是无限的？社会是不是能够持久地接受和容忍这样不断调低底线地去运行？

旧链条断了，突然冲到面前的是信息爆炸的时代，眼前是无奇不有的电脑和老迈的奶奶，当然电脑正确，奶奶落伍。老人们不会告诉孙辈使用谷歌搜索，那她就彻底过时了，她的所有唠叨都是束缚，都丧失了说服力。卢小平的奶奶告诉他，看老师不能空着手，但他爸爸可能没机会对他说什么，他爸爸远在他乡，没可能告知到这些旧礼数，他爸爸也许正被城市搅动得心烦意乱，只念记着卢小平尽快毕业尽快赚钱。情感的维系就快断得一干二净，双方各有委屈，各有理由，城里孩子被溺爱，乡下孩子被离弃，高考和就业双重压力无比残酷地压在头顶，有些孩子孤独、自私、暴戾，都是被压抑的正常反应。

城市的孩子同样好不了多少，一个学生在作业里说：

……很抱歉我把烦恼带给你，我现在只是想找个地儿吐吐不快，也不是说我母亲不好，但从小她就严格要求我，小学数学考98分，差两分满分，她都叫我跪20分钟搓衣板，一没考好，就骂我，给我脸色看。其他方面对我挺好的，我感觉自己成了她的工具。她养我长大，把我当成她的炫耀工具。现在就是她一味要求我做我不喜欢的事，让我考公务员，不尊重我的想法，我和她一沟通，就又讽刺又闹，说白养我，说我不知道社会怎么怎么的……她从不支持我和她不同的观点，我经常觉得家里不温馨，但我还是爱我母亲的，她这样下去，我怕我会恨她。但如果我恨她，我可能会后悔……母亲只有一个……

而从农村借住在城市学校的学生这么说：

我高三跟一帮城市孩子在一起学习，不管学习还是生活，都不如他们，自己就像一个土里土气的家伙，尽管努力，实在也学得吃力，就是学不好。想想我的求学之路，我觉得我是被压制得有点抑郁了。

一个年轻人怎样自然地获得正面的仁慈的善的力量，并依此在今天的现实获得自我拯救，是真正的大问题。

微博世界

1. 初衷

8月17号开新浪微博，直接原因是为秋季开学后跟学生们对话做准备，也希望能做他们的扩展阅读。整个2011年的9月到12月，每发出一条微博，总会潜在地把学生们当作预想的读者。四个月以"转同学们"的名义，发了130条和历史教育相关的微博。

被我关注的人，大约一半是我的学生，他们会介绍很多他们感兴趣的给我，如漫画、歌曲、视频、纪录片、书籍，张绍刚和刘俐俐的视频就是他们告诉我的。

开微博一个月后，发现它的体量之大，完全是一条滚滚的洪流，学生们能真加入进来的很少。有人要外出打工，有的因校园网络实在太慢根本无心上网，有人整天忙着玩游戏，有的死磕考研，微博离他们无限遥远，也因为他们看不到微博为他们显现立竿见影的功用。曾遇到一个喜欢音乐的老师，建议她开个微博，找自己喜欢的音乐更方便。没想她变了脸色：可不玩那个！好像玩微博的必是异类。有的学生也会说微博不是人人都开的，说话间明显透出距离感和排斥。当北上广的年轻人有半数开了微博，风吹到这个海岛，就不足十分之一了。前者拿它获取信息，后者还停留在追时尚。

2. 在面具下面

这条洪流足够大，足够涌流翻腾，足够吞没任何一个人。

有个学生，平时在校园里遇到他总是美滋滋的，有点小领袖的范儿。一天，他踌躇满志地告诉我他开微博了。一星期过去，又碰见他，多了点愤愤不平，说微博这东西毁人，让他感觉不公平，话语权依旧在强势者手里。

我留意了学生微博，没有加 V 的，用真实姓名的五十个中大约有一个，他们多关注两类人：身边的同学和微博大鳄，韩寒、任志强、姚晨、成龙之类。在这个虚拟空间里，一个年轻人的自我常常被缩小到似乎不存在，甚至比现实生活本身还难寻公平，一旦进入微博，一个普通人的自我感觉比真实的自己还渺小，会感觉更明显地被轻视。除了偶尔去仰视一下名人，无论做什么都是石头坠海。他这滴水，和微博世界的滚滚涌流之间唯一的共同点，顶多都叫液体而已。凡是微博上大事汹涌的时候，他们作为被喊成"早晨八九点钟的太阳"的一族，经常是最慢知道，最感觉与己无关的。虚拟世界和现实世界都不得进入，都设有门槛，他们只好退避回身边的小圈子，再次自我边缘化。他能关注的，只剩了转发励志口号，听听歌，背几句歌词，约饭，小声骂骂老师，在角落里用圈子暗语说俏皮话。社会的封闭，人和人之间的不友善，也使他们不愿被洪流裹挟，只渴求容纳自身的一个小空间，世界变得越小越好，只装下他和三五好友就成。

刚开微博不久，见一同学上微博发照片，说校园里遍地长满某野花，不知道是什么花。我随手回复说：是含羞草啊。一句含羞草带来十几条陌生人的转发。这学生后来说，老师一转，把我这儿变得这么热闹！从那以后，开始小心和留意，慎重转发、评论学生的微博，尽量不扰动他们小角落的安宁。其实，本意里是更希望20岁的人挺身而出的。

有个同学直接对我说："戴着面具和您交谈我会更自在一点。"一年来，我和她时常有对话，已经习惯了，并不想在现实中一个个兑现他们分别是谁。

另一次在微博里看到一句话，说得很机敏，发现说话人就是我们学校的，加了关注，马上收到她的私信：老师你不认识我，我不是很优秀的……从来不被老师注意到。她说是我去年的学生。有时候在微博遇见会聊几句。考英语四、六级那个阴沉的下午，路过校内网球场，有人斜着正穿过练习场朝我走近，能感觉到她是加快了步子直奔我过来，手上抱着一大叠书本。

她说：老师，我就是微博上的 ××× 啊。

她报出微博上的名字。马上，我们就像已经认识了很久很久。

微博也让更多的年轻人在面具下面表现出从来没有过的大胆和真实。选人大代表的时候，有人发微博说："……班上某些人一人投了二十多票？别人不 care 这个，可是我 care。我 19 岁了，不知选举为何物，我着实被恶心到了。"

3. 自由畅快地表达

有个学生，从小到大都被认为作文不行，不会堆积好词好句，从来没得到过老师的认可，灰溜溜地长大，直到有了微博，自己说话给自己听，有时候忽然觉得"我写的东西会把我自己吓到"，原来自己也可以很了不起！

微博，这个没老师的世界，带给人们过去没有的自信，这地方没人纠正他的遣词造句，肆意给他打叉，任由人自由畅快地表达。

我在广告课上说，微博就是一所大学，就是广告学校，这个"学堂"好啊。

刚毕业不久的一个学生被公司无理辞退，追讨欠薪时又被老板打，实在气不过，我发了条求助微博，大约四小时里，有 21 个不相识的人从不同的城市回应她，愿意帮助她安排工作。最后她成功地换了新城市和新职业。

2011 年 12 月 23 号中午，整个学期的课程结束，我发了一条微博：

今天结束了最后一课，一个始终依从本性的偏离者能够在这海岛上连续七年和年轻人对话，居然做成了唯一一次主动的建设性的事儿，获得远超过付出。感谢。本是为这学期和学生交流而开的微博，感谢。

教室里的课程结束，但微博还在，他们一个个的头像都还笑着画着胡须做着鬼脸，电脑右下角跳蹦着的红色长框还会出现他们的留言，虚拟世界带来的不只是信息、信任和情谊，还将有远超出我们预想的其他。试着把我关注的近百个学生的日常微博拼合起来，看到一幅有点夏加尔风格的画，跟随气流飘移着，透着半任性半纯净的一群小人们。

　　洪流中的大鳄鱼们，该想办法俯身接纳这些小水滴，听他们在说什么，也多对他们说点什么，别以为他们什么都不懂。起码说说亲历过的旧事，抵充那些自以为大的教科书，小水滴们的轻盈欢快和时不时冒出来的大超越也是会吓到大鳄的。

多本书的传递

1. 一段对话

12 月 17 号，正看学生作业，看进去了，很不想中断，这时候接到这位去年教过的学生的电话，有点急切地想来坐坐。陪她说了一阵闲话，并没搞懂她想说什么，原以为会说说毕业后的选择。送走她后，一直在想，她说她从来没离开过海岛，不是因为缺钱，她强调出游是要有心情的。想她实在不准备去看看岛外的世界，也应该读过一些课外书吧。没多想，第二天发短信问她都读过哪些书。恰巧碰上英语四、六级考试，她在考场，说晚上给我电话。下面是我们之间能回忆起来的对话：

我问：想知道你平时喜欢看什么书？

她说：平时不看什么，小说啊什么的，没什么耐心看厚厚的书，平时做做题目，逻辑的，思维的，对数学更热衷，我信奉"用理性战胜感性"。

我说：书不是只有小说，还有其他各种各样的书。

她说：老师要我列出来吗？

我说：是啊，昨天你走了，我在想一个人不能够到处走走，最好能多看看书，书是能够告诉人很多的。

她说：平时也有看啊，看看杂志啊，《青年博览》啊什么的。

接着又说：老师怎么还想着这事呢？

我说：昨天你走了，我就一直想，你或者抽空看看书会感觉充实，这是一种习惯。

她说：老师我小时候也知道一些感人的故事啊，要问书名，就一本也说不出来，我没从头到尾看过一本书，你知道这社会多浮躁啊，书也是很浮躁的，书都是一期一期的吗？书店现在也很浮躁，摆在书店的都是为人处世之类的书。

一期一期，她说的应该是期刊、杂志。

我说：你可以上网去找书。

她说：网上的书都是很简单的，再说，看书也就是个手段。

我说：我还是觉得看书是一种习惯。

她说：我以后再找时间静下来好好思考吧，看书是要受性格受环境影响的，没有那么好的心情看不下来的。

发现她很难听得进去了，不准备让她感到压迫，我说：其实你说平时缺少朋友，也没去过岛外，有个好的补偿办法，就是看书。

她说：我会的，老师。

挂断电话，反复掂量这件事，一个即将读满大学四年的年轻人，没有读过一本说得出名字的完整的书，这该归罪于谁。断续想了几天，也在检讨自己，不能强加爱好给别人，应该尊重不同人的不同选择，她可以不喜欢读书，未来也许自会找到别的爱好。但是，如果她的成长经历中能有美妙的阅读感受，或者她就不像现在这样有局限和缺少朋友吧。

2. 看书是个习惯

两个女生来做客，看到桌上的一本《公元1919往事回首》。一个说："现在我也喜欢看这些古一点的书，里面都是有事情的。"说过这话，却并没去翻开那本书，也没问到书的内容。

总有人责难现在的大学生过于浮躁不读书。就我所知，部分学生没有读书习惯的原因，在于他们童年的时候，学校和家庭没提供过任何阅读的机会，除了必须熟读的教科书。一个女生闲聊中说这个寒假回家一定要完成两个心愿，其中之一是教她母亲识字。

我确实很吃惊，因为这学生成绩和悟性都很不错，我问：你母亲不识字？

她说：是啊，老妈小时候家里穷，又是女孩子，女孩不识字的多啊，我要教老妈识字，她就能自己看韩剧了。

旁边另一位女生也插上来说：我老妈也是不识字的啊。

她们一个是福建人，一个是湖南人。或者她们的童年连接触课外书的机会都没有，所以，在责难年轻人不阅读之前，也许可以多问一句多听一句，是什么原因使他们不读书。

新生入学，先预交1000块钱做书本费，四年的一次性收了。海岛上炎热的9月初，迎面见一群学生抱书经过，书真不少，抱在胸前相当于五到六块红砖的高度。我问，是新生吧。多人同时点头。他们从6岁起就抱教科书，抱了12年，到了大学一下子又抱这么多。如果他们从不知道来自书的缤纷瑰丽，凭什么会无端地热爱书。书里有什么，知识、历史、真相、趣味、思索、胡思乱想，能换钱吗？不能。一言以蔽之，不能换钱有什么用。他们之前的求学经历一律以有用没用、能不能被考试为标准，和这些没关系的书一律看作无用，除非那是一本答案，一本藏宝图。

3. 传递

2011年交给他们传递的书有《老课本·新阅读》、《民国老课本》、齐邦媛的《巨流河》、杨显惠的《夹边沟记事》、北岛等编的《七十年代》、梁鸿的《中国在梁庄》、高尔泰的《寻找家园》、十年砍柴的《进城走了十八年》、刘香成的《中国：1976—1983》、北岛的《城门开》。

有几个细节要写下来：当我说到《巨流河》的时候，排名想看的学生太多，吴康从教室后排站起来说，他愿意个人买一本《巨流河》加入班上的传递。才大二的吴康平时沉静，看过他写的一些想法，大学里有这样一类男生，内心亢奋激昂。

杨晗还给我《中国在梁庄》，问她感觉，她说还行。我说我个人不喜欢这本书里的抒情部分。杨晗马上隔着两排桌子伸过手来：握手握手！表示意见相同的赞许。如果她来个 NBA 似的庆贺，非把我撞倒不可。

刚开学不久，没最后下决心把《夹边沟记事》交给他们传递，我说正犹豫有一本书是不是可以给你们看，反而招来兴致。我说这可不是一本轻松的书。杨晗举起手臂说：我是重口味！引得大家一片笑。过些天，再问杨晗，她说书传给陈小荣了，说完叹气。蒋茜在一旁说，她看了一段就不敢再看了，想起爸爸对她说的四川老家在 20 世纪 60 年代，家人吃观音土的事儿，实在受不了了。说这话的时候，眼泪就在她的大眼睛里涌着，我马上换了别的话题。

《夹边沟记事》整整传递了15个星期,最后一次课,他们把它还回来。重新回到我手上的是一本变得又旧又厚的书,四个边角都破了,都用透明胶带反复粘贴过,它饱经沧桑后回来了。记得2010年,董铮铮看过《夹边沟记事》后,当晚发来短信说,心里难受,正抱着腿发着抖坐着。董看的和这个厚重的粘贴本不是同一本,后者是我买的第五本,前四本都送了人,现在手边只剩厚重破旧的这一本。2012年4月见到杨显惠先生,他说送我一本,我赶紧说去网上买很方便,不用麻烦寄。有机会要把被90后们翻破的这本带给杨先生,请他签上名字。

郑纪鹏推荐给我《十四家:中国农民生存报告(2000—2010)》。董铮铮推荐我吴念真的《这些人,那些事》。零散收到读书笔记,最多的是写《巨流河》,于是,建议中文系的最后一次课上,加一段对这本书的自由讨论。事先没落实谁会发言,只听蒋茜在下课路上讲过读后感,没想到讨论的时候连续六人一个紧接一个发言,没一个念稿子的,都是口头发言,滔滔不绝,下面同学有接话,有反驳,有人马上说不同意见。

寒假里,收到蒋茜发来在四川老家的调查,她开始关心自家的历史渊源了。他们也在积淀他们自己的"巨流河"。

我们身上的暴戾

1. 潜意识中的暴戾

过去从没想过，深恨暴戾的我身上同样藏着暴戾。明确意识到它存在，是 2008 年春天在广州广外（编注：广东外语外贸大学）一次规模不大的座谈会上，会后问了那个敢于大胆质疑的女生，她叫郭巧瑜，广外本科学生，后来跟她有过通信，有机会向她检讨我身上的戾气。从那时起，我就有意地留心检点和反省，不以身份年龄音量气势去压制弱小。

9 月 9 号说新闻，随口把美国华裔航空小姐的遇难说成了"牺牲"，话一出口，马上意识到用词不对，而更准确贴切的词没有及时跳出来。我把这个听来像口误的过程跟他们说了："牺牲"二字直接从我的潜意识里溜出来，就像有大学生忽然说他家三代贫农一样，曾经的年代对每个人都影响至深。曾经的词语和意识里，不是正确就一定是错误，没有中性，没有空间余地和弹性。正面的死亡就是壮烈牺牲，负面的死亡就是无耻灭亡，我的脱口而出就是一例。

能感觉到他们还没法立刻理解我的用意，不过这很正常，未来会有漫长的时间和实例供他们理解回味，我要先把出现口误背后的原因告诉给他们。

或者喜滋滋，或者心事重重，每个学生坐在下面的心理基点都不同。有人告诉我，大家私下说，老师总讲些冷冰冰的历史。我说，因为这是被称作"新时期诗歌"出现的大背景，没有这些冷冰冰，这些诗是不会自己跳出来的。肖婷在课间里说，家里人很少提那个年代的事，这等于揭伤疤，毕竟是很远的事儿了，她伯伯就是插队知青，也不太讲过去。但是，同是大二的贺如妍要求给大家讲讲"文革"，准备了很多图片和文字资料做成PPT，她的角度是一个女儿怎么可以违背人之常情揭发批判自己的父亲。一个文弱小女孩的角度和炯炯的眼神。下面拷贝的是她加的短评：

"文革"期间，那些被压抑的亲情。没有个人，没有个人的家庭，柔软的亲情哪里敌得过汹涌的"革命"热情。特别是在那些父母被打倒的家庭里，父母的爱和意义，甚至尊严，和跟随毛主席闹革命的伟大理想是水火不容的。

这些孩子在尚未拥有独立思考的能力之前，追求自由的天性就被某种局限性很强的思想所压抑，甚至取代。他们不是应该由长辈们温和地牵引着去认识这个世界的吗，却要努力装成一个审视世界的大人。

那个年代没有真理和正义的标准，人心也是。得势失势都很荒谬，害人被害都很"正常"。

2. 热爱声浪和其他

我发现他们莫名地喜欢麦克风，喜欢自己的声音被它放大，喜欢它扩散开的高倍声浪。凡有上来发言的机会，第一个动作经常是先伸手去拿讲台上的麦克风，调整高度，把它贴近自己到不能再近，然后才开始说话。每一次看他们去抓麦克风，就想到"先声夺人"。90后的一代对高亢洪大音量的特殊热爱，和中国城乡街头的喧闹高度一致，无聊叫卖什么，一律肆意放大声浪压倒别人，招引注意。

虽然不断有提醒，别让电的声音压过人，读诗的时候，别让震耳欲聋的配乐压过朗读者，还是不见改善。

也许他们从小到大早都被各种高亢的声浪吞没惯了，缺了电流的配合，好像自己就势单力薄，缺少读诗时必备的气氛和感觉，不被吞没，不光不够时尚，还不够壮丽。至于有没有发出自己的声音反倒无所谓。与强大电声和配乐相配的，最好是鲜艳跳跃、变幻不断的 PPT，拿一本诗集就上来读诗的，会带点歉疚地说，对不起，我没做 PPT。

爱好声浪和爱好鼓掌一样，都衍生于高度集群化，都在不知不觉间放弃了一个真实的自我。

有个同学告诉我，她其实很想上来读诗，但是她决定不读，也不会在课上说出自己心里的很多想法，虽然很想说，但她怕被班上同学认为怪诞出风头，怕被因此孤立，还是老老实实坐在下面听，这样更安全。希望被电声覆盖和深怕被众人孤立，同样来自隐形的暴戾，它无形地蔓延，成为潜行于众人之间的暗规则，有人敢大胆地说自己的意见，而另一些可能一生都不敢，这些被压抑的群体留滞在大学的边缘，灰蒙蒙的一团背景。

和 2011 级新生交谈后，我问同样被请来参加新生见面会的大三学生尹泽淞：他们能听进去吗？他说不能，必须得自己体会，然后一点点悟出来，现在是听不进去的。

3. 大学里的讲座

高等学府里少不得的重要部分是各种讲座。诗人于坚和小说家麦家都曾经问过我：现在的大学生怎么了，去大学办讲座，完全得不到应有的反馈，很失望。起初的几年，我有和他们一样的困惑，直到教书到第七年，才觉得可以相对客观地回答这问题了。

讲座和上课的区别，前者是临时拉来一伙人，往往是低年级的学生，讲座者要涉及什么内容他们完全不知道，对讲座内容很可能全无兴趣，选他们的主要动机是刚出中学校门不久，叛逆性和辨识性最低，最方便被拉去充位置，最容易鼓动拍巴掌。学校里最不缺的就是人头，一喊一群，人戳在那儿，心不知在哪儿。500人的场地，拉几个班，凑满人数，不至于稀稀落落地冷场，使台上人的颜面不好看。

被拉去听讲座的和去听课的区别，在于讲座没预热，听众完全被动，心是凉的，讲的人和听的人同时感觉不好，当然很难有好的回应和交流。

多年来，我们的学生已经练就了、形成了最强大的消极的应对系统，他们内心封闭性好得很，这时候，很多讲座对于他们就是硬暴戾或软暴戾。不止讲座，凡让他被迫接受的东西，推介灌输给他的，你有多大的强制性，他便有多大的排斥性，强加和对抗成正比。他自我保护地关闭感知系统，你用明暴戾对他，他用暗暴戾对你，不过各运用不同的暴戾而已。

有个同学偶然和我说起，前一天她去参加一个校内报告会，负责给大会拍照：听众都是咱的新生，还有人站着听，好假呀，是个企业家捐款的会，现场一位领导一激动自己讲了半小时，学生在下面实在受不了了，开始鼓掌。本来吗，新生就是干这个的，脏活儿累活儿没趣的活儿，老老实实地听呗，咱们的新生真不错啊，只要领导一张嘴他们就鼓掌，一张嘴又鼓掌，那领导居然没感觉，他怎么那么不懂呢，讲的一点意义都没有，全是假话，还跟真的似的，学生当然要哄他，最后还是那个企业家明白，轮到他发言，他居然表扬了咱们学生，说同学们敢于用鼓掌表达自己的不耐烦，后来说一句散会，轰地一下子全散了。

我们都知道，弱小的生命理应更多地得到珍惜爱护，他们也会自觉地把自己受到的礼遇传递给下一代。可现实完全背离这最简单的理念。讲过新生报告会，这位同学告诉我，她原来不这样，原来是很热心的人，到高中时才顿悟了，不再把什么事情都想明白，那样会更痛苦，人就要这么糊糊涂涂地过下去。

2012 年 3 月，有同学发邮件告诉我，听说一位著名作家到同城的另一所高校演讲，作为文学仰慕者，他们七个同学逃课坐公交，转车一个半小时匆忙赶到会场，场地早是满的，有人站着。通知的演讲时间过了 45 分钟，作家才出现，先介绍一堆荣誉头衔，作家开腔并没致歉，直接说自己并没准备，让大家自由写条子开始提问。10 分钟后，我的学生们失望离开，又匆忙赶末班车返校。田舒夏原准备请作家签名，专程去校图书馆借了这位作家的书，准备自己保留作家的签名本，再另网购一本书给图书馆补上。结果借来的书原封未动，可以直接还给图书馆了。

事实像永远正确的老师，它总在上课。而年轻的人们，以自身顽强潜行的生命去领受这伟大老师的教诲，调整和校正自己，这就是进步。有人总拿 20 世纪 80 年代的大学生对比今天的大学生，当时学生的自我感觉就是未来的社会主体，似乎天将降大任于斯人。现在的大学生早已自知身处社会边缘，谁在误解谁在进步，如果一定要拿来对比，应该不止一种答案，而自以为绝对正确的恰恰最可疑。

4. 一个校内事件

天凉了，女生宿舍楼因为没热水供应，很多学生有意见，呼声渐高，几个学生在微博上喊我声援，而我判断这事应该尽量坐下来多方协商，不想越界维权，私下跟她们交流，建议通过正规渠道去表达和商谈。很快收到一份匿名邮件，措辞激烈强硬，全文1910个字，带77个惊叹号和21个问号，平均24个字一惊叹，说的正是热水这事。邮件的激烈让人不安，这不安于我超过了"维权事件"本身，类似的文风曾经熟识，曾经如雷贯耳也贯心，高音喇叭整夜整夜轰鸣着的，都是相近的语言。马上回复给她，请她更理性地表达意见。既然想到给我写邮件，估计是我的学生，顺便跟她说"如果愿意，请下课时等我一下"。

几天后，下午下课时，有个同学等在门口，一眼就认出来，是去年的学生，当然认识，只是发型变了，笑得依旧淳朴可爱。她说，邮件是她写的。哦，心立刻软了，赶紧说，原来是你啊。脑子快速回忆邮件里有没有伤到她的话。一起下楼聊天。

印象里，这是个总带着笑的姑娘，我很知道，她的邮件出于仗义执言，选择了发邮件给我是信任，看到我的回复，作为匿名者，她可以不来找我。但是，她笑呵呵地来了，小孩子一样仰着脸，她说当时实在太生气，过后也觉得有不当，作为一个大学生一个知识分子，确实应该更冷静理性地说出意见。

海岛好夕阳，我们一直走，讨论有没有更好表述意见的方式，怎样保有尊严地替众人发言。并排走在一起，我感到一个年轻人透射出的义气、勇敢和天真，那天真的好夕阳。

除掉身体里潜藏的戾气不是一下子的，只能时时提醒和警觉。有一个同学说，老师是愤青吗。课程快结束的时候，我对他们说，不要做个愤青，我们一起学习用更多的理性和平静去传达良知。

海子的课和他们的家乡

1. 起因和沮丧

对于我，这是一个事件，七年来遇到的最大的信心挑战，在他们可能什么都不算。

那天的诗歌课，是海子专题，之前鼓励大家参与读诗。几个安徽同学事先联系我，说他们想联手做个有关海子的东西，估计用时20分钟。我当然欢迎，并给他们预留了时间。

这次课和平时的课有不同，设计了纪念回顾和读诗两个部分。依旧是图片开头，有20世纪80年代末的海子墓地，刻有"显考查公海生（子）老大人之墓"的碑石，有海子母亲打扫墓地，也有新立的高大墓碑，然后是信件和手稿，很快进入诗歌部分，氛围始终是低郁沉静的。接下来按约定，把20分钟时间交给和海子同乡的学生们。

五个人上来，有男生有女生，先读诗，用时很短，更像一个开场白，随后他们说今天想做一个欢乐的版本。

他们开始介绍家乡安徽，亮丽堂皇的新建筑，景区风光，最高潮是当地的食物展示，时间接近中午，大家都感到饿了吧，一看到食物，一片的欢腾。几个安徽学生的登台，轻易地扭转了这次课，让它充满了过多的喜感，他们的安徽真不错，和诗没任何关系的一片兴旺祥和之地，他们的准备像任何一段电视台的地方旅游介绍。我没打断他们，终究那是他们准备了很久和很想表达的，但是坐在下面的心情被那欢快污染得灰暗沮丧。

他们超时了，最后留给读诗的时间很少，他们下去，我回讲台，没掩饰我的不快，没想到他们把这个特殊的诗歌时段变成了小公务员般的家乡展示。

最后不到 10 分钟，赶紧回到诗本身，读《九月》："我的琴声呜咽，泪水全无，只身打马过草原。"

离开教室，没法儿改变钻得很深的坏心情，它持续不断，坏死的肌肉一样贴附着。在我的微博上能查到当天的记录：

篡改一次海子的诗句——我的琴声呜咽，泪水全无，只身徒步踏乱泥（今天的课，是读海子的诗，下课回来）。

这是唯一一次带着纯粹的个人情绪写微博，不该的。

任何事儿都做不下去，丧失了任何交流的愿望，反复想，是不是我和他们之间本来就是风马牛？

悲哀失望持续到第二天中午。理性提醒我，人间还有个东西叫"课表"，下午2点40该给另一个班上课，另一伙学生会一无所知地在教室里等我。那天下午去上课的路格外长，15分钟的路走了20多分钟，实在怀疑，我还能从哪儿调动起足够的热情再对他们说话，如果不能，上课对我将失去全部意义和乐趣。

慢腾腾地进教室，头顶电风扇嗡嗡地狂转，依旧是"磨刀霍霍向少年"。前排的几个朝我嘻嘻地晃手上的零食，翻书的，摆弄手机的，后面几排叽叽喳喳的，憨傻单纯地龇牙一笑。就一瞬间，卡住我20多小时的东西一下释然了，原来我真的是很喜欢他们哦。

是这些又年轻又全没芥蒂的傻笑，把我从很深的自我感伤中拉回现实，心马上亮堂，立刻知道，我还会和从前一样给他们上课。

2. 交流和一切依旧

陷在沮丧的情绪中的那个下午，参与介绍家乡的一位安徽同学有短信发来，我跟他交流了两条意见：（1）单纯从操作层面上，可以讲得更好，更集中也不偏离海子，诗歌是需要气场的，太多世俗的加入会破坏它，而今天要介绍的诗人和要读的诗恰恰是欢乐的反面；（2）这个问题相对更大，很多东西已经渗透进了我们的血液，让人沮丧和悲哀的是，孩子们不知不觉中已经被洗脑洗成了自发的小公务员。这不怪学生，怪塑造着我们每个人的东西。最后谢过他们的准备。

暗自感谢把我救出来的不知情的另一班同学。又给这个班上课是一星期后，已经心平气和了，简要说了心情变化的过程，由于事先告诉他们，我的沮丧不针对任何个人，看他们的表情都是轻松的。

我只强调两点：

（1）不可随意偏离一件事既有的方向。

（2）死者为大。

一切依旧，照样有人争着报名，还希望在课上介绍家乡。报名的人多，安排先后顺序，排到了最后一课。

尽管意见已经说得不能再明确了，我再三提醒他们，加入每个人自己的视角观点来介绍他们的家乡，没想到始终没有明显的改变，除了福建两同学加入幽默成分，湖南两同学在PPT中放进她们跳民族舞的照片外，几乎没见另外的个人信息。凡上来介绍的家乡，依旧是隆重的，一本正经的，美好的，空泛的，没有出现他自己，他父亲母亲，他的村庄和族人。

后来我想，很多学生现在也没有相机，他们手边没有儿时和父母的照片，七年里，我没遇到任何一个学生能随身拿出他父母姐弟的照片。但同时可以肯定的是，有明确强烈的一种意识在支持他们：展示家乡最好的一面给别人看。在众目睽睽的场合，他的童年和家人就像他伟大的乡村一样，不过一层浮尘，不值一提。

有人跟我回忆起大一时，她随爸爸来学校报到的细节，她家境并不好，总觉得在外打工的爸爸不能给她增光。跑前跑后帮她安排好一切后，天也晚了，爸爸让她赶紧去宿舍休息，他自己在宿舍楼对面找个石凳坐下了。她醒来已经是早上，出了宿舍楼，看见爸爸和昨晚一个姿势，还坐在那石凳上。为了节省住宿钱，他坐了一夜。这位同学对我说出她心里积压很久的后悔。更多什么也没说的学生们，心里藏着各种各样的故事，那些不快乐永远不想示人，可能准备一生藏好它。让他当众说出对家乡的丝毫不满，又是他的自尊心不能接受的。

看来轻松的一个学期很快过去。各位风风光光的家乡都介绍过了。有同学说：老师你可以制止他们，不让他们随便想怎么弄就怎么弄。

也有同学回应说：你没看他们那样子，老师制止他们不听啊，一个个跟打了鸡血似的。

我当然知道快速终止和硬性扭转这现象的办法，立马见效的。但是，我更不想阻止他们的内心需求。

对听烦了家乡介绍的学生，我说：不能不让别人快乐，不能以个人意志压掉别人的意志，不然我就和别人一样，成了只管念经的教书匠。

以家乡为荣的人，所需要的温暖多过沉重。就像有个同学说："我们需要正能量。"这可以理解为正面地积极地排斥阻止任何感伤和沉重的回忆。

3. 家乡对他们意味着什么

每次看他们带着兴奋加快步子涌上讲台，调整麦克风的手还在微微发抖，紧张又激动，我总会在下面想：家乡对于他们究竟意味着什么。

这个始终不够客观不够开放的"介绍家乡"环节，最初从用方言读诗演变而来，其中包藏着超出我预想的顽强和固守，原因或者有这些：

（1）他们 20 年的生命里，除了家乡，没有任何其他的可供热爱，那些留守儿童的父母往往只是情感最浅淡的远行人。而这世界上其他地方其他事情他们几乎全不知道，其实家乡，他们也同样很不知道，但值得为这个去做做功课，做成一个没有瑕疵的家乡的PPT，不然他们的个人尊严难以找到依托。

（2）仅属于他们的家乡必须得美好，不能容忍透露它的缺点，这时候的家乡已经整个覆盖替代了他个人，成为虚拟放大了的一个自己。平日里，能被感知到的那个真实的自己实在太渺小，毫无光彩荣耀可言。

（3）尽管听众已经逐渐失去了兴趣，有的家乡介绍变成了自说自话，但是台上的人毫无察觉，他们过去没有任何机会学习观察和应变，登台说话或者是他们人生的第一次，把自己的准备一股脑儿都完成，享受站到台上的片刻兴奋，终于有了这么个不设门槛的机会，可以上来说点什么，他们能沉浸在仅属于自己的一小段美妙时间里，这对他们很重要也很快乐。如果，一个小生命所需要的登台机会在他有记忆以后能不断出现，他这个个体能不断当众说点什么，他完全能学会从容、理性、改变、深入和客观。有时候，同时上台三个人，他们依旧坚持细分，每个人说一段，因为各附属于不同的县或镇。

这一切背后，早潜藏着长久被社会漠视的成分。所以，海子是谁他们并不很在意，他自己是谁他非常在意。中国孩子的爱家乡，实在太过投入太过深沉。爱，作为生命本能，或许总要寻得一条它的出路。不能常在身边或只知追问考第几名的父母之爱的淡去，祖国概念宏大僵硬的灌输，唯有故乡亲切自然，在他们内心非同寻常，成了必须顽强捍卫的最后的温暖安谧之地。他自己可以什么都不是，但是那块土地不能被轻视和批评。这样的家乡最后都不得不借助政府大楼、空荡的广场、灯光夜景来获得。

整件事情中，我的问题是，自己珍视的东西，想要求他们同等地珍视，忽视了他们内心里早就装有一个更需要被珍视的叫家乡的东西，这可是他们简短人生的全部情感寄托。

10月，路过校内新修成的几条水泥椅子，有人用马克笔留下一些油黑油黑的字：

家，家，回家，种田，回家，种田……

到12月下旬，风吹日晒，这些字淡得难以辨认了。

停课后，来做客的李文雅提起海子那次课。她说：我们太不敏感了。

我说：是啊，我也太敏感了。

记得关注教育的纪录片制片人邓康延说：教育是培养人的敏感。我始终想不出结果，什么样的敏感度分别适于今天的学生和教师。

4. 一位同学的信

有同学带点愧疚地对我说，她退出了介绍家乡，因为几个人意见不统一，她认为她的家乡不是那么好。

经过多次提示，他们会说，确实不能光说家乡的"好"，也得说点"坏"，虽然有人很不情愿说到坏。在很多人的意念里非好即坏，非颂赞就只能批判，似乎只有这两极可选择。没有客观和中性。

这个最后退出的学生写了一封信给我：

真的对不起，那天兴致匆匆地告诉您我要准备家乡的PPT。可是当我在网上搜索关于家乡的一切时，发现我对我的家乡一点也不了解，也就谈不上做出吸引别人的PPT了，这使我不得不放弃。

（王注：回忆了和外公外婆妹妹的童年后）我知道我长大了，童年的乐趣随着年龄的增长而淡去，这也许是其中一个原因，但是我觉得更多的还是家乡在变，人的收入是越来越多，可是人心也越来越无情，家乡的高楼越来越多，可屋前那堆积的现代垃圾也在与日俱增，河流里的水早已不再清澈，儿时游泳的记忆淡如蝉翼，故乡的人不再像以前那样淳朴，隔三差五地有那么一两家因小事喋喋不休，故乡的小孩不再如我们那般天真，有时候你会看到几个小男孩拉帮结派，分发着劣质的香烟，嘴里还不时跑出那么一两句低俗的骂人话。这些就是我现在的家乡，我不愿说假话，但我也怕把家乡的不好展现给大家，因为我怕别人说我是家乡的叛徒，我背弃了生我养我的家乡……所以说，要做好展现我家乡的"美"的PPT，对我来说实在太困难了，我的骨子里也没有像其他人那般强烈的爱乡热情，因为家乡美好的地方正在不断消失，丑陋的地方不仅在看得见的地方同时也在看不见的人心里滋长。我对这样的家乡多的是陌生，是畏惧，是不安……前些天，同我一起长大的表弟给我打电话，我给他说了这些事，他说我很冷血，很无情。这话听起来很刺耳，可是我并没有反驳，因为说不出像样的理由。老师，你能理解这样的心情么？我在骨子里实质上是抵制××的（王注：××在这里被隐去，是她来自的省份），因为××的孩子太苦，做××的孩子压力太大（从初中到高中看到太多的同学被学习压成精神衰弱，压成抑郁症，特别是高三那一年，有好多同学都要靠安眠药帮助睡眠，当然也包括我在内）。我一直都在想，我是不是很无情，是不是很忘本，但是承认了吧，我对家乡对亲人是如此惦记，对高中班主任又是如此怀念，甚至对高中在校园采摘的秋藤叶所夹成的标本是如此珍视，但是不承认吧，我又不想回归乡土，总之内心真的很矛盾。

这次的PPT还会有另外一个××小组来完成，我就不参与了，因为内心太复杂了，希望您能谅解才好。

署名××

新课和教学相长

1. 新课

中文班的课名是"现代文学专题"。一门新课，由于一些原因，拿到新课"任务书"的时候，准备时间只有几天。

第一次去上新课，阳光灼烤，教室安排在全校最陈旧的教学楼，满当当一屋子陌生人，人手一本书当扇子，像一屋子扑翅的蝴蝶。有椅子是坏的，有人找不到座位，气闷哦，怕有人会突然中暑，刚开始说话，电闸跳了，电脑电风扇都停了，下面乱哄哄一片。

终于安顿下来，先坦白这个课的仓促，没有充实的积累和足够的准备，紧急网购的几本参考书还没到，好在有网络可查询，准备和大家一起，试着上好未来的十七次课。我给新课定了副题："汉语诗歌1911—2011"，准备尝试突破和跨越被传统学界硬性划分的"现代""当代"，来一次只遵循诗歌语言本身的历史穿越。

一个学期下来，为新课付出的时间精力大约是另三个班的总和，这在领"任务书"时预想过,但由新课带来的意外收获和长进,却大过一比三,在溽热中拿到"任务书"的当时,无论如何都不敢想,这应该就是"教学相长"吧。

2. 从《民国老课本》开始

再三构想,怎样把现代汉语脱离古汉语后这短暂百年的演变和分脉理清,找到语言流向不同后的各自质感。每次课由《民国老课本》的一两段短小的课文引入。起初听说是民国小学课本,大家显出轻视。但是,由叶圣陶先生等编选,丰子恺先生作画的课本,以其脱身又传承于古汉语的简洁清澈和明理,在最短的时间里隔绝了这破旧教室窗外的尘世,直接入心。我们读了例如:

三只牛吃草,一只羊也吃草,一只羊不吃草,它看着花。(三只牛吃草)

一犬伤足卧于地上,一犬见之,守其旁不去。(爱同类)

王华行池畔,见地有遗金,华置金水边,守其旁,待遗金者至,指还之。(不拾遗)

农家小儿,指拭窗格,糊以白纸,涂以桐油,纸能透明,且不

易碎，彼告我：我家无钱买玻璃，故以此代之。（糊窗纸）

园中有竹，春日生笋，摘笋为羹，其味鲜美，我甚喜食之，父谓我曰：园蔬，野菜，胜于鲜鱼肥肉多矣。（食笋）

冯异偕诸将出征，每战，必身先士卒。及还，论功行赏。诸将争功不已。异退立大树下，默无一言。时人称为大树将军。（让功）

同是汉语，老课本里的语言特有的舒缓温雅亲和，它的带入性超出预想，由它进入更多更复杂的诗歌文本，进入现代和当代，进入原本美妙含蓄又神秘的汉语本身，能感受到语言的各种味道和变异。

我和他们一样，是第一次从这个角度看到汉语语言和百年新诗的演进变化，也看到现代汉语在脱离古汉语后，被强行割裂和自有的顽守坚持，看到民间口语对它的持握和留藏。

课一边进行，一边补充材料，调整内容选定走向。一个月后，四个不同课程的班，布置了同题作业"关爱"，直接看到了由于我的投入和讲授内容不同，出现了不同的效果。作业题目没什么特殊，来自平时和同学间的交流，写写"关爱"或"仁者爱人"。有个班写的多是枯燥的概念，看这种作业真痛苦，我对他们说，我被你们大片大片的侃侃而谈给埋了，真有这么多的爱肯定受不了的，非窒息不可。语言这冷兵器，说来容易做起来难，说假话容易说真话难。

我忍不住问：从哪里冲出来这么多的雷锋呢。

而开新课的中文班交来的作业却多是认真和真切的文字。有一篇打印出来厚厚一叠，14000多字，22页。有的结尾标出13条参考文献出处，本不是正规学术论文，不需要这么认真的，我事先说过，写一页纸就行。快半年过去，有人来短信问我找她的作业，准备拿它参加征文竞赛，可见这份普通期中作业对她个人的重要。有人写了抒情性很强的一首诗，有144行。有打印作业外附手写的信笺：小妮老师，我是怀着八分痛苦来回忆这几个生活片段的，这些痛苦你可以从我的文章里读出来，但我还有两分的欢欣和感动……希望小妮老师能愉悦地读完这篇文章……其实我原本只是想随便说点什么罢了，我叫×××，我知道你属羊，我不属羊。

中文班的作业看了大约三天，再上课的第一句话就是：看了大家的作业，你们真的个个都是有故事的人啊。

下面有的笑，有的点头，有的叹气，而始终被我藏在心里的话是：我相信人心是可以捂热的。

每次来听课的中文班的学生大约50人，稍多于名单半数。渐渐地，我们的课更像融洽的聊天，随便插话，跳跃离题，讨论和自由出入，能感觉到这门课是被大家共同带动着的，能感觉到有学生的思路随时跟着课，也随时超越着课，他已经能在自己的思想河流里远行了。进入大学上课的第七年，我第一次持久热烈地感到和学生间无声地互通和融会带来的幸福。

3. 活语言

两年前刚讲诗歌课时，有同学提议多加讲解。虽然心里始终认为诗不可讲解，为了照顾更多学生，开始在做 PPT 的时候，给一首诗后面加上简要的说明文字。今年刚开始也如此，包括新课。事实上，每次课都不能不受现场的听和讲所构成的特定气场影响，偏离被提前标出的界限框定很经常，总会随堂出现即兴的感受，常突然冒出新想法，这时候再回头看前一天标出的注释文字，显得生硬冰冷，咬文嚼字。这情况在新课上遇到最多，我随口说，诗是不可能被任何文字限定的，它常变常新，看，我写的总是没有说得好。

话刚出口，很清楚，有人在下面说：老师，以后不用写出来！

没时间辨别是谁的声音，但是这一声喊真鼓舞。是啊，是不必写出来的，活语言本身一刻也不能被确定，我们永远都在寻找对它的新鲜感受。

是学生的参与和理解力直接推助着我们一起，共同去面对每一首诗，我和他们经常是同步的，这感觉真是要多好有多好。

临近期末，上课路上，迎头看见一条横幅跨于两棵高大的印度紫檀之间。停在横幅下面，把那些字记在我手机里，上课前抄在黑板上：

力争先，跟党走，做时代先锋

谋发展，做贡献，创迎评尖兵

看着这些字，不用说什么，大家一起笑了。和每次课以一小段老课本开头相比，这两行文字没有任何被转换活化成象形文字的可能，排列好整齐啊，整整齐齐的失去了汉字的美，无论语言学或接受美学，从什么角度看，都是两行生硬的不入眼的笔画。如果说暴戾，它是暴戾的源头之一。我们一起用四个月，简要回看了百年汉语演变的历史过程。

临近期末的课上读诗，事先报名的有十一人。有人读了自己的诗，有人读的是前一夜的新鲜出炉，有的诗是献给本班同学的，有送给据说刚分手的朋友的。有人郑重地穿来自己"好看的"衣服，有人上台，先跟大家要掌声，有各地方言，有苗语，有土家语。到了自愿上台环节，大家更踊跃，苏艺珍一激动就跑上来了，事先没准备诗，只好打开手机读，读着读着，下面说你唱吧，她开始唱，有同学随着她哼唱。虽然我没听清她唱了什么，但是同学们都知道，这就很好。

他们不是为我来上课的，每星期三下午，坐到这破旧教室的两节课是为自己，这比我一个人说尽千言万语要好得多。我愿意多请他们上台来，自己坐在下面享受他们逐渐奔放的快乐。表面上看，怎么上课，课时长度都是一样的，但是，2011年在新课上更多用心和投入，大家几乎同时进入，我只是一个略早于他们的带入者，我只是把私人的阅读理解带入一个众人的"场"，前一夜的准备很可能在课上被大家一起颠覆，或找到更准确的表述，他们可能无意识，我深知差异明显，我们一起试探到了汉语的美、空间、张力和更多可能性。

在他们不长的记忆中，和语言有两种关系：（1）方言，密不可分的仅限于和亲人、童年挚友间的私密性的语言；（2）书面语，书上的，课文，朗诵腔，辩论会，大会发言，疏离于人本身的。四个月的课，发现了我们和语言的第三种关系，它并不实用，单纯的，美的，细腻的，敏锐的，玄妙的，这感受是他们过去没体验过的，如果将来这第三种感受能影响他们的性格塑造和行为处事，将是件多好的事。

想想过去的课，假如让我重新来上，应该能上得更好，应该能给他们更多。课不好，肯定是投入的不够。

最后一次课，根据平时传递阅读课外书的情况，插入一段自由讨论《巨流河》的就是这个班。下课铃响了，一个男生起身说他提议谢谢老师，给老师鞠个躬。我赶紧说谢谢，赶紧也给他们鞠躬。不知道还有没有机会当面对他们说：这门课我得到很多。

每个学期都会遇到这样的学生，直言不讳地说：从不喜欢现代诗歌，只喜欢古典诗歌。本学期末，出现了立马转变的实例：期末考试临近，有一个老师的课要求背诵几十首古诗，把他们痛苦得不行。我反问：背诵古诗不是背进了你自己的肚子？他们说：不一样啊，凡是死背的，一定转眼就忘。有人说：本来还喜欢古诗，这么一背，顿时反过来了。

呵呵，有这么立竿见影的吗。

期末了，下课随口对一同学说：今天大家好像很困啊。

她说：你不知道，有个老师昨天晚上一连上了五节课。

我说：那可得累死了。

她说：我们听得也要累死了啊，老师就那么一通讲下去，同学来得那个齐啊，本来都是来听考试画重点的，从 5 点半讲到 10 点半，最后就剩了 10 分钟才说到考试重点，这不是坑爹吗。

呵呵，有时候他们的敏感甚于我。

托付

1. 厚重的本子

这里隐去她的姓名，我的信也隐去涉及个人的段落，我有责任保护她的全部文字。

期中作业，她迟迟没交，见了我她总说再等等，我暗想是在给偷懒找理由吧。认识她是一次同学间的读书活动，并没说几句话。那天我带去两本书给同学传递，知道她是大一新生，喜欢读书，她直接拿走了我带去的一本《夹边沟记事》。

拖了20多天，她抱个16开的硬皮本子来上课，说终于赶出来了。接过本子随手装进书包，回到家才拿出来看。一看惊了一跳，下面是写给她的邮件：

×好：

　　你的"作业"昨晚看完，我把我想到的，按顺序写给你。

1.这作业我得还给你，它太重要了，你要自己存放好，不要轻易给人看，一个人的内心是不能轻易交给别人的。曾经你给我写过几张纸，被我夹在去年的日记本里，带到深圳去了，我得找到并还给你。

2.这不是作业，这是一本"成长小说"的大纲，主要角色都出现了，都是骨头，再写就是填充血肉。

3.每个孩子的成长都有很多故事，我以前总会轻描淡写地看你们，似乎能"一眼看穿"，以为就一个孩子嘛，就是念书，然后就是长大，我太过忽视一个人的内心感受了，20岁足已历尽沧桑（请别以为我只是感慨你个人的特殊经历，和好些同学的聊天和作业让我感慨和重新认识这代人）。就像我一朋友邓康延说的话：教育就是让人更敏感（我刚跟他确认了这句话是他受了什么启发写出来的，没查原文，只是大意）。可是小生命们已经足够敏感了。

4.（略）

5.以我的观念，一点没觉得你有什么不好，木呆呆的青春有什么意思？别把自己搞得很苍老，别在意什么曾经的苦痛，谁不苦痛？明天就是全新的太阳……

我说的话有点重，请你理解我的着急，不能这么絮絮叨叨地沉浸于过去中，至于这本"成长的故事"，你要开始把它看成一段历史，不再纠结其中。这故事中的人物没准儿都挺快乐的，没准儿就你陷得最深。

　　作业哪天要亲手交给你，明天的课，暂不带去。

　　请细细想想上面这些。

王

　　抱着合上的厚本子，感受真多，首先得赶紧还给她，嘱咐她保存好。作为可能是唯一的阅读者，我要尽快忘掉其中的任何细节，让它平安稳妥地重回它的亲历者的记忆深处，使它依旧仅属于她自己。也许忘掉才能换来并不确定的对写作者的"保护"。这写在厚重本子上几十页的当代中国90后成长史，显然不是个人境遇的孤本特例，只是被其中一个亲历者自己写了出来。只是看这位学生的简历表，肯定清爽简单：生于1990年（估计），就读于某某省某某市某某学校。但是这密密麻麻写满了的小字，背后是一条小生命顶着来自身边的同学、老师、家长的层层困境，层层对一个孩子都是灭顶之灾，她竟然也挣扎着长大了，这本身多艰难又多悲哀。在成人们以为所谓的90后不过一页白纸，甚至直接叫他们"脑残"的时候，他们无力反驳却又早已经历尽沧桑，其中的惊悚苦楚只有他们自己才能领会，现实已经被他们验证过了很多次，很多残酷，很少幸福。同类故事还在发生，正被一代又一代人默默承受和消化着，外人懵然不知。

把本子交到她手上，心想这20岁的孩子，凭什么信任你，凭什么把深藏的心事告诉你，这托付的沉重甚至超过了友情。

2. 两个卓玛

中文班上有两个来自藏族的女生，都叫卓玛。一个来自阿里，一个来自林芝。都是美丽的地方。

我请80后藏族诗人嘎代才让发来他的一些情诗，交给她们两个，她们用课余时间试着把这些汉语的诗歌翻成了藏语，占用大约一节课的时间，两个卓玛给大家介绍她们的家乡和读藏语的诗歌。

她们很认真地做了PPT，每打开一页新图，都有人跟着惊叫，蓝紫蓝紫的天空下面一座山峰的图片，阿里卓玛说这是她转过的神山。还有穿华美袍子的两张群像，一张是阿里卓玛父亲的族人，一张是她母亲的族人，他们距离不远，但服饰风格完全不同。介绍家乡之后，PPT上出现了手写的藏文诗歌，她们开始藏语的情诗朗诵。

期末的时候，有三个同学在作业里说，一定抽时间跟卓玛们去看她们美丽的家乡。

我对阿里卓玛说，就要寒假了，写写你回家的故事吧。她说太远了，这个假期不回去了，暑假回去争取写。从阿里来海南岛上学，换各种交通工具，路上走了八天，刚上岛还要克服醉氧。

除了介绍家乡那次，平时她们多沉默。林芝卓玛有时缺课，而阿里卓玛总来，总是安静地淹没在很多女生中间。现在学中文的比例严重失调，女生太多男生太少。

阿里卓玛在作业里说：

……牧区是我父亲的家，孩子们全部都在牧区放养，没有去上学。现在教育提高了，但在牧区还是没人去教，也许是这里的环境差，没人愿意去。高三那年寒假，从拉萨回阿里，中途会有很多村庄、帐篷。中途休息，在一个村，当我们的车子停下来之后，好多人围了起来，觉得好奇，走进一个帐篷里，在里面吃肉，喝酥油茶，吃得差不多时，孩子们在帐篷门口看着，然后我父亲说了一句：这是你们的新老师，以后要教你们读书。孩子们乐呵呵地说：有新老师了，有新老师了。这时我在想（王注：在作业里她说，她的梦想除了父母，没对其他人说过，我当然要为她保密，这里略去"梦想"的部分）……

有一次下课，阿里卓玛跟在几个小个子女生后面过来，跟我道歉说，那天课上写作业，写着写着写上藏语了，最后忘了翻译，就交给老师了。有同学提醒她，才想起来，老师也看不懂藏语啊。

我说：这好啊，就当我是懂藏语的吧。

和她们分手，我一个人走过湖边，湖水味道恶劣，但那天心情特别好。如果他们每一个都能在作业里忘掉限制，随意自在地表达，该有多好。从没看的一沓作业里找卓玛，果然，结尾一串好看的画出来的文字。

再去上课，我问卓玛那行字写的什么意思。她说：是扎西德勒。

哦，扎西德勒，这话我懂，写出来好看，读出来好听。

林芝卓玛是个时尚姑娘，大眼睛好看，她的作业里很多网络语言：亲呀亲……不知道是不是和她们来自不同地方有关，林芝比起阿里，自然条件等都要好很多，接触新东西也容易吧，后来知道，林芝卓玛中学是在福建读的。

我怕海拔，也出于敬意，不准备登上那块高原，包括卓玛们美丽的林芝和阿里。

下面是卓玛写她的家乡（写在2012年底）：

我的家乡，说起家乡真想回去，今年过节又不能回了，都有好几年没在家过年了，没有穿我那套新藏袍，没有喝到妈妈做的酥油茶，没有吃到烤箱里烤的羊肉，没有篝火跳舞。最近一次回去是2009 年那次新年，已经快三年没回去过年了。

很多人会问我，你是哪里人，我会说西藏阿里。他们的第一反应是，哇，西藏，那个地方我们很向往。但又会说：阿里？是哪个地方？我会很认真地告诉他们，阿里在西藏的最西边，离太阳最近，所以很多人会说最接近天堂的地方，这里（海南）和我家有两三个小时的时差，这里 7 点就天黑了，我们那里 9 点太阳才刚刚下山。

好多人会惊叹，怎么从那么远的地方过来，而且这海拔差别也太大了，阿里平均海拔 4500 米以上，而海南应该是中国海拔很低的地方。还有人会说阿里？阿里巴巴？拳王阿里？说各种的都有，是的，好多人知道西藏，却不知道这个小城镇，她安静，平和，不食人间烟火。因为寒冷缺氧、环境恶劣，很多人会说这里是生命禁区，但人的生命又是那么固执、倔强，不仅生存了而且生活得很富有（富有并不是指钱财有多少，而是心灵上的富有）。我家乡有说不完的美景，湖泊，雪山，草原，虽然是半荒漠，但依然美丽。有句话是这么说的，不到阿里就不算到西藏，确实是这样。

狮泉河是西藏四大河之一，还有象泉河、孔雀河、马泉河，确切地说其中三个都在西藏阿里。在阿里最神圣的就是圣湖玛旁雍措，在藏语中"玛旁"意思是不败,"措"是湖。圣水可以清洗人心灵中的烦恼和孽障,还可以治百病,我身体特别好,走到哪里都能适应,是那种很难生病的人。湖很大,安详,宁静。冈仁波齐山是神山,在我们的心中它是世界的中心,独一无二。

每年我们这些在外的雪子(雪域之子)回去第一件事就是去转山。路不好走,但路越艰难,就代表越虔诚,就越能洗掉人的罪孽(其实我们都有罪,我们吃的东西,干的事已经足以确定我们的罪)。我们有斋戒日,就是减少我们的罪孽。阿里有过古格王朝,很多人说这个王朝神秘消失,其实是因为战争才慢慢消失的。阿里以前还是个王朝,象雄,有自己的文字,是本教的发源地。

来海南快三年了,但依然记得回家的那条路,路途虽然难走,不好走,但愿意走,因为一路是享不尽的美景,每一次回去,都给我不一样的感觉,也许是因为这是家。

说说第一次回去的路程:从海南(下午4点)到广州(凌晨4点),再前往拉萨(火车三天两夜),在拉萨停留两三天找车,找价钱便宜的,拉萨到阿里比广州到拉萨还要贵(回趟家真的不容易啊),价钱就不说了,会晕的。呵呵,从拉萨出发到阿里有1600公里。拉萨—日喀则—拉孜—桑桑—22道班—萨嘎—仲巴—霍尔乡—巴葛—塔钦—门土—巴尔—昆沙(这里有海拔最高的机场,可是坐不起啊，贵，险），最后到阿里。这后面也没有其他城市了，我们就在最西角。这是我回去的全过程。冬天会积雪，每年冬天路更不好走，路上结冰，车子很难前行，家里担心出事，不让回去。夏天会好一些，不过路也会被雨水冲掉。路上会看到修路兵和修路的老百姓，他们真的很了不起，这样一群人，也在默默地奉献，但好多人应该不知道他们吧。以前上高中（去拉萨）时每年回去也没有那么多感慨，现在因为跑到这么远，又是截然不同的两个地方，每一次回家感触很深。

天堂本来就不容易到，阿里也是。

P.S. ……2012 年快结束了，在 2013 年来临之际，先给老师送上我的祝福，愿您身体健康，开心快乐，扎西德勒……

3. 仙姑

仙姑是 2008 年入学，将在 2012 年夏天毕业。在"2008 年上课记"里有提到她。

2011 年秋冬，早没她班上的课了。仙姑有几次来我家，只有一次是悠闲地说话。过后遇到和她同来的女生对我说：那天仙姑也太能说了，完全不像平时，别人都插不上话了。我问，平时仙姑很沉默吗。这位同学说，是啊，她没那么多话的。

而我印象中的仙姑始终是欢快的，表达流畅的。还有一次，仙姑带了一盆小绿萝给我。结束课程，离开海岛回广东时，我一路都带着这盆绿萝，提它回家的路上忽然觉得有点傻，像《这个杀手不太冷》中的场景哦。

仙姑成绩始终不错。记得大一教她的时候，一个晚上的课间休息，经过她的座位，看见她在填一张类似助学金的表格，装作没看见轻而快地走开。

秋天刚到，听说按成绩排名，仙姑可以保研，我知道她想去其他学校读研。经过一段时间的查询，其中细节我没过问，只听说连刚入学时体检的肺活量记录都查了，最终结果得知是她只能保本校。这时大约已经是 2011 年 10 月中旬或者更晚，她匆匆告诉我放弃保研，决定复习参加考研，"自己考出去"这决心不是那么容易下的。后来大约两个月没再见到她，她同宿舍的同学告诉我，仙姑太拼命了，这段时间身体不太好，严重缺睡眠。我帮不到仙姑，只好发邮件简单嘱咐几句：吃好点，睡多点。

2012 年 2 月 27 号晚上收到仙姑的短信：

老师，我刚查到成绩：405……感谢老师一直以来的支持帮助！

好激动……不知还能说啥了！

2012 年 4 月 2 号下午收到仙姑短信：

老师，我刚查到录取名单，我考上了！还是那句老话：谢谢老师的帮助、支持与鼓励！

她给我的通报成绩的邮件中说看到成绩的时候"全身在发抖"。仙姑靠自己考上了北京的人大，未来要去读电影学的硕士了。去北京复试是坐飞机去的，她说这一路的花费，她爸得拉多少趟板车啊。仙姑曾经跟我说，家里的活儿都是她爸爸自己动手，不另外请工的，乡下现在工钱也很贵，盖个卫生间，都是她爸爸自己做。

2012 年 1 月 16 号，仙姑赶在春运高峰回家，半路上发来的两条短信：

我现在在湛江火车站等晚上 10 点的火车回家……昨天大雾，琼州海峡封航，我和 8000 多位旅客冒大雨，大包小包站在秀英港候船大厅门外，挤了十二个多小时的人肉饼干，还是误了火车……今天重新买票顺利来到这儿。人总会在苦难后发现更多美好吧！我现在看着到处席地而憩的人们，觉得任何生活其实都很值得一过！预先祝老师全家新春愉快！

经历时确实很难受，回想起来倒觉得没啥，但感受始终真切……

仙姑把这次回家经历写成文字，王雁翎说会发表在她主编的《天涯》杂志上。曾经，余青娥的文章《回家过年》也是发在《天涯》的"民间语文"上。我提醒仙姑，如果文章发出来要留好杂志，她们还不很了解什么核心期刊、什么学术地位，另一轮背书填表之类正在下一道关口等着呢。

4. 丁传亮的邮件

上次见丁传亮还是2010年秋天，老远地赶过来，老远就伸出了右手，当时我心里好笑：丁传亮学会握手了。

因为在必胜客打工，占去了他几乎所有的业余时间，和他只有几次邮件往来，摘其中一段，而他说的那个下雨的晚上，我完全忘记了：

　　说着说着就毕业了，我现在还记得老师给我们上的大学第一节课呢，那还是一个下雨的晚上，我们带着好奇的心情走进教室等待着老师……从大二下学期起，我就在一家叫作必胜客的西餐厅里做兼职。工作很辛苦，很累，但是可以挣到不少钱，所以从那时起，除了学费外我很少再向家里要钱了。但兼职工作占用了我太多的时间，我就只有很少的时间可以读书了……

　　我还是怀念大一、大二时，一个人在自习室里抱着厚厚一部书在那里看啊看啊，《基督山伯爵》《巴黎圣母院》《战争与和平》《古文观止》等，感觉那时真是我大学里最美好的时光。自从做了兼职后，很少看书了，专业课学得也不好，今年想保研就不行。兼职给了我很多，但我也失去很多。

　　提起《卖粮》，现在我也很惭愧。可能是自小出身穷苦，我身上有着很强烈的自尊和自卑的性格。我不愿意人家用不一样的眼光看我，不愿在同学面前暴露自己的软弱和寒酸，也可能是我想得太多了吧。还没有进入大学，我就决定不要学校什么助学金，所以大一我就没有接受学校的助学金；还有一次，一位日本友人要捐助我们学院贫困的学生，每个同学每月一百块钱，我也在其中，我当时感觉真不是个滋味，我就跟学院领导说我不愿意接受捐助，结果领导换了人，我只想靠自己来解决自己的问题。现在我也不觉得自己有什么不对，只是觉得自己太较真太一根筋了。就拿《卖粮》说吧，母亲是无辜的，我应该让更多的人来了解我的母亲，不想署名岂不是连自己的母亲也嫌弃了吗？现在想起来真是可怕，我从来都很爱我的母亲的。对了，还要告诉老师，我这两年得了两次国家励志奖学金，一次国家二等奖学金，很高兴，奖学金我很乐意接受的。

……保研不成我就没有想到要考研了，这里有几方面的原因，最重要的是自己的家里不可能有那个经济实力再供我读研了，我也不会自私到一定要父母供我读研了，家里面为了我读完大学已是筋疲力尽。父亲母亲今年都已是将近七旬的老人，如今还要为我辛苦得不可开交，这不我妈几个月前到新疆摘棉花到现在还没有回来呢，每每想到这里我都有一种沉重的负罪感，本来该颐养天年了，还要忙碌。

还有就是在这个以金钱为衡量一切标准的时代里，我感觉我被世俗化了，俗不可耐，我现在想的就是怎样找到一份好工作或者创业，赚到多多的钱，一方面是为了证明自己，一方面是想让父母不要对我太失望。

可是我的天性安静，向往恬淡的生活，很喜欢中国的古典文学和外国文学，现在只有先把这些想法给放一放，等到自己有足够的能力的时候再来重新追求自己的梦想吧。

到现在，尤其是在夜晚我经常迷失，感觉自己前面的路会很坎坷，每次看到海口灯火通明，我想象不到哪一家会是我的。我会理性地看待这一切，因为这是每一个毕业生都要面临的，相信在几年以后什么都会变好的，最重要的还是好好地奋斗。

老师您知道吗？我本来早就可以毕业了，就因为我不服气，复读了一年又一年，就想考上北大，可是最终还只是来了海大。我现在不后悔了，也没有时间后悔，我现在所做的就是让自己更成熟，更强大。

现在我在找工作……

写这封信的起因，是2005年到2010年的"上课记"结集出版时，想选他大一的作业《卖粮》，要征得他的同意，另外，也必须询问《卖粮》可不可以署上他的名字，因为当初他是不想公开自己名字的。过去，丁传亮给我的片段印象，除了他朴实真切的作业《卖粮》，还有他在课上讲新闻时偶尔插几句简促有力的短评：不该叫"农民工"，应该叫"进城务工人员"。看了他大四时候的信，才知道因为打工赚钱，没机会和心境安稳地读书，主动放弃助学金以换得自尊，辛苦的父母，考研的念头，北大和海大，看来都是他选择的结果，而真正能由丁传亮决定的实在太少。我喜欢听丁传亮说话，他一句实在话，常比任何抒情、任何议论都更生动更有力量。呵呵，有人批评《上课记》没文采，我始终觉得在记录他们的时候最不该动用的就是文采。既然有这么真实本色的记录，为什么还要涂脂抹粉。

5. 卢小平

8月底，还没正式上课，两年前教过的学生卢小平来做客，一进门居然提了礼物，两包当地的茶，非要给我。我说你怎么能带礼物呢？后来很后悔我随口就说"礼物"，这两个字马上让他不安，他重复解释几次：是我奶奶说的，看老师不能空着手，是看老师嘛。不知道他老家江西是不是依旧供着"天地君亲师"的牌牌。

坐了两小时，几乎都是他在说，我在听。从大一下学期起，卢小平一直在肯德基打工，每小时8块钱。他讲了在肯德基打工期间的各种有趣的事：骑什么样的电动车去送外卖，配有什么样的头盔，遇到什么样的顾客，善良的女人和无理的富人，平时怎样考核晋升，集体组织外出旅游。

他说：老师，我这下可知道了，"旅游"就是坐车到一个地方，下车转一圈，再坐上车回来，这就叫旅游。这个贫困家庭出来的孩子，在参加肯德基的集体出游之前是没有"旅游"过的。

我问他晋升没有。他说本来有一次晋升机会，要通过考试，提前好几天他就开始背题了，"像平时背政治一样，最后还是没考上"。他去查问自己考试的分数，"人家说帮你问问吧"，最后没任何结果。也有老员工反问他：你看海大学生有过考上的吗，都是要吃吃饭送送礼的。

我说：这些事，大学生都不行的。

卢小平说：也不是不懂，都懂，可是做不来，那么多年的书不能白念了。

他有意强调说：这个我还是坚持的，即使没录取也不抱怨。

他说：大三了，想想，好像没学到什么。

我说这不是解数学题，不是在沙滩上找鹅卵石，更像在沙滩上学习堆沙子。

那天，坐在沙发上的卢小平真能说真快乐。在一家普通快餐店里遇到的很多细节，被这农家孩子一说，会变得这么盎然有趣。上大学第三年了，他从没回过江西赣州的家。他说父母都没在老家，都出外打工了。他听说，中学同学有的都抱着新生的小孩子到处串门了。

起身离开前，他忽然很抱歉地说：怎么全是我在说呀，说得太多了，耽误老师休息了。

知道他平时沉默腼腆，他来做客就是想说说话，自由流畅快乐地表达。说了两小时，他一句都没谈到在学校看了什么书听了什么课。

6. 文呈平的作业和他的村庄

先注意到署名文呈平的作业，然后才认识了文呈平。

两年前，盯着一份作业愣了几秒钟，全文不过200多字，画了四个圆圈，每个圈替代一个没写出来的字。小学老师见到这作业多半得发火：你学过查字典没？

问谁是文呈平，他慢悠悠地过来，个子矮，羞怯。我问他：有手机吗？他答：有。我说：写不出来的字到手机上能查到，很方便。他说：哦。我说：没别的事了。

他出生和读书都在这个海岛上，这里孩子多淳朴少言，性情温和，由于教育基础始终差而普遍成绩平平，常听"大陆"（王注：岛人把岛外统称大陆）人背后议论岛上同学考分低，特别在我们这所大学新生录取分数连年蹿高，生源越来越好以后。

他画圈的作业只有一次，那作业随后发给了每个人，后悔没留在手里，也珍贵也可爱呢。后来再注意文呈平的作业，都短小清新生动。下面是文呈平的一篇作业，题目《我的舍友雷老虎》。

　　他，是我的舍友，也是我的同学。我们都叫他雷老虎。他有着陕北人那种豪爽大方。每天起床后他总是先拿着一个洗脸盆去洗完脸，然后再返回来拿口杯牙刷去刷牙。我很奇怪他为什么不同时一起去洗呢？

　　他起床是比较晚的。但最先准备好去上课的是他。然后就操着他那陕北口音说："同学们，上课了，不要让我等太久了。你为什么总是让我们等你呢？"好不容易我们都准备好出发了，走到209宿舍时他又大叫一声："山西安飞虎！"好像要把安飞虎吓一跳他才甘心。他走路很快，不知是因为他的腿太长还是他的性格使然。

　　在教室里，如果他站起来对我们宣布事情，左右手总是随着他的讲话而摆动着。他声音很大，但不是很标准。他要是讲得快起来就很难听清楚了。以至他去面试时人家还说叫他去练普通话呢。

　　他也很有创意。有一次他背《长恨歌》，居然想到用《一剪梅》的调子套上去以唱的形式给背了出来。我还用手机拍摄了下来，他下来后我还对他说如果身体要是也扭动起来那效果就更好了。在宿舍里开 DJ 时他也曾扭动给我们看过。　　　　　.

　　这就是雷老虎，但每当我们叫完后也总是喜欢补上一句：一切反动派都是纸老虎！

　　很不喜欢改动别人的字句，这作业是全文原貌，标点都没动。2009年年底，这个班的最后一次课，备了简单的零食水果，雷老虎还肩扛个大西瓜奉献给大家。下课了，快速清洁教室后，和学生一起离开。留意到最后一个关灯关教室门的是文呈平，手上托着残余的垃圾，走向走廊另一侧的垃圾桶，然后无声地跟在高谈阔论的人们后面。

　　占有优质教育资源的大地方不一定滋养出文呈平。单纯比成绩，岛上的学生可能没有大陆学生平均录取分数高，也不一定比他们见识多，普通话和英语都很难拔尖，进了大学，本岛学生有些会自我边缘化，各种风光的场合比较少见到他们。这本是地域闭塞和教育不公平的原因，却被一个个孩子还不够坚定的内心独自承担。没见过他们说什么，顶多说生的地方不好，离大陆太远了。"天高皇帝远"对隐者是好地儿，对学子就太不是了。

　　"2009年上课记"在"方言"一篇提过文呈平的"付马村"：除本村人外，任何人听不懂他们的语言，世界语言学家说他们村子的方言是语言活化石。文呈平介绍他们村子的时候带着自豪。可惜，下面的学生对什么语言活化石没兴趣，加上他的介绍平淡，普通话很一般，更多的人几乎只关心自己准备的内容，完全不在意别人。多数人的印象顶多是这个叫文呈平的小个子也上台了，说了一段话。

后来在《上课记》里简要提过他的村子。2010年寒假，联系到已经回家的文呈平，想去他的村子看看。通常人们来这个海岛都走东部旅游线路，而文家的村庄在西线。开车一路向西，离海口两个多小时车程，看到"付马村"三个字的粗糙水泥墩，却没看见人影。忽然，文呈平从路基下面的杂草丛里跃起，他的脸在渐渐退去的烟尘滚滚里显出来。从大路到他的村子大约一公里，完全是沙路，像进了沙漠地带，而这里并不靠海滨。据他说，这小段路早要修的，但附近的两个村庄始终闹纠纷，一条乡村路，报价也太高，一公里要77万。

眼前的村子没有泥土只有沙子，这是我此生唯一见过的没有土壤、寸草不生的村庄，除了几棵苍老遒劲的杨桃树酸枣树，树粗要三个人合抱，其余没丝毫绿色。肮脏的小猪横在沙路中间睡觉。文家不高的院门上残留着半年前他高考发榜后贴的对联：

数年寒窗夺魁首

金榜题名列前茅

对联在院门左右，没横批。

屋门上的对联是：

数年寒窗大显身手惊四座

科举扬威连科及第镇群英

横批：文惊四座

眼前的这个家简朴干净，庭院铺水泥，院里有口井，据说常打不上水。一间偏屋里堆了两大袋红薯，文呈平动手要装些给我。遍地沙子的村庄，哪里敢要他的红薯，它们一只只长大容易吗。他说，刚才接到我快到村口的电话时，他正和家人在很远的地里种花生。

村里有人家正结婚，没见热热闹闹贺喜的，一对鲜红流墨的对联后面，铺水泥坪的院子里有几个人在喝喜酒。村人多外出打工了。

跟文呈平去了文氏祠堂，他安静地走进去先燃香。地上有小的木雕的神庙，应该是正月十五"杠神"用的，当地著名的民俗。神龛有对联：

始祖生日欣报德

神恩接迎庆安全

横批：喜迎圣日

文呈平不知道他家祖上究竟是哪里人，有说福建，也有说从越南来。对被叫成"活化石"的"付马话"，他也没有更多了解，虽然他会说这种语言，估计以后能说它的孩子将越来越少。

跟文呈平去看了他读书的小学校，土墙校舍还在，已经荒弃。村人都送孩子去距离十多公里外的东方市读书，文呈平也是在东方读的中学，留在村里上学就别想考上大学，他说。

"突突突"来了一辆摩托车，是文的爸爸，摩托车在沙地上吃力地拐，一着急，死火了。这个不善言辞的中年人专程从花生地里赶回来想留我们吃饭，这反而让人不敢久留了，在无土的村子，招待一顿饭是个大负担。

急急地走，文呈平说他想跟我们的车去东方市转转。一进城，他显然变得欢快了，不断说哪儿是他读书的学校，他有两个妹妹现在都在那儿读书。哪儿有好吃的小店，哪儿又是什么好去处，东方市原来叫"八所"，新兴的工业城市。像很多乡村孩子一样，城市让他兴奋，流连忘返。

最后分手在客运站，他又要回地里种花生了。

2011年整个学期都没见到文呈平。有同学说他在呀，但是就没碰见。

7. 青娥的短信

我联系上了余青娥，她工作快两年了，她说她一直默默关注我的微博呢。

其实青娥是能胜任很专业的文字工作的，对于精细事物的提炼、把握和描述能力，她不弱于那些负有盛名的作家。但我不敢支持她以文字为生，连把写字作为终身爱好都没对她过多地提起，怕她变得太敏感而失去普通人的幸福。

曾经两次，在她大二、大三时，跟她在外散步，我的手在口袋里一直碰着钱，却始终没敢拿出来，怕因为一张纸伤了她。而她刚一工作发来短信说要发第一次工资了，想请老师吃饭呢。她始终在200多公里外的另一座城市上班。

下面是她刚工作时发给我的：

老师，我现在懂得了，善良是一种罪过，为什么他们一定要逼你变坏变精呢，只有坏了精了，他们才怕你，才觉得你有用，才尊重你。善良注定被践踏，所有人都说我呆头呆脑的，没什么想法。

真希望我能多长个心眼，我就能懂他们的意思，可为人处世方面我怎么学都不聪明，注定被看不起。

这两条是时隔一年后，2012 年春节前她的短信：

老师，好想请你和徐老师去我们家住几天，昨天我们村开谱呢。二十年才开一次谱，前天戏班子就进村了，要唱四天三夜，每一家的亲戚都被接回去看戏了，昨天给家里电话，妹妹说全村的爆竹声一大早就把她吵醒了。呵呵，想请老师去我们那儿听听赣剧呢。可惜工作了，回不去……

……明年老师就可以见到我家的新房子了，我爸今年回去要准备动工了。其实我现在也不知道村里变成了什么样。外婆说村里建了新农村，还弄了路灯。我刚问回家的妹妹，她说路灯是木头架子支起来的。

青娥的脑子里好像不存放空洞的概念，只有细节和形象，还有一种绵绵的温润。

她大二时，有个很黑的晚上，她很低声地说：老师，我信教了。哦，猛地感觉肃然，我正跟一个有了信仰的人并肩走在一起。

现今，想以文字为生，也许要借助很多其他东西，要阅历要够胆要漂亮要更多，每一样都不想青娥背负，只要平静安稳过一生就是最好。抽空要去她家乡鄱阳湖看看，要选在过年的时候，看从城里回来的村人像她描述的：穿得崭新，满脸光彩，从这家进再从那家出。

8. 让我摸摸我的血

现在大学里文科男生太少，表面上看，他们更像被压抑的群体。也许在高中划分文理班的时候他们就开始被边缘化了。有时候看着他们一进教室就自动走向后排，然后坐下，沉默地反衬着女生欢快的声浪。我忍不住想，喇叭中天天喊叫的"文化大业"，是要落在这些"边缘男""孤僻男"身上？

而邓伯超不同，他这条生命的生猛硬朗是从中国苦寒的乡间里滚出来的。所以他会说"和城里的孩子还是很难一拍即合，城里人缺乏狂野"。邓伯超天生有故事，未来也将如此。

邓的父母在成都打工，做再生板，接触甲醛，干活要戴面罩。

他爸说：这是比挖煤好那么一点儿的工作。

两年前邓在海南儋州乡下拍客家人的生活纪录片《余光之下》，后来这部纪录片不断有获奖。最初他给片子想的片名是《鸡蛋壳》。他这么解释：一个鸡蛋壳，现在已经掏空了，易碎，需要保护。拍片那段时间他常用圆珠笔把各种提示写满手臂，还写了整整六本拍摄笔记。

有一次听他讲去献血，一下子献了400cc。我说，太多了吧。他说这样好，将来家里人有需要，就都能用上免费血了。

献完血，他去问医生：能让我摸摸我的血吗？

他就伸手摸了一下装血的塑料袋。他说：那么暖和，我的血。

2010年他跟我说，一听谈钱就恶心。2011年春天，他来深圳放映《余光之下》，后来有客家人请他继续跟进拍摄客家人的生活。2012年4月，他从闽西来深圳到我家来玩，带来一个18岁的小"助手"，是闽西一个叫培田地方的农家孩子，在一所中专学中医，认识很多草药。邓讲了很多培田村和他漂在北京的事儿，一直说到了天黑。

学校里不一定学得到什么，生活却催促他们长大。邓伯超身上的莽撞在减少，理性在增多，内心依旧狂野。据他说，在培田的拍摄可能还要持续一年。也是在2012年初，他忽然发给我一句话，大意是如果没有摄像机，这生命就没什么意义……邓伯超的故事由他自己说会更生动，我始终都愿意做他的一个读者和观影者。未来很多事都留待这个狂野的身体深处带着温度的年轻人自己去讲述，是他自己积蓄出这生命能量的。

9. 晏恒瑶的以退为进

晏恒瑶 2011 年夏天毕业。在湖南的父母想她能尽快在城里找个稳定的工作，或者离他们近一点。可是，她又去了她曾经不止一次去过的大理。我写过她讲述的那个在苍山半山腰上面对洱海的茶场。好像临毕业前她还跑去苍山茶场躲过一段清净。我也担心过，她还这么年轻，可别成了苍山隐士。

刚考上大学的时候，因为看父母在田地里干活实在太辛苦，一收到大学录取通知，她就把户口迁到学校，属于她名下的农田就被收回去了。这才不过几年，她并不像多数出自乡村的学生那么向往都市，反而总是被泥土和自然召唤，总想重新回到乡间。临毕业前，听她讲茶场，我跟她说，趁着年轻，可以看更大的世界做更重要的事，等到她四五十岁，苍山洱海都还在的呀。很快，她就去了大理，在茶场里工作了。

几个月后，她告诉我正犹豫是否下山，去一家外资酒店工作。很快她就换了这份新职业，说要抓紧练英语。再过一段，听她说了正在这家酒店做着的四件事情：

（1）再生纸印刷，尝试实现酒店用纸全部环保再生。现在找到的有印刷品和生活用纸的再生产品。

（2）有机农场，了解有机农场的生产和大理当地的农业发展，争取早日开起×××（酒店名称）自己的有机农场。

（3）了解当地人的生活状态，与环保咨询团队合作想出最适合当地发展的环保办法，融入社区并宣传环保的活动。这个团队是在上海专门从事环保咨询的，他们的专家来自世界各地，已经到这边来看过，我们正在尝试做一个更具体的方案。

（4）茶，布置茶室，整理茶文化知识，策划云南的茶文化体验旅行。这是自己最擅长的一个部分。

她的乡人看她从田里考出去读书四年，又回到了田里，这书怕不是白读了。但是看了这有点枯燥的工作介绍，晏恒瑶的现在，和她死啃书本迎接高考时比，完全不是一个人了。一年前曾冒雨站在我住的小区大门口的她，当时还望不见未来，一个人想长大，可真快。

现在，有时能在微博上看见她发一张阳光照在洱海上或什么野花的图片，会打开图，多看一会儿，想她的心境应该比挤地铁的白领们平静安详吧。

2012年3月，她在信里说："……想给自己办个护照了。"

这九个字看着普通，对这个安静又坚定的湖南姑娘意义非凡。几乎所有的大学生一毕业都奔着城市，所谓的北上广当然有吸引力，像晏恒瑶这样认准了自己的路，就一直走的并不多。我跟她说，这才是真正践行中的以退为进。

10. 瑞丽的本子

那次，和人去外面吃饭，感觉负责点菜的服务员有点怪，始终有点别扭，不拿正面对着餐台，她转身要出去，被我认出来了：是去年大一我班上的同学吗？她有点不自然：就怕老师认出我来，还是被认出来了。我说，这有什么，打工吗，没什么的。细问了她，每周没课的三个晚上来餐厅，每次工作三小时。问她累不累。她说还行，赚点小钱儿，还被老师发现了，真不好意思啊。想起来了，她的名字叫郑瑞丽。

离开餐厅的时候，她又喊来一起打工的一个男生。我说：我还认不得你。男生穿着餐厅的制服说：刚刚上过海子的课啊。

秋季开学，郑瑞丽大四了，她说想来家里和我说说话，怕以后毕业就很难见了。那天，她喊上一个女同学一起来，好像没人陪着，她有点不敢独自来。而这后一个女生又在半路拉上个理科的陌生男生。一下子，这么三个不同的年轻人坐在一条长沙发上，场面有点散乱，各说各话。我心里很明白，真正有话想说的只是郑瑞丽，但是她还不习惯像一个成年人一样独自来串门聊天。

郑瑞丽带来一个本子送我，是刚刚在过来的路上专门买的。她说买了本子，就趴在校内小日杂店的柜台上，翻开新本子的第一页给我写信，有人经过就问：你这是急着写情书呢？她也不理。

三个学生走后，打开这硬皮本，看到她写了满满三页的信，只抄其中一段：

……记得大一时，第一节课上，您让我们每个人写张小纸条，分别写自己来自农村还是城市，最喜欢的书是哪一本。我没有写，因为我不喜欢让别人知道我来自农村，而且我也不知道我喜欢什么书。因为我之前几乎没有完整读过一本书，除了课本，那时我对您是抗拒的，不想让您注意到，但是上了您两学期课后，产生了想接近您的想法，非常想了解您，因为……

直到这天，我才知道郑瑞丽是山西人。随后想起她在大一时跟我说过，她和自己的妈妈缺少共同语言。想另找机会单独和她聊天，问这快四年时间里，除赚些零用钱外，读了什么书，学到什么东西，怎样规划未来。很快，海岛上的风也凉了，很快穿多几层衣服的学生们排队买寒假回家的火车票了，始终没找出机会找她聊聊。

2012年，用郑瑞丽送我的硬皮本做了这一年的日记本。

11. 一个送外卖的同学

12月6号，以课上作业代期末考试结束，外面始终下雨，大家都走了，窗外满眼的花雨伞，教室中间只剩一个男生在白惨惨的日光灯下坐着。问他怎么不快去吃饭，他说等着雨停。他找了份送外卖的活儿，每小时5块钱底薪，每送一份外卖，5毛钱提成，一个月能赚800元左右。

没带伞吗？我问他。

有伞，但是只要下雨，我就不出门，万一感冒了，这点工钱还不够看病买药呢。

他又说，没办法，明知道下雨天是送外卖的高峰，我又最怕下雨。

他给我看正握在手里的新手机，看着够时尚。他说前不久弄丢了手机，先借钱买了这新的，现在的人一天没有手机也不行。所以找了这份工作，努力赚钱还债。

我离开的时候，他继续坐等雨停。

后来有学生告诉我，去肯德基上"大夜班"收入最可观，晚上11：30工作到第二天早晨7：30，每小时10元，比白班高2元，加了夜班补助，一个"大夜"下来能得到80元，整夜工作之后，很难保证正常听课。一个平时专做"大夜"的学生家境困难，学费交不上，生活费完全靠自己平时打工，误了很多的课，结果是挂科，一旦挂了，就没资格申请助学金，他们才是一所大学中最弱势的群体。

两个月后在深圳，我家旁边的麦当劳门口摆出一张空桌子，上面立一个有字的纸牌：麦当劳招聘送外卖，月工资2800～3000元。想到独自坐在空教室里等雨的学生，如果把这间麦当劳平行移到那海岛大学附近，会不会逃课的人更多。随后想到在网上曾经见过一个女大学生站着上课的图片，太辛苦地打工，只要坐下去就会瞌睡。

12. 片刻的暖意

课上说，诗歌课不奢望太多，起码能提示他们多感受生活中自然平凡又深邃的光泽。刚下课，贺如妍就急急地问：老师老师，你看见了吗，我的眼睛里有光。

当然当然，我都知道我看得见。

我知道有人用心上课，有人相反，也知道有人领受任务，把课上的某些情节上报。但是我不想搞甄别，甚至很怕哪个有任务的暴露了。上课的这个学期，我得均衡地喜欢他们中间的每一个，不偏不倚，不亲不疏，他们"夯不啷当"都是孩子，都喜欢他们。

所有的闪光，并不是我给他们的，是他们自己的。读诗的课，没经任何提示，几乎没有人长吁短叹模仿"电视腔儿"，多是平静地念诵，而不是肉麻地朗诵。每个人上台不过短短几分钟，脸上也浮溢出幸福。印象最深的是大二的雷雅婷，一屋子的人看着她喜盈盈地有点不能自持地读着诗，真是舒服。

有个男生上台来准备朗诵杨健的诗歌《暮晚》，又出现了张着嘴却硬是说不出方言，他赶紧喊一个女生上来帮忙一起念，两个人都在台上了，都读不出方言。男生有点为难地对下面说："这是在家里跟父母才能说出来啊……"下面哄笑："就当我们是父母呗。"我在学生中间坐着，有女生从后面对我说：遇到这种场合，就是说不出老家的话。

虽然可能有障碍，一听说方言读诗，大家很快乐，纷纷来问：

我们山西有没有什么诗人？我们河南有什么诗人？来自四川的会骄傲地说：我们要念《中文系》嘛。川话版的"中文系"三个字说出来，千回百转地好听。

李婧给大家读自己的诗《我就是我》，事先有解释：是 11 岁时写的，写在因早恋被父母老师批评以后。几句话很简单，她脸上显出了不屈服。成人什么时候真学会在意孩子的感受，这社会才开始学着正常。

广告专业的赵清山带来个小本子，抄着平时写的十几段分行文字，他说不知道这叫不叫诗，只知道写出来心里才安慰。我跟他说，这是写作的最自然本真健康的状态。也是赵清山，听了雷平阳的诗《祭父帖》，发来短信说，想到自己远在贵州上了年纪的父母。

来自岛上的男生多温顺平和，总来蹭课的理科生叶长文和中文的郑纪鹏都是好性格，叶是学草的，"草科专业"，听着好像技校啊，他是澄迈人，会提着一小袋鲜海鱼生姜片大蒜头做鱼汤。郑是陵水人，从小是听海潮声睡觉的，他说海滩有什么好啊，过去海滩就是村上的坟墓。叶和郑都在正写诗的年龄写着诗，写得比起我 20 岁时好多了，写的就是心里所想，没看出名利对他们有多少诱惑，这都是真写作者该有的境界。他们的短诗分别发表在 2012 年的《南方都市报》"90 后诗歌"专版上。能感觉到，他们开始进入我课上对他们说的另一个层面：写诗对少数人的重要是可以救命的。

在邮件里自称"小瓶盖"的女生，湖北人，每次有课的早晨，她都会比我先到，坐在教室正中间的位置上，眯着眼睛对笑一下，刚匆匆赶路的我安稳下来，弯腰到讲台下开电脑。

期末，陈萍交给我一张纸，一打开，是铅笔的工笔画，开花的枝头落着两只鸟儿，画得好细致，很像农家妇女家传的绣样儿。下课后找到陈萍，想请她在画边写上她的名字。她说不用了，老师。就没勉强她。她是那种天然和老师保持距离的，但是她心里自有她的暖意，这幅画她得一笔一笔画两三个小时。有一次路上碰见陈萍，那天她特快乐，说要去银行办生源地贷款手续，每年只在暑期申请，贷一次6000块，申请起来很麻烦，这也迫使她每年夏天必须得回家，不能留校看书打工，也不能去别的地方。今天贷款下来了，她很高兴。快期末了，贷款不到，交不上学费，考试、回家买票都受影响。那天陈萍穿得真干净，只能借用最俗的话"眼前一亮"形容，白裤子，黑白碎格子上衣，鸭舌帽，真是好看。

一个已经毕业两年的学生跟我说起生源地贷款，说本来准备还的，被别人阻止了，都说看看这社会吧，凭什么你借了那么点钱还要还？他一听就决定先不还。

停课以后，请了五个同学来玩。五个人，两个家长是做建筑的。

王胜强是贵州凯里人，父母都是苗族。说起帮爸爸在建筑工地干活，他说那一行钱不少挣的，砌砖一块一毛五，一般人一天砌 2000 块，就是 300 元。工地上有个厉害的，一天能砌砖 4000。问他苗人习俗的保护，他说，暑假刚回家看见母亲在染一块布，到走的时候，那块布还没染完，传统的方法都是这么慢的。我问，得多少天能染完？他说不知道，反正妈妈总在染，四十多天的假期，从他回家第十天开始染。另一个家长做建筑的是女生，她去过现场帮工人做饭，对工地上的细节知道一些。第三个同学说他爸在虎门打工。另两个没说到家长的，我没问。从这个学期开始，除非学生们自己主动说，我会尽量避免问他们家长做什么的。

《上课记》成书出版，寄给在安徽阜阳做电视的几个学生，都是《上课记》没有记录到的我第一次上课时的学生，2009 年就毕业工作了。

蒲晋松收到书后发来短信说，他前些天收养了几盆被同事养得快死的花，现在看它们都长出了新绿的叶子，很有成就感。蒲一直都有菩萨一般的心怀。

亢松在做电视外，业余时间还给当地的学生讲课，他说："我现在给编导学生上课的前十分钟内容是读几页《上课记》，就像老师当年给我们读许三观，嘎嘎，盗用了王老师的授课方式。这样做的实际效果很好，因为王老师写的东西画面感极强，恰恰是现在的编导学生需要学习的。因为看前面的内容勾起很多回忆，把《许三观卖血记》找出来又看了一遍。和第一次读的感觉大有不同，毕竟这一次读多了6年的经历，但是6年却让我在看同一部作品时更难过了，看到最后许三观走在大街上哭时甚至要跟着一起哭了。"

不知不觉都长大了，更多的成长，藏在看起来毫不起眼的琐碎中，像有小闪光的碎银子。

13. 她已经工作了

教师节，她和她男朋友一起来坐，他们是同班同学，现在都工作了。

两人带四支花进了门。我说干吗带东西。她说：工作了，有工资了嘛，我们老家那边教师节才兴送礼呢。花不要，老师直接告诉学生说不要送花，花是送死人的。

后来常能接到她的电话或者短信。

她说：毕业大半年了，太快了，好像才一星期。

她说：有时候想的怪，想眼前这些能动的，都是人吗？

她说：老板特能骂人，有时候骂一下午。带我出去谈事，喝酒吃饭，一顿饭好几千，各种酒都在餐厅里留着的，随时来随时都有的选喝。一顿饭总使眼色，让我拎着红酒瓶，挨个敬酒，还说看我有潜力。当时好怕，都喝了两瓶了，还有白酒。红酒还是成箱的。我怕了，给亲戚打电话，亲戚在深圳那边知道得多，他说这情况不要理什么礼貌不礼貌，你就走。结果直接走了，老板老不高兴。后来又问表姐，表姐说社会都是这样的，你要自己把握好。

她说：平时要特别小心留意老板带过来的人，说不准就是个什么领导，得罪了不行的。平时老板从他的房间里走出来就是来骂人的，经常骂一个设计师，设计师是个男的，毕业好几年了，怎么骂都不出声。这个人老实，曾经在一个完全没有窗的小屋子里做了一年的设计，到最后他都不会和人说话了，后来渐渐才恢复，是个好人。前几天还帮我挡酒，直接说她不会喝酒，老板就立着眼睛盯住他。

她的这份工作是个人经营的小影视工作室，从实习开始工资从1200元，到后来谈到1800元，但是这钱并没付，她被辞退了。即使每月1800元，租房加吃饭一定紧得很。

下面是她换了新工作后的来信片段：

……感觉毕业以后，自己一直生活得难以控制自己，我写的那些方案都是我自己所厌恶的"蓝天白云"，所以，我只清晰地记得每次要写蓝天白云一类的词语的时候，我整个人就好像要掉进某个混沌的深渊一样。我一直在告诉自己，吃饭重要，养活自己重要。我想如果您看过我写的解说词，您估计都会心里不舒坦，怎么以前说甩掉的好词好句又出现了？回想毕业后的生活，我清晰地知道自己不够勤奋，也不够努力，我发现我的记忆力严重下降了，也不知道某人某动作，想不起什么放在哪里，想不起什么时候谁和我说过什么，整个人一出门，就是一个模糊的影像……

刚被辞退时，听她一时不知所措的慌乱的话：新签约的租房啊，遍地东西，还有一条狗……那语气，一条狗就像一个婴儿。

我只能走到窗口，长长地出一口气：唉。

14. 来听课的梁峰

大家一起出教室，走了半路，才知道他不是我的学生。两条赤着的胳膊，像个健硕的健身教练。他说他今天专门来旁听，从重庆来。

他说：老师是东北人，我在东北待过。

我问：在东北上学吗？

他说：不，在东北打工。

四年前参加过高考，他收到了一所高校的录取通知书，学校不太出名，考上的是中文教育专业，但是没去报到，直接去打工了。这中间换过很多地方，干过各种不同的活儿，几天前来到海口，想找工作，感觉这地方不错，很散漫没压力。他带着点骄傲地强调："我干的活儿都是出力气的。"同路一个男生总抢着压下他的话头，似乎嫌他这样"混进"校园的人路数不正，而他又急于想插进来谈话。

他忽然问：你怎么看文身？

他侧一下肩膀，露出一块刺青。

我说：这是个人的选择，别人无权干涉。

他说：但是我妈就说这不好……

隔了十几天，碰见他正在路边等人，这回袖子稍长，遮住手臂，看他就是校园里一个最普通的戴眼镜的男生。虽然做力气活儿，但他不是晒得黝黑的那种。

他叫梁峰，重庆忠县人。他妈妈给他起名"峰"，用意是未来的山峰得靠他自己攀登。2007 年参加高考，又放弃读书。这几年在社会上谋生，成了个漂泊的人，吃了很多苦，懂了很多事。

他说：海口让人失望，节奏太慢，消费又不低，工资又不高，当地人都太淡定了，生活这么差还不思进取。真是佩服啊，受不了这儿了。

他想去上海，听说那边泥瓦匠一个月能赚 3000 多，这几天就走。看得出，他喜欢大学校园的气氛。他的脑子灵活无拘束，有时跳跃大。

他说，说什么仰望星空，这话太空了，就是人活着要让自己活个明白。

他说，在东北的时候，租住的地方有一个很陡的坡儿，遇见推车爬坡吃力的，他会上去搭一把，别人会回他一声谢谢。每次听到谢谢，他会心酸。

我问，为什么是心酸？

他说，也许就是感动吧。

他说，别人以前总是说他还小，好像看不见他其实长大了。

他说，要去学一门手艺，有手艺挣钱多。

那天时间充裕，所以从图书馆又说到上课，又说到读书。他身上有那种什么苦痛都不吝的快乐。

后来，2012 年的 3 月接到过他的电话。他说正在杭州工地上，不错。

学生们告诉我，以后像梁峰这样来旁听的进不来学校了。图书馆正在试一种刷卡机器，以后进图书馆进校园都要刷卡了。

15. 生命

最后一课是 12 月 23 号星期五，下课铃响的同时，赶紧问他们，我手里的学生名单上有两个名字后面完全空着的，没有任何作业记录。

很多人已经出门了，有人说 ××× 让垃圾给砸了，住院呢。有人停在讲台旁边，很平静地说 ×× 在开学没几天的晚上睡着睡着就过去了。哦，想起来了，这两件意外我都知道的，只是怎么也没想到，两个人都出自这同一个班。我小声问：这睡过去的男生来上过课吗？有人说：好像来过前两次吧。

被垃圾砸到的是女生，是在我没课的上半年，宿舍楼上从天而降的大垃圾袋砸伤了她，听说很严重，还在康复中。

而睡过去的男生前一天晚餐还吃过火锅，夜里就去世了，听说心脏有潜在的疾病，听说家境贫困，父母都赶来了，家里还有一个读书的弟弟。同班同学搞了校内募捐，一个参与组织的学生说真费劲啊，在学生食堂那儿，捐款好难啊，像要饭似的。

有同学在作业中说：前不久，我们班 ××× 同学不幸离开了（因病）我们，以及上学期我室友突然瘫痪之后，我突然不相信未来了，未来那么远，谁知道明天我会遇到什么，还不如好好过今天，我来上课，不是为了期末考试，为几年后的毕业找工作，而是因为今天好好生活的内容包括好好上课。

我拿起笔，在这个男生的名字后面画了一个圆圈，做老师七年来第一次经历学生名单减员。

四个月的课程，381个学生实际是379个，表面波澜很少，足够平淡，可回味起来，都是活生生的生命的信任和托付，实在糊弄不得。

全文写完是5月4号，碰巧，打开电视，一通冲人的铿锵朗诵，全国大学生庆祝"五四"的晚会，每个唱的跳的其实都是疲惫的身脑分离的，未来社会将不得不承受这分离的后果。5月5号网上贴出湖北孝感一高三学生教室里"吊瓶班"的组图，居然借口是国家给学生补充能量。4月底，我的大学同学聚餐，见到一个深圳初中生，她爸爸直接把她从学校接出来赶到餐厅，小姑娘还穿着校服呢。路上她爸爸提醒她，餐桌上都是大人的话题。她说：随便你们谈什么，任何话题我们都讨论过。天啊，1999年生，才13岁。

2012年5月5日于深圳

2012年上课记

——你赢了我，未必赢得了他们

我们的存在感

一个女生捧着脸坐在我对面，她说：老师，我20岁了，唉……

另一学生讲她刚进大学时候的事，开头第一句总是：在我年轻的时候……

我问：干吗这么说，好像这就老了。

她说：不知道为什么，就是感觉很老了。

2012年，这海岛上空继续跑着好看多变的云彩，偶尔有散碎的星没气力地闪几下，迎面涌来穿拖鞋喝奶茶说笑的学生们。扩招和并校，学生更多了，路上经常车碰车人挤人。看起来在2012年他们都还挺不错，一大早跑图书馆占座，黄昏里围着遍地污水的小食摊举着麻辣烫，考试前在蚂蚁行迹遍布的草地上呼号背书。但是，多问他们几句，常会得到两种答复，低年级的说：人都飘起来了，不知道自己每天该干什么。临近毕业的说：想想未来，好无力。

在人生有了清晰的记忆以后，他们就被不可违抗的突击集训式的强势教育笼罩了整整12年，他这个生命个体的经历中，最真切的感受就是在背书考试和排名次。曾经看到这样一条微博：

@关公文化博览会：一天到晚写作业。举头望明月，低头写作业。洛阳亲友如相问，就说我在写作业。少壮不努力，老大写作业。垂死病中惊坐起，今天还没写作业。生当作人杰，死亦写作业。人生自古谁无死，来生继续写作业。众里寻他千百度，蓦然回首，那人正在写作业。

有学生告诉我说：上大学前，我最快乐的事就是考试发挥好了，最不快乐的事就是考试没发挥好，就是这么傻的过来了。

当这段"考试人生"结束，人已经 18 岁。刚进大学的人，多会惯性地沿袭自己的前 12 年，努力学习，保持好成绩。慢慢有人醒悟，这不是他要的人生，像后面会写到的岩、妍和彩霞。但是更多的学生一直迷茫着。

每个年轻的生命都渴望主动掌控自己，恣意自由，越这样想就越慌张着急，越使不上力气，越觉得茫然无望。

他们是存在的吗，看来是，每个都活灵灵的，但心里一点不踏实，踩不到地面的漂浮感，前 12 年是一颗钉在课本上的图钉，现在成了看着不错却扑不得的肥皂泡，这种人生转换太快太突然，还没等意识到，已经快大四毕业，必须自己养活自己了。

　　傍晚在路边碰到一个 2009 级的同学，她说想有空来找我聊天，没几天她来做客说：大一时很想跟你说话，但是一走过讲台前面，心里就一片空白，不知道能说什么，这么快就大四了，要不是那天碰见，怕再没和老师说话的机会了。大四的下学期，学生在校的主要任务只剩了论文答辩，前几天该和论文辅导老师讨论论文选题，每次打电话前她都要纠结半天，不知道怎么开口，组织（话语）大半天才能鼓起勇气拨通电话。不要妄说一个生命在最该幻想无羁的年龄该有多盎然恣意，只是普普通通打个电话说几句话都变得这么难。

　　找不到真切的可感知的位置，生命常常只是一些"被存在"状态。在很难确认把握自己的时候，怎样用力向前都可能是扑空，这些从小到大被"明确目标"驱使惯了的年轻人，急于迫使自己赶紧做点什么以占满青春。2012 年，《舌尖上的中国》一播出，好多学生给我推荐，催我一定要看，有的短信会加上这样的结尾：好亲切啊，好想吃啊，好想家啊。

　　我对众多"吃货"的理解总是不够，也许"吃"是唯一能最快最直接带给他们存在感的方式。"吃货"及时地帮助他们补上了"存在"这个空缺，也得以超越感官本能，上升到了某种精神寄托的层面。快快乐乐自得其乐的吃货们，已经胜利，已经成功地把物质升华成精神了，这个安慰看来还不错。

除了吃货，这两年还总说传输"正能量"。不知道这个新造词汇的准确定义是什么，但它常被年轻人挂在嘴上。如果正能量就是单方面地强调着正面的、向上的、积极的，而有意回避相反的，怕它就带了可疑、伪善、虚拟幻象和自欺欺人。谁都知道，生活从来不是单向度，有白天就有黑夜，你不想知道，不等于它不存在。有学生看到新浪微博上"作业本"的一条微博后告诉我，他很不喜欢这么说话，不能传达正能量，微博是这样的：

你要去习惯这种毫无希望的生活，并允许自己碌碌无为。不必有什么崇高理想，也不必去改变什么世界，轻轻松松度过这一生，命运这东西你不用懂。这日子过一天便少一天，你该是什么样子就是什么样子，不必追求什么意义，那些格调和品位，最无所谓。

一个人全身都装满正能量就抵御得了外界的侵扰吗，假如你看重就业，满身的正能量就能得到一份职业吗，显然不能，显然，我们和四周早埋伏了太多的负能量。只喊"正面"却无视"负面"是掩耳盗铃。

2012年，我被问到频率最高的问题是该怎么读大学，除了每天按课表奔走在各教学楼之外，还有别的选择吗，每天这样顶着大太阳，蹚着暴雨积水，花着家长汇过来的不低的学费。

学生问：在我们这么大的时候，你在干什么？

我说：下乡插队了。

学生问：像大学生村官？

我说：不是，就是干农活，和农民一起干活。现在你们总说看不到未来，那时候很少想未来，因为想不出来，过一天算一天。

学生疑惑：哦？城市和农村相差那么远吗？

我说：那时候农民永远是农民，城市乡村间不能自由流动。

学生更疑惑：哦？不是很理解……

还有下面这样的问题：

学生问：老师出新书了吗？什么故事？

我说：知青。

学生说：好羡慕那个年代啊。

我问：为什么？

学生说：过去能有很多的年代，"文革"年代、知青年代、改革开放年代，不像现在什么年代也不是。我们这些人不属于历史，也不属于未来，连个年代都没有。

坐在课上，心是散的，回到宿舍也是懈怠，很多需要上进的青年实在找不到可以用力的地方。凡考上了大学的，能不把他归为上进青年吗，何况不过几年，这个海岛学校都211了。要持续上进，就报名参加各种考试，变相地延长过去十二年的紧张"充实"，考各种证，从考教师证到考驾照。有个晚上，有学生发短信来说她第二天要去"说课"。开始我没弄明白，原来这是考教师证的一部分。我嘱咐她不要紧张，面对小孩子要放松和亲近。她说没什么小孩子，听说是三个评委老师在下面，每个参加面试的有五分钟"说课"和五分钟答辩，没有黑板，是在宾馆里。随后，她告诉我：也不一定当老师，绝大部分同学都是为了考证而考证，其实很多人对职业都是观望的态度，比较哪个条件好收入高又稳定，然后再做选择。她说后面这话是针对我关于待小孩子要如何如何的废话，我想她说得没错，很现实。

　　暑假，有机会和在吉林大学读研的2006级学生卫然聊天，在露天里吹着风，我们大约坐了五个小时。不知怎么说到了微博，我问卫然：微博上那么多人喜欢展示微博勋章，不理解，花花绿绿挂成一片并不好看啊。卫然说：也许那就是对他个人的一个肯定，他一生都在期待承认或者表彰，他很需要这个，却从来没人给过他，好像小时候想得奖状，要一张挨一张挂在墙上，现在有了这个勋章，不用费劲就能得到，就想排列出来，满足一下自己。

卫然的解释真好。经常是他们告诉我很多。

太无趣了，只好自寻快乐，几个女生买了鱼竿，准备在校园的湖边钓鱼。

有人逃课，溜去北京玩了一星期。

另一些学生找各种兼职，家教、餐饮服务、发小广告、推销物品，把时间填充得满满的。能找到一份家教工作很不错了，算是用上了书本知识，其他的都和没一技之长的农民工区别不大。赚钱啊赚钱，起码帮帮家长，填补自己，不再有空闲去体会心里的空空荡荡。

一封来信里说：

在忙碌的社会中，整天应对着忙不完的工作和复杂的人际关系，我本想单纯地活着，然而只能沉默，一直到现在这样没有感觉地活着，像是在应对生命，像是生命与我无关，感觉不到自己活着应有的激情，也许我就是那个在沉默中灭亡的人。看老师的文章有种平实的感动，触动人的灵魂，感觉自己好像还真正地活着，很久很久没有这种感觉了。

卜是安徽人。他自己说刚进大学时算是个愤青，非黑即白截然分明的那种，现在大三了，他认为自己已经变得能包容别人，学会宽容了。他正跃跃欲试，争取在校内正举办系列讲座的后期得到登台演讲的机会。据说主办方请学生们准备感想，未来选出写得好的，可能获得五分钟的公开演讲。卜已经在准备讲稿，夜深了离开宿舍，找间无人的安静教室去写草稿，虽然作为网络写手的他平时用电脑写作，但是，我专门问了他，演讲稿是手写的，也许这样更郑重。同我说这话的时候，他的稿子还在修改中，而他已经在筹划真能上台演讲那天，该请他的哪些朋友们到场。

他说："我这么大了，从来没有上台对那么多人说过话，太需要这个机会了。"

我问：台下多少人？

他很认真地想一下：大概200人。

过了几天的一个周末，收到他的短信，当晚他如愿上台给一个演讲老师献了花（他设计的即兴环节），他认为这样会离上台自由演讲五分钟的愿望更近。已经过了20岁的成年人只为登台说话五分钟，要付出这么多去争取和惴惴不安，如果从5岁起就常有类似机会，我们的年轻人不会在快大学毕业时到台前对自己的同学说句话，也要带着发言稿，也要双手和稿纸一起抖个不停。

卜给我分析了网络写手鬼吹灯和南派三叔的各自风格，他向往有一天也会有读者每天跟踪他的故事，在他后面也会有催促等待新故事出笼的忠实的粉丝："你写了，会有人等着看，那感觉真好！"

（期末，听说讲座已经结束，忙问最后演讲有几个学生？有男生上台没有？大家都说没有男生上台发言。据说，结束环节多是各位领导的贺词，只有一个女学生发言，代表了整整一学期里作为听众的学生们。对于主持者和领导们，卜是谁，不过是下面黑压压的年轻脑瓜之一，他们很轻易就忽略了哪一个脑子都会思索，哪一个人的心里都同时潜藏着期待和失望。而说起这事的学生们对那个晚上的描述都是"拖得太长了，一结束就往洗手间跑，老师啊老师，坑爹呀，以后开讲座能不能中间有休息……"）

很多学生都像卜，很需要切实地做点事情，在这个过程中体会到自己这个小生命的真切的存在。时隔半年，在"2011年上课记"中"托付"一节的"厚重的本子"中写到的学生对我说起，一年前，当她在教室里跟我说她的作业还没完成的时候，在我的眼神里看到了一丝怀疑，透露出的意思是知道你想偷懒，这反而刺激她一定把这次本来无关紧要的作业写得更认真，反而更不急于把它交上来。很显然，她把自己20年里的某些重要故事交给一个成年人，不能确保安全，但她暗暗决定"赌一次"。作业交上来的那个早晨，她是一直瞄着我的，据说我把本子装进书包的那一刻非常随意……

直到当天收到我的邮件，她才在心里说"赌对了"。

我没马上理解：你想赌什么？

她说：赌这个老师，如果赌对了，在我心里你就不是老师，是个长辈。

隔了一会儿，我们都没说话。又空了一会儿，她说：那本子烧了，你放心，除了你，谁也没看过，包括父母。

她说得平淡，我心里很吃惊，应该有2万到3万字吧，一颗颗黑色的小字，多不容易写下来的，被她销毁了。后来我慢慢想，也许她只是要一个郑重书写的方式，对白纸去倾诉，我只是临时做了一下她艰难成长的相对安全的见证者，她曾经茫然困惑无助地存在，通过写和被另一个人读到，已经完成了全过程，纸上的文字不重要了。

暑假前，在广州听一个人讲起一段旧事："文革"期间，他还是刚刚懂一点事的小孩，他躲在家里不断地在纸上写"反标"，写那几个最最可怕的字，写了马上撕掉，撕了再写再撕，当时他全身都在发抖，脚下碎碎的一地纸屑，他很害怕，又莫名地渴望这种刺激。他是靠这种不可估量的风险来寻求自己的存在感吧，发抖的存在，惊恐的存在，这是对不可控制的自己的急切渴求？心理学家也许能解释。

任何一个时代都该热忱地需求它的年青一代在场，也有责任使这些最该有炙热之心的人群自信自由地加入，帮他们获得力量信念和参与感。而一个大学生想在自己就读的学校里得到当众讲话的机会，应该相当于一个 20 岁的年轻人本该得到爱别人和被爱的机会，如果连这些都要千方百计小心翼翼去争取，责怪他们脑残的，才更是脑残。在有着一条知饿知冷的躯体外，一个人觉得他的存在和不存在没区别，还有比这个更不正常的？

无力又无奈，还不只是熬出这四年就会"苦变甜"，未来不知道在哪儿。

正该是跃跃欲试进入社会的前夕，虽然学校有高楼有讲堂有图书馆，他们的心却是边缘的自我疑惑甚至自我枯萎着的，他们不知不觉地被边缘化了，那些在大学四年里做"网络隐士"的，守着电脑厮杀，死掉一条生命，瞬间又能闪跳出另一条新生命，反正命多着呢。有人谴责学生"玩物丧志"，他们没机会获得"志"，脑残也是被脑残，吃货也是被吃货。有时会想到北方有一种虫，土话叫"潮湿虫"，专在阴湿狭闭的覆盖物下面生存，一旦覆盖物被翻动，它们被暴露，必定慌乱躲避钻窜，寻找哪怕很临时的无光的缝隙去安身。

别怪他们整天说迷茫，能意识到迷茫无着的，已经是主动的和自我挣扎的，是不屈从的。你不给他见到光，让他说明亮，不给他力量，让他在适当的时候挺身担当。他没有试过堂堂正正，生命多是在似有似无孱弱无力中浮荡。

我和他们面对的是同样的状态，深深地在这里，而找不到存在感。有个同学和我谈论过，我们说到痛苦，她问我的痛苦是什么，我说了。然后她也说了。然后我们共同认为，无论什么时代，人都各有快乐和痛苦，换算成一个绝对值，是没本质区别的，只是细节有不同而已。

我看着他们，也审视自己，靠吃东西，靠考证，靠游戏，靠赚钱，靠写字，都是极力想从那短促的瞬间里挖出一点快乐，以填补更多的空荡荡，以此反证自己还不错，还存在着，是有知觉的，有努力的，也许还带了点什么正能量。不过如此吧，反正我们都没掌握答案。

所以，这一节的题目叫"我们的存在感"，而不是"他们的存在感"。

乡土

《上课记》出版后，有同学在微博上发出质疑：为什么你总是说农村来的淳朴善良，我不是农村的，城镇长大，我也淳朴也善良！

当然，淳朴善良不是乡村学生独有的特质。每个中国孩子的长大都艰难，也都在努力守护自身的本性，可是，以我对中国乡村和从乡村考出来的学生的了解，后者更艰难，进入大学后也相对边缘孤独，更应该被关注。虽然"马加爵事件"已经过了快九年，很多90后不知道曾经有过那么一个大学生。

和城市长大的孩子比，乡村给它的孩子们更多可回忆的童年，虽然有吃苦，同样有温情的细节也多些。

今天去问一个来自乡村的学生：什么是乡土？很少会有人张口说出山川河流、飞禽走兽、植物果实的名字，很少形容它们的姿态形貌。他们说的是小吃摊，是留在老家的长辈。很多人口中的乡土里已经没有了父母，他们早都外出打工，不然，学费生活费从哪来？乡土代表的是孱弱老人，登不得台面的方言，各种吃食和童年上学放学的土路，所有这些和他意念中自己的未来再无关系。乡土是条决绝的路，不可能回头的路，甚至，它会以持续的贫困荒凉折返回来挤压现实中的自己。

一个学生问我：你说我还能回去吗？她的口气和表情不是在问。停了一下，她自己给出宣言似的答案：再也回不去了。

2012年的10月4号，去了一位学生的家，就在这座海岛上，看地图很近。有意选择了和他每次回家一样的路线，从学校到客运站半个多小时（出门就搭了出租车，忘记了学生是坐公交车的），等车将近一小时，长途客运车发车，走省级公路，中途只遇到一次几十米的修过的路，32公里走1小时20分钟，再坐摩的估计不到20分钟，全程三个多小时。那段省级公路好像没人维护，每过一辆机动车都滚滚尘土，路人都掩面遮脸蒙头避让，临街的树干树叶都是土黄的颜色，细枝条上挂着塑料垃圾。

学生家在紧挨着老村后起的新街上，厅堂中间坐着他的奶奶，老人端端正正坐着，始终微笑，一根拐杖在她左手边小一米高的一个空塑胶桶里立着。学生说奶奶每天都这么坐着，看着家和停在门口的一辆改装过的摩的和一辆摩托车。学生的母亲也在笑。这位奶奶70多岁，这位母亲40多岁，都听不懂也不能讲普通话，我们之间用笑交流。平时，她们只看当地方言的节目，有时候换其他频道也是跟着看热闹，这两个女人一定各有自己独自的世界。学生的爸爸和叔叔正忙着联手给各自的两个儿子起新房，两家的新房相连，像一栋连体别墅，两层，土建已经完成，就快要内部装饰了。新房进门处相隔几米远的草丛前摆有供着香炉的神龛。噢，这就是他未来的家吗，在学生脸上并没有看到房屋主人的感觉，虽然他也随着父亲各处走走看看。他说现在农村建房要花很多的钱。新房紧邻正修建的高速公路匝道，将来怕很难安静。

我问：你爸爸和叔叔也一起做其他事情吗？

学生说：不会，除了起屋，别的都是各干各的。

在给儿子起屋这种传统意义的大事件上，还保留着父辈延传下来的责任，同胞兄弟还会联手。

跟学生去了老村，虽然它和新街离得很近，但村人几乎全部迁出。密集的一片老屋，都是黑褐色石头垒墙，石块没加工过，可以叫石球吧。石球不规则，垒出来的墙壁是通体"镂空"的，通光也通风。进到低暗的屋内，四壁遍布着的缝隙透进光亮。房梁是粗实的木头，有雕花。不是很久远的20世纪90年代，这位学生就出生在这间老屋中。现在这里有两样物件是新的：旺盛的蒿草和大红的对联。过年时，家人都会回来，给老屋贴上新春联。老村村口有棵几个人合抱粗的杨桃树，正开着很小很密的粉红色花朵，一大簇一大簇，树下有粉白色的母猪在土里睡觉，听说老村现在只住了两个老人。

沿着土路走，学生会随便指指前面说，那是他爸爸养过蛙的地方，那是他们家的地，那是他家树。最后来到祠堂，墙壁上挂着绣了八仙过海的鲜艳布幅。学生说，有人家有什么喜事就会捐个锦旗挂过来。

吃午饭的时候，奶奶不参加，都说她吃过了，当地规矩是有客人在，老妇人不上桌。饭桌上说到当地农民多靠种菜谋生，但很难及时把鲜菜卖出去。说到大学生会上网，也许能帮到父辈做网络销售，学生的父亲和叔叔都觉得新鲜，说到给菜农争取订单和保护权益，看那爸爸的神色，似乎忽然感到这大学也许不会白念，也许未来真能帮上忙。而最让这对菜农兄弟眼睛发亮的，是他们说起每年冬天来收菜的"老板"，那真是对救世主一样的期待。他们说，哪年哪年香蕉赔了，没老板来要，哪年哪年黄瓜赔了，遇到了灾害，冬瓜赚了，卖了好价钱。儿子们的新房盖好后，他们可能要租几十亩地种冬瓜。叔叔说，北方冷啊有雪灾啊，我们就好了，菜就好卖。这两兄弟都能讲普通话。

走在新街上，头顶上呼呼地飘着塌下来的褪色的红横幅：

我村学子王冬花、王清涛、王广瑟被重庆邮电大学、山东青岛

科技大学、安徽理工大学录取（南轩村）

夏天高考成绩公布时挂上去的。学生说他考上那年没挂，谁家想挂花钱就悬挂吧，荣耀一下。

平时，常听不同的学生叨念：我家种菜亏了，种果树亏了，养牲畜亏了，卖西瓜亏了。做农业很辛苦又风险大，只是平时这么多农民的亏都是自己念叨给自己听，在夜里长长叹气和墟市上的方言俚语里渐渐消化掉，很少被外人知道，却在他们子女们的心里不断留下"又亏了"的灰暗阴影。

从乡下回来，在透明得有点童话感的夕阳里，长途客车晃进了城。城市啊，整洁光鲜有秩序。谁能说他就是不喜欢城市，而留恋尘土和苍蝇。乡土肮脏劳累又常亏损，能离开当然马上就离开。

那个下午，还去了距离学生老屋不到十分钟车程的林间，那儿有座又旧又古老的塔，相距二十几米的两座塔。有工匠正在卸石条和铺路，有人说看样子就要围起来卖门票了。塔不算很宏伟高大，但特招人喜爱，人兽佛，各种石刻极生动。回来查当地县志，这是宋代时候，当地一个叫陈道叙的乡人为纪念自己一个女儿出嫁为人妇，另一女儿出家为尼，修了这对石塔，县志上的记录叫"美榔双塔"，当地百姓叫"姐妹塔"。在新街上，人们这么议论这对塔：姐妹塔喔，那怎么能是人建的，那是天上飞来的。似乎人们已经不再信乡村里还能有什么美好的东西。

县志有这样的记载：这对塔建在宋咸淳元年（公元1265年）。

县志还记载：

当地1924年设电话分局、邮政代办所、县中学。

1927年设10门电话交换机，开通长途电话。

1936年第一辆私家货运汽车投入营运，第二年发展到营运汽车10部。

1940年全县有小学116间，学生2288人，教师127人。

而我在这个村子周围看到的多是凋零。仅仅说乡村教育，2012年11月看到下面一组数据：2008年中国农村儿童辍学率5.91%，2011年上升到了8.22%，每年有80万～90万的农村小学生辍学，原因之一在于撤并学校。曾经的乡土，"耕读人家"被信奉持守了千年，不过百年前，经商做官的最后归宿依旧是"告老还乡"，现在的乡土不是"胡不归"，是"不可归"。

马润娇的家在离昆明不远的乡村，她讲了小时候一家人去地里种洋芋的场景，爸爸走在前面下芋种，跟着是妈妈放农家肥，妈妈后面是她放化肥，她后面是弟弟埋土，大地里，一条从高到矮缓慢移动的小队列。还有收洋芋的日子，大人在前面挖，孩子在后面玩闹着捡。本来马润娇的父母也外出打工，母亲只离开了一年，就决定回家自己带大两个孩子。马润娇说小时候总盼下雨，下雨母亲不下田，会蒸各种好吃的糕给孩子们。到了大学里她又怕下雨，下雨就会想家。她说想想小时候能有妈妈，多幸福。天呐，一个乡村孩子的幸福居然就是有妈妈。

听黎族姑娘707（我喜欢叫她这个微博名）讲她们黎村的习俗，老人上了年纪会离家，去山边另起屋居住，表示不再管理家庭事务（哦，《楢山节考》）。办丧事时乡人会来唱琼剧，能随口唱出亡人的生平，还有各种祭神仪式。她说下次回家要带录音笔，把那些东西录下来，比如祭神，她感觉爸爸已经在简化爷爷丧事的程序和念词。

而甘肃来的彩霞每个假期回家都要自己回老屋住一下。她父母在公路边开了间磨面粉的小厂，人要守着机器和水井，老屋就空了。白天彩霞在面粉厂帮忙，晚上坚持回她小时候的那个家。彩霞的故事，后面会有单独的一段。

两个男生来做客，一个贵州六盘水人，一个安徽芜湖人。安徽的告诉我，郭敬明小说的情景描写还不错。贵州同学插话说：郭敬明？看不下去。安徽同学说：你要先看看嘛。贵州同学说：翻过，看不进去，经历多了就不会觉得那些描写能打动人了。

贵州学生说他小时候上学很少吃午饭。

安徽学生说：那就买个馒头，买点零食什么的呗。

我和贵州同学同时说：哪儿有馒头啊，哪有零花钱啊。

十几年前我去过贵州毕节山区，知道那里的贫困。算算时间，我去贵州时，他还是低年级的小学生。

这两个同龄同班又同宿舍的大学生的先天区别，一个来自相对富足的江南，一个来自贫瘠的贵州。

贵州同学叫清山，父亲是白族，母亲是彝族，但是他说解放时父亲他们才被划到白族，按父辈的说法是"南京族"。我关心有什么习俗保留下来。他说没有，完全汉化了。清山总是笑呵呵，眼睛里有种脆灵灵的闪光，那种笑好像有棱有角，好像藏了什么奇异的东西，可能那神色还有不同于汉民族的遗存。

清山的梦想是将来在贵州老家有个院子，院子中心有一棵桂花树，一定要是桂花树，一开花，周围所有的人都能闻到香味（他小时候的寨上曾经有过那样一棵桂花树，香味他还记得），他就要坐在这喷香的树下，有一把椅子，他坐着看书（他没说钱从哪儿来）。

2011年的诗歌课上，读过生于云南昭通的诗人雷平阳的长诗《祭父帖》的片段。下课后收到清山的短信说他流眼泪了，想到自己的父亲。今年他说到父母，脸上有点黯然。我问他父亲的年龄，1952年的，我说还很年轻呢。他说："显老，头发都花白了……"

隔了一星期，收到他发给我的邮件，有小时候读书的回忆：

……上学的孩子真苦，比我离学校更远的孩子基本上中学三年里都是在凌晨5点就从家里出发，不管是春夏还是秋冬。冬天最艰难，得早早离开温暖的被子，穿上厚厚的衣物，带上午餐出发。没有手电，我们把干燥的竹节敲碎，草草弄一下就是一根火把，然后就像一个个英勇的武士向前线开拔了，于是狭长而蜿蜒的山道上都是我们这些武士，也是这些武士撑起整个农村的希望。

……有个同伴，我叫他"瓦灰"（鸽子的一种）。刚上初中的时候我总是迟到，每次都会被老师毫不留情地罚站在教室门前示众，后来是他解救了我。我们经常一起走，他家在我家对面，就隔着一条小溪，每次他都会叫我一起去上学，他很准时，经常会拿着一大捆稻草做成的火把，我们俩靠着火把的光亮走山路。他成绩一直是班里倒数，而我要好一点，在班里是前三，大家都说我们不应该会玩到一起去，可是他们不知道，我教他的是看得见的，他教给我的却是看不见的。

……最近一次回去听说他结婚生了孩子，人还在沿海打工呢。"瓦灰"从童年迈入青春，然后直接就到了中年，而那短暂的青春就是跟我一起上学的日子。

清山说：在我们那儿没人关心食品安不安全。从初一起，他去上学路上就见到相邻的寨子一个没有牛背高的男孩子在犁地，他很羡慕那么小就会犁地的人，到现在他也没犁过。后来连续几年每到冬天都会看见男孩犁地，人也一点点长高。大一回去，又见到了，背上背着个很小的孩子，还在犁地……

清山说，他家里现在也摆有"天地君亲师"的牌位，也要燃香。去年寒假回家，还是他把新的纸贴上去的。他父亲曾经想竞选村支书，后来放弃了。他讲的天亮前举火把上学的孩子们，在山路上连成一条火龙的画面，我会一直记得。

太快了，小平也大四了，依旧坐在他大一时来串门坐过的那个沙发上。他说准备考研。我心里本想劝他早点工作，但是没说出来。他说他家人——奶奶、爸爸、妈妈还有他自己都希望考研，很大原因是邻居家有年轻人研究生毕业，找了个女朋友，考上了公务员，现在在广州成了家，有自己的事业，他说他想试试，不想放弃这个机会。

小平父母在外打工多年，做制衣工。他抚着小腿说："他们总是坐着干活，腿的血都坏死了。"现在他们回老家开了加工衣服的作坊，很艰难地经营。在村庄里开厂很难，都是村上人，没什么厂规和约束，人们想来就来，有事就走，很难管理。

问他将来的打算，他说他是"恋家"的，想回家乡做点事，可是家乡那边不是工业区，不好找工作。我问：想去打工，四年大学不会白读了吧？

他说现在观念变了，有一次遇到艺术学院学二胡的同学，两人聊，二胡同学说自己将来不会走二胡的方向。小平问：那你大学不是白念了？二胡同学说：我学这个不是个饭碗，我不一定靠这个谋生，赚钱养家很可能要去做别的。小平说他忽然觉得明白了：不一定非要学什么就做什么。真想说小平的专业和二胡专业不同，他总不能去做车衣工，但是没说。

小平给我讲了他和奶奶的故事：奶奶快80了，他一回家最爱跟奶奶说话，因为父母常年在外打工，他和妹妹都是奶奶带大的。两人常常说话到夜深人静，奶奶会忽然停下手里的扇子指着天说"流星"，可是等他去看，流星早没了。小平问我：为什么从小到大都是奶奶能看见流星而我看不见？我问：你从来没见过流星？他说：从来没有，都是被我奶奶看见了，真不知道为什么。我说：也许你没有静静地抬头看天吧。

祝福小平考研成功，光彩荣耀地回家。他妹妹已经没再读书，去深圳打工了。祝福他的父母奶奶都能在小平身上看到希望，祝福他也能看到流星。

现在，乡土的故事都沉重。10月看到一个数据：2000年到2010年十年间，中国自然的村庄消失了90万个。按惯例，先民在定居一地之前总会慎重勘察地貌，请先生看过风水，选定足以荫庇后人的宜居之地落桩落脚，乡村的功能对农耕社会中的中国人不只是居住和出产食物，还培育审美、品德、延续本族群的规约。现在，乡村人都选择离开。而抛弃乡土进城的人们想融入城市不是买车买房那么简单，也许要几代人才能真正适应城市，形成新的人群结构、新的归属感和自觉信守的规范和品格。能欣赏山河草木，又喜欢书店和博物馆，这绝不是买一张长途大巴票，提上蛇皮袋登车进城就能快速获得的。

看到已经毕业的学生发了一条微博：

@树上的疯子：上了个大学，就没有户口了，王同志想回家落户口，结果就成非农了，哎哟妈，真是个奇葩社会，前所未有，后无来者！！！！

每年高校录取通知书下达的日子，乡村的高考生都该互相提醒：不要把户口迁进就读的城市，迁出来，就回不去了，没资格当农民了。

从 2012 年向前数 60 年，一直不变的政策应该不多了，但这条始终没有变：考上大学的人就是国家的人，属于你这个农民子女的土地就会被收回去。

今年夏天，一个深圳年轻人参加高中毕业 10 周年同学会。

我问：十年后每个同学有什么变化。

回答是：每个人的发展都和家庭背景成正比。

而乡村来的孩子，他的背景就是父母在变老，进城务工难，留守儿童留下的心理问题刚开始显现，所有这些压力像叠罗汉一样压着他们。看看 2012 年 11 月贵州毕节那五个钻进垃圾箱取暖窒息死去的辍学的农民孩子，我的学生们是幸运的，同样出身乡下，他们千辛万苦考上了大学，却很可能因此成为一个家族的经济精神双重压力的背负者。由于没背景，是否更要隐忍，要屈从顺应这社会，要不得不攀附权贵学会低头，或者付出了这些，才可能过上父辈期待的有面子的生活，类似长时间的妥协扭曲，或者很难不超出和倾覆一个 20 岁的淳朴青年的全部内心储存，抽掉之前他片段地获得过的简单淳朴的做人道理。现实迫使他不得不自觉又努力地去融入，也许他能感到那就是自我污化，这样更痛苦。如果像他的父辈，回到乡间种地养牲畜做最单纯的农民，即使他有强大的内心去战胜世俗，他能让自己的后代再重复一次吗？

表面上看，乡村的失去，可能和 30 年来农民逐渐离开土地有关，其实作为农业文明基础的乡土的解构在 20 世纪中叶已经开始，不然，不会有这 30 年的决绝的离开，所以它的恢复或者理想中的故乡重建，不可能一蹴而就，或者要几代读过书的人不间断地默默给予和培育，不是简单个别的退守和返回，不是短时间的提出几个概念。

再想起 2011 年大二学生们在课上那么踊跃又深情地描述他们的家乡，又多了一层理解和悲凉。

世界

来自高考艰难省份的我的学生们，假如他有北京户籍，他的分数应该能够进更好的高校。近三年来，都说这所海岛学校的生源好多了，而他们中有些人正懊恼着考砸了，有些是一声接一声叹息着越过海峡来报到的。也有随遇而安的学生说：喜欢这城市，超有认同感啊，人啊电单车啊随便过马路，汽车随便鸣喇叭，摩的到处乱钻，好像我家乡哦。

海岛学校有个大优势，每年寒暑假，超过百分之九十的学生要横跨半个或大半个中国回家，特别是春运，他们有机会见识中国的辽阔和民生，宁夏、内蒙古、黑龙江、西藏、新疆的，还有湖南、四川、山东、河南的，都没少吃过苦头，没少长见识。我刚教书的时候，学生多习惯待在学校里，现在连平日的假期，他们也会组织短期出行。暑假，放弃回家去"穷游"的一年比一年多，比如去云南大理、丽江、香格里拉的。一个家在湖南湘潭的学生告诉我：去过凤凰，太商业了哈。去过丽江的，也说太商业了。去过大理的，差不多。有人泄了气："再不想到处走了，哪儿都一样，一样的楼，一样的超市，一样的纪念品，真心明白中国人为什么没有创新精神了。"

一个傍晚遇到周含，她两手提着很重的东西陪我走了很远，说想去巴黎，也想去更多的地方。她说：我妈妈和别的家长不一样，希望我在嫁人之前尽情地过一段好时光，以后就怕没这个自由了，我要去法国，还要去日本，还要去果敢（紧邻云南），太多想法了，不过，先要去一下北京，虽然听说很冷（她还没去过家乡湖南以北的地方），还是都说要泡一下北京的气氛。

和大陆相比，这海岛上出生的学生多数没离开过，问过六个，六个都没离过海岛，说气候不适应，大陆人吃辣，怕遇到坏人挨欺负。

近几年都会有学生经过筛选后被派去台湾做一个学期的交换生。2011年下半年，钰去了台湾宜兰大学，凤婷去了台湾成功大学。凤婷非常严肃郑重地对我说：老师，以后只要有机会，你都要跟更多的同学们说，不要放掉任何机会，要出去走走。

非常认同凤婷的观点，这个瘦小却浑身是劲的女生是我见到的始终有主心骨的年轻人。有不同的学生跟我说，凤婷的身体里好像总能生出动力和能量，她每天背着大书包，走路跟跑差不多，跟她一起走的男生都跟不上，喊她等等，干吗走那么快。还有学生说：

她们宁波那边人（凤婷来自宁波）都很能奋斗吧。凤婷成绩始终不错，本来想读研，直到2012年秋天，要做最后决定的时候，她忽然自己想明白了：读什么学校，学什么专业，跟哪个老师学，能学到什么，眼前白茫茫，没有可选择的，如果只是混个文凭，那又何必呢。就在我写"世界"这一节的同时，她正准备考雅思，她想出去读书，想学到真东西。而做这个决定，和她去年去台湾游学有直接关系。那四个月里，她看到了很多原来从来没想过的东西，这篇上课记后面会附上她的文章《我在台湾的老师们》。

有学生在他的文章里说："直到初三，我才知道我家所在的地方只是一个小镇，才知道我们县城只是中国一个排名中等落后的小县城，才知道除了考高中考大学之外，这世界上还有很多条路，才知道原来我除了每天看那些无聊的教科书之外，还可以做很多事。"如果每个中国孩子能从童年开始，都有机会看到更大更新奇的世界，看看别的省份，别的地区和国家，他们的眼界不会那么局促，不会一上台就说不出话，不会只习惯察言观色而不是随意表达，最起码湖南的可以去去湖北，住在山这边的可以看看山的另一边，可是，显然这世界上很多孩子都能享受到的游历，对中国孩子是个传说。

今年钰两次来跟我说话，本来就是闲聊，没谈话主题，很怪，说着说着她一定说到她去年在台湾的见闻，简直像某种音乐的回旋。

曾经有段时间，她微博上的学校一栏，填写的是台湾的大学，用的是繁体字。

下面是她片片断断讲给我的：

我真知道了什么是彬彬有礼，热心待人。他们非常遵守秩序，好像每一个人都正等着为别人提供方便。还有，对什么有意见都能投诉，你能像一个人一样生活，有个同学告诉我，嫌老师讲课语速太快也可以投诉的，投诉了他就会改正。像给我们陆生（大陆交换生）盖章这样的事，没有老师嫌麻烦，他想办法给你提供方便，因为需要不同老师盖不同的章，第一个老师会等你，给你盖好章，再主动电话联系到下一个该给你盖章的老师，没有遇到推诿拖延。

圣诞节，校长穿着圣诞老人袍子给同学发礼物，还提议和同学合影，有同学拒绝校长了，说不想和他合影。大四了，我还没见过我们的校长呢。

我还当了一次金马奖民众评委，很兴奋的，在现场有投票权。我本来想投给《让子弹飞》，又想我们陆生应该避嫌，最后投给了台湾本土电影。

那边的同学太热情了，总想方设法帮助我们。走在路上，会有同学问：你是哪里来的？我说我是陆生。他会有点惊讶：噢，陆生也可以穿得时尚。后来熟了，问他们为什么这么热情，他们说了实话：你们是弱势群体。是这样啊，真让人受不了。

不上课的时候我就到处跑，讲座、展览、演出，见过侯孝贤、余光中、马英九，比在咱们这边见名人的频率高多了。名人不是人人都追捧的，就是普普通通的人。他们的学生见这些名人没什么激动的，好像司空见惯了。那个岛和我们这个岛差不多大，跑了很多地方，看了很多新鲜事，还认识了一个排湾族姑娘，很美，皮肤很黑，时间不够啊，要是能跟她去他们生活的深山里看看就好了。

遇到一个台湾老师，他说：你来自大陆哪个地方？我说：山西太原。我没说我那个小地方，怕他不知道，就挑大城市说。老师说：你知道离太原不远有个榆次吗？我都跳起来了：知道知道知道啊，老师我就是榆次的，怕老师不知道才说了太原。老师又说：你知道榆次为什么叫榆次吗？呵呵，听老师这么说我好惭愧啊，我是榆次的，但是我真不知道。他讲给我了，他知道的真多！

有个女老师说：我的课不重要，你不用来听的，你去看展览，很难得的。正好是辛亥百年，很多的展览，都是免费的。

去过一个寺院，那里讲经是用英语讲。认识了一个僧人，他带我们几个学生一起去旅行，一路上听他了讲很多，我觉得我这一生终于遇到了一个真僧人。

每个学期，作业报告排得满满的，你必须不断查资料，不会闲着没事做。

上街游行也是件好玩的事，让人欢乐，走一走，晒着太阳，挺高兴的，我发现政治选举可以这么娱乐轻松。

大家一起聊天，有人打了个喷嚏，会马上起身出去，在最近的便利店买口罩戴上再回来。我问为什么。他会反问：小学课本里都是这样教的，你们没有吗？他们时时避免给别人带来不方便，担心万一感冒了会传染给别人。

有个台湾同学把他的高中历史课本送我了，图画很多。

以前我的每一天全是按别人的安排，背课文，上学，全是别人让我干什么我就干什么，这四年我才学会自己想干什么就干什么，这四年，对我最重要的就是去年四个月的游学，它为我打开了一个世界。虽然已经回来快一年了，在那边认识的朋友还有联系，这真要谢谢互联网。

钰还说了很多，被我忘了。忽然想到把吴念真的《这些人，那些事》借给她看，没几天，兴冲冲还书来了，进门先说：这里面的方言好亲切啊。

钰已经被保研，起初她在两个学校之间选择，一个在重庆一个在上海。秋天开学，她去重庆面试，下火车是凌晨两点多，候车大厅很少人，有点害怕，一个人来到大街上，街上人更少，更害怕，她提着箱子紧守在麦当劳门口（应该多几间 24 小时营业的麦当劳），直到里面亮了灯。她说，那灯一亮，感觉好温暖啊。

钰说：回来几个月，做梦梦到那边的大学几次了。

钰说：将来想去日本看看，台湾人对日本的感情很怪很复杂，他们喜欢有秩序的生活。

新一年又有新的学生去做交换生，学广告却喜欢电影的柯颖说：

现在也慢慢想着把自己拍的旅游的小片子用不同顺序连起来做着玩，离开之前拍个陆生纪念片。行动力才是大救星。

要说我的变化吗，就是从以前的那个普通人，变成现在的这个普通人，深知自己的渺小，无害又无力，反正是影响不了什么，就安心做喜欢的自己，做自己喜欢的，无知又勇敢。生活就是教育，新生活的自我教育，能回头对比过去的自己，那个人，住在小黑屋里努力想推开一扇门，这些黑墙有的是外界建的，有的是自己亲手建的，目前确实存在着，以后或许还增加新的墙，但是现在我有点怀疑，一直在推的这扇门可能是要向内拉开的。

去台湾交换的学生多选择往返途经香港，顺便看看这东方之珠，凤婷去参观了香港的大学。世界辽阔，当然不止一个台湾。世界向他们敞开着，虽然更多的学生需要好奇心需要勇气，还要有钱。但这大门只要打开过，就不可能再关上。我鼓励凤婷远远地走，什么都去看看。

前不久，钰被省图书馆聘用，给几个欧洲来的游客做翻译兼导游，事先听说其中有荷兰人，她还从来没想到过这一生能和荷兰人说说话，很多专业名词，都要赶紧准备，说到这儿，她忽然转了话题：将来我要走得更远。

障碍即生活

最初，听妍说有个大二学弟有句名言：障碍即生活。

刚一听，像被忽然蹿出的螺丝批刺了一下。年纪轻轻怎么会想到这个。

后来，这位同学发来他曾贴在 QQ 空间上的这篇短文，下面是其中一段：

……到了现在，我觉得好多事情我依旧似懂非懂。我明白好多时候，是我对这个世界要求太高，容忍不得一点瑕疵，可是有些东西又怎么能妥协。就像好死还是赖活的选择，生命与荣誉哪个更可贵之类。

好吧，我承认，我又想多了……关于生活到底该是怎样的？"长期以来，我都觉得真正的生活似乎即将开始，可是总会遇到障碍，如没做完的工作，要奉献的时间，该付的债，等等。好像得先完成这些事情之后，生活才会开始。最后我醒悟过来了，这些障碍本身就是我的生活"。也许我的生活就是忍受这些折磨，无论最后有没有摆脱都不重要了，就像我给"呵呵"（王注：一同学的昵称）讲过的竹篮打水的故事。

如果不是妍偶然提起，我不会知道这个在中学时就写了很多读书笔记的年轻人。

回想长大的过程，谁都逃不掉障碍，区别只是不同时代障碍不同。贵州毕节死去的那五个孩子只是为了找个温暖的栖身处；附在"2012年上课记"后面的那篇《我的童年》，是一位贵州学生的亲历，他的童年记忆里有温暖却缺富足，无论在垃圾包围的村庄还是水泥耸立的城市，所有成长的故事几乎都是对障碍的叙事。不付出超过常人的勤奋不可能考进大学，而"好时光"（很多中学老师都会说，努力吧，考上大学就好了）并没从此开始，反而更迷茫了，校园"政治"，情感波动，未来完全不可知的就业前景，障碍一点没少，所以有人说被中学老师给骗了，谁说上到大学就好了，没发现大学好在哪儿了？

有人告诉我："大一很傻，就想好好读书，后来发现没有用，好伤心好失望，突然明白，过去的努力都没有什么意义，没有什么叫成功。"

我只说一例：贫困生申请生源地助学贷款，各地规定必须每年暑假由学生在家乡自己申请，无论家有多远他们都要赶回去，有的连日排队，最后却没申请到。听说，这种贷款没有利息，怀疑被当地的"能人"挪作他用。有个学生三年中回老家申请了两次，一次申请到了，另一次没申请到。由于必须本人到场，又有限定的申报期限，家境贫寒的学生暑假必须急着回家，不能留在学校所在城市做兼职或者去第三地，每个暑假都耗钱耗时地去申请几千块钱，还不确定能得到，有人干脆放弃了。

障碍就是现实，你不融于它的结果可能更差，可能这就是古人所说"天将降大任于斯人也，必先苦其心志，劳其筋骨，饿其体肤"。可他们根本不想担什么大任，只求温饱太平，现在到处设置的障碍几乎成为他们成长的必备条件，甚至从小就被鼓励怂恿催促，只能去主动接纳，反正是逃不掉的，这种成长的阴影难免不会被带入一个人的后半生和他所依存的社会。

有同学说，班上一个女生有段时间总和她在空间里探讨一些"虚幻"的问题，她不敢深问又不能不回应，小心翼翼地交流，感觉那女生一定遇到了什么问题："她在QQ空间里总是写些像诗一样的东西，哎呀，虚幻缥缈，有点不好啊，总这样，肯定有问题。后来开始留意她，发现渐渐好了，她也开始跟别人在QQ上讨论什么吃的穿的呀，上街逛逛听听歌呀……"说到这儿，我和她几乎同时说："这就好啊，说明她正常了。"虽然，我们并不清楚那个写过"诗一样东西"的女生熬过了什么，但是感觉那一定不好，一定是遇到困扰了。有人批评现在的大学生浮躁，完全不懂得欣赏诗歌，变成了物质的追逐者，可确实在某些时候，只有人间烟火才能救她。有段时间，很多人关注已经离开这世界的女孩"走饭"，发现她微博上那些短句很诗意，可是那恰恰是她陷在痛苦里的私语。20世纪的70年代，私下写诗可能带有反抗的意味，像《回答》，像《阳光中的向日葵》，到21世纪的第一个十年为止，好好的一个年轻人不能满心里装的全是虚幻。虚幻就是退缩和逃避。

一个学生给我说了她开微博一年间的变化：开始关注名人，后来发现名人太强势了，自己能干的就是跟在强人后面傻乎乎地转发，好像跟屁虫；取消名人，去关注社会新闻，很快发现满眼的负面，心情变得很坏，都快崩溃了；现在又改去关注古典音乐，看看理科学生关心的有趣的知识性的，说着说着，她在我对面的沙发上忽然坐得很端正，身子拔得挺直说：哎呀，满屏的新闻啊，搞得每天好像都要处理国家大事了一样……这好笑的比喻（想到皇上坐在金銮殿）和她忽然夸张的坐姿，我们一起笑了很久。

贫困和留守的童年是来自乡村大学生的记忆，城市的学生被课业压得过于沉重，未成年人轻生的事常有听说，家长老师常常就是共谋，说一不二的施压者。这就是在中国大学里会合的两条生源。出生地不同，相同的孤独无助，缺少关爱，天地局促狭窄，思想被困锁，变得敏感自尊，深藏和内向，中国孩子哪一个敢说：我是阳光灿烂地就长大了？

2012年11月27号看到了这条微博：

@钱文忠：日复一日，年复一年，孩子每天作业基本写到夜里十一二点，睡不到六个小时，次日一早背上或拖上连大人都觉沉重不堪的书包，去应对每天的八九节课，还不算各种补课。学习怎么可能有效率、有快乐、有成效？也难怪一进入大学，原本应是专业学习的开始，却大多成了一切学习的结束。再不改，一定完！

批评现在的孩子不读书，他们连反驳都懒得反驳，有些学生已经是生理性地抵御任何的强制和纸张书本。障碍太多，对障碍的反感和免疫力也紧跟着递增，终于他们自己懂得了障碍是排斥不掉的，只能接受，只能把它当作生活本身，所以说"障碍即生活"，他们认了，反正是隐忍承受和无奈。他们准备好了接受任何障碍，淡然地把它看作生活本身，不再做无用的抵抗。

一位已经读到研二的学生跟我说到独生子女的孤独："我从小

就会跟自己说话，那些话只是对自己说，和对大人说的话完全不一样，才那么小啊。像幼儿园的时候，嘴上跟爸爸说的是再见，心里说的是你就不能不上班？爸爸不上班该多好，我其实一直都会自己对自己说话的。"

说到这儿，她用食指重重地在桌面上戳了一下，非常有力，感觉要把心里长久顶着的东西释放出来。她出生在山西太原，是我的学生中大约百分之二的来自省会城市的孩子。我曾经读过80后作家丁丁的成长小说《小牲口》，从这本书里，能看到一个孩子（北京户籍）在城市学校里遭受的各种孤绝冷眼和困境。

因为年轻，他们脆弱和敏感，当老师在课上说"就你们这些作业还值得我看"的时候，他们心里灰暗沮丧得很（确有其事，就在这个学期）。而一位老师在2012年的秋季学期连续十几个小时看完了两个班的期中作业（她说，真是看得头昏眼花），还加了简短评语，马上感到了过去从未体验过的学生的亲近。我知道学生们有多期待能在这四年中能有人让他们去亲近。

虽然她是我的学生，却是在不教她之后，我们在微博里认识的。她是广东来的，多了一些情感，那天煲了排骨莲藕汤，叫她来，她说"泪奔"了。进了门，她就说想家啊想家，算算她读书和家乡这两城之间不过600公里的距离，飞行时间不过50分钟，一年中有寒暑假和两个长假，她整整一年没回家了。

她的障碍是父母，是一家三口一坐到饭桌前就要开会，就开始解决她的"思想问题"。有一次，她把心里积压了很久的想法都说给他们听了，父亲变得愁云密布，感到了问题很严重，问她：你怎么这么多的为什么？坐下，开会解决思想问题。她心里一下子想"完了"，真是后悔，什么也不跟他们说就好了，真是后悔死了。

如果她父母看见她的内心纠结，或者会不理解，仍旧认为是她的思想出问题，而她想的是他们能不管我该多好啊，他们管好他们自己就行了。"妈妈成天拿个抹布到处擦，爸爸骑着车到处逛，我爸爸比我活得还劲头十足，真是服了他们了。他们要是不管我该多好，管好他们自己就够了，可他们就是不明白，那是他们的人生，不是我的人生。我知道，他们把我当个男孩养，需要我像超人一样坚强。"

我第一次知道，会有人受不了温暖柔和的事情（应该是太过期待，期待到了承受不了）。她在学校认识一个留学生，留学生的父母从美国跑来看他（她强调，那位父亲是留学生的继父），他们一家人的亲热融洽让她感动，一起吃过饭，她回到宿舍，一个人躲在蚊帐里哭："我父母啊，这么多年我从来没见他们拉过手，你说他们过得是什么日子，他们是怎么忍受的？我就真是不明白了。"

这对父母的限定和规矩太多了，比如：大学期间不能谈恋爱，但一毕业就要领回个最好的男人，能赶紧结婚生小孩的，"你说这可能吗？"她问我。（另一个女生说，刚上中学的时候，她妈妈发现她学着化妆，冲过来抓着她的头发往墙上撞，现在她大三了，妈妈说你该学学化妆了，她顶撞说："让你抓我头发撞墙？"我说，你这样说你妈妈会很伤心，她说，反正她听了就不出声了。）

她说她知道父亲在乎她，只要听她夸赞一句，父亲会高兴很久，可是，父女两个通电话常常无话，外人听她就是啊啊啊应几声，然后挂电话，他们之间没话可说。其实她也很受父母的影响，母亲说什么装修风格好，她也会以为那个风格好，父亲说什么牌子的汽车好，她也会暗自以为什么汽车好。虽然很想出去读书见世面，但她不想用父母辛勤攒下来的钱，她知道如果提出来父亲肯定会同意。

听她说话，我会感到，她的父母已经在她身上有了影子，他们互为困扰，究竟谁受害更深已经很难说得清。

和就业相比，大学的四年算是临时拖延现实焦虑的一段好时光。那天经过水塘，见到真有学生在钓鱼，切开的大饮料瓶里游着几条小鱼，互相问：能吃吗？不能，这么臭的水。那一会儿再放回水里吧。水塘边嬉笑着好几个男女姜太公。

还听说了一次深夜出游：八个学生四男四女骑四辆电动摩托车去环绕学校所在的小岛，兜了一圈没尽兴，虽然已经很晚了，还是决定去探索正在开发中的临近的另一个岛，越走越漆黑越颠簸越怕，有人把一条塑料袋看成了蛇，一路狂奔逃回学校。

有女生暑假去了云南香格里拉，在松赞林寺，她独自一人走进大殿，看到佛像那么高大，自己站在佛面前那么那么的小，当时静得很，隔着木板墙传来低沉的诵经声，听着听着她流眼泪了："没多想什么，就想，这多好……高考前，妈妈叫我一起去爬南岳，说很灵的，我不想去，最后还是陪爸妈去爬了山，但是心里还排斥，跟妈妈说不信烧香拜佛那些……"

我确实曾经对他们说过，生活本如此，它给我什么我就承受什么。这话有前后的语境，我想说一个人不能总是愤愤不平，可是，他们最好也别太早知晓这世界的秘密，太透彻地看到活着不过是在不快乐中偷着找点乐，他们是不是已经很自然地把人生的磨难压缩在 20 年之内，决定就这么淡然接受未来？虽然，看外表依旧年轻依旧气盛，但他们已经懂得适应，也许生命的前 20 年已经磨掉了一个人命中注定的硬碰硬的本能。

两个学生的课余时间同在一家公司工作，据称老板为了磨炼他们，要求每个员工上街去向陌生路人讨一块钱。虽然，他们两个也上了街，但都事先表达了不同意见，其中那个女生因为只讨到三块钱（老板认为太少），建议她再上街，被她拒绝。我说拒绝得对。

靠困境和障碍去"激励"成长，不是好的选择，有人因此变得偏激愤怒，在匿名状态下没准会加入"很暴力很极端"的族群。关爱、温情、滋养，所有的这些人间美好不可能都是只留给坏人的奖赏，而一个正常的孩子要不停地受挫，好好的一个人要被损筋骨磨心志。

一位过去有过交往，现在去香港求学的学生在来信里说：

思考是人类的天性和天职，但是中国的大学却没有把"人应该思考"这一点告诉学生，更没有把"人应该怎样思考"教授给学生。不思考的学生，就随大流按部就班地敷衍着完成学业，步入社会，最后泯然众人，他们也有不平不满，但最多也就在微博或什么地方表达一下小情绪小感想，但最终还是一边不满着，一边自我安慰着在生活的尘土里辗转打滚，就这样过完一辈子。

愿意思考或者说愿意看一点书的学生，他们大部分也不能成为幸运者。这些愿意思考的学生，大都会自发地去看一些书，这虽然会被很多老师赞赏一两句什么独立思考之类，但是他们忽视了一个问题——这些学生自己去看书，没有一个正确的引领或指导，很容易走入弯路甚至歪路，他们或许看了很多书，但是他们大部分要不就是自恃清高偏执一端，要不就是茫茫然不知何所从。老师们之所以不提这一点，是因为这个问题本身就跟他们和学校的教育不到位有关。我之所以要说这一点，是因为我自己正是深受其苦的人之一。

……愿意思考的学生大部分都不能进入学术圈子，那就意味着他们要进入社会，待到进入社会之后，他们会被社会的各种潜规则折磨得更痛苦。至于能进入或有志于进入学术圈子的学生，那也不容易。中国的考研之残酷已不待我说了。近来我和一个在准备考研的师弟聊天，忍不住感叹，即使是考研，那也是一道窄门，也必须像那些帝王剧后宫剧里的权臣妃子一样，处心积虑一步步往上爬，才能进得去的。所谓学术，也不是那么纯洁的——早就不纯洁了。

中国的教育是那么的畸形和残缺不全，以致造就出我们这么一代残缺不全的人。大学里时不时传来某某学校又有人跳楼的消息，渐渐地这些自杀的消息也变成像祥林嫂的故事一样，听得多了大家都麻木了，还拿来当作打趣的材料。他们根本没感到另一个大学生的死跟他们自身有什么关系，因为他们自己知道自己都会活得好好的，都不会跑去自杀。虽然大家都是同龄人，都是大学生，但是心却是不相通的。一个人无法理解另一个人……以前我常想，现在的人笑的频率，肯定要比以前的人高出十倍以上。以前的人，该哭就哭，该笑就笑，不会像现在这样在应该哭的时候却还笑的。他们好像已经不会用天然的感情去应对悲伤的事件了。

前几天，看见正在准备考研的"啵唧咕"在微博上把"刁难"说成了"雕刻"，真是有创意的自嘲：

@啵唧咕：#考研倒计时#距离2013年研究生入学考试还有59天。如果觉得生活是一种刁难，一开始就输了。如果觉得刁难是一种雕刻，迟早都会赢的，再加油，各位！

恐怕我们不只是看不到贫寒之子的上升通道，可能每个年轻人的正常成长通道都已被阻塞，他们被遍身雕刻，镂空剔透，想攒聚起"赢"的力量越来越难。

事件

发生在 2012 年，被校内外共同知道的有三件事：

1. 反日游行

2. 扔鞋

3. 诺贝尔

我们的日子不能不和事件有关联，很多历史节点来自某一事件的突然启动。大的事件本身不用我去关注，而任何大事都有无数枝蔓细节，看来和事件本身关联极微小的那些部分，车轮碾过，顾不得回头去辨识有没有被压变形的蚂蚁肢体。事件凝固成为历史，而它对于非事件中心的平凡人物的影响，不见得就比留给事件当事人的影响浅，没准儿同样至深，始终伴随。

1. 反日游行

9 月底回到学校，有学生说：全学院就五个去游行，都是我们班的，好丢人啊。

过了几天，遇到和上街学生同班的女生说：真奇怪有些人那么容易被鼓动。

听说那个星期天上街的五个是同一宿舍的。我想，不该随口给别人下结论，应该听听他们怎么说。

下面是一个参加者的讲述。

听说能上街表达爱国的感受，大家热情很高（他们宿舍现在就住着他们五个），还鼓励隔壁宿舍的第二天一起去（结果当时答应了的，并没有真去）。他们凑钱到街上的招牌制作店做横幅，红底黄字，横幅上有七个字——"钓鱼岛是我们的"，准备做六米长的一幅，店主开始要价70。他们讲价说这是学生的爱国行动。店主听了也被鼓舞，说是爱国吗，他明天也想参加。当场减到50，还赠送了一米红布。他们带着七米长的横幅回校。事实上，第二天的队伍很窄，七米的横幅太宽了，只好剪短一部分。前一夜，为告知更多同学参与，他们手写了宣传单，一直等到深夜12点过，出宿舍准备在校园里张贴，可是那么晚了还有人走动，想想不好，就没有贴了。第二天一早动身出校门时，有人劝他们等上大队伍一起走，他们没等，自己走了，有老师和同学提醒他们不能有过激行为。听说后来更多的学生都是在校内安排活动。

他们来到大街上，平时上街闲逛和这天很不同，心里激动，拿出事先准备好的口号举起来。有一幅口号语拟得不太好,开始没人愿意举,恰好队伍里有空着手的人,拿过去看了,也觉得不好,没要,又还了回来。最后还是有人拿去举了,很多人笑,挺吸引人眼球的。也有人专门和这幅口号拍照合影(他没说口号内容,我也没问)。

一路都很平静,就是喊口号和赶路。但是,他也有过担心,如果那时候队伍中有人忽然喊一声"前面那个是个日本人",他不保证大家都会理性,说不准会有人挨打。也有过激的口号——"给我一颗原子弹""杀到东京去",他说他不同意这种过激的表达。走了很远,路上,大家也有互相提醒要理性。最后走得很累,回了学校。没有想到被有些同学取笑,也有老师表示不理解。有老师对他们说,平安回来就好,感受一下就行了。他在心里纠正说:我们不是感受,是表达。

我问他:你最想表达什么?

他说:我们中国太弱了,你看现在,别的国家都不死人,就我们国家总被人欺负,总死人。好像湄公河那边就死了人。我们的人太不齐心。不能太韬光养晦,要齐心协力。我们被人欺负了,就要反击。现在我们自己的问题太多,正好给日本插手,日本人看的就是我们心不齐这个时机。像钓鱼岛明明就是我们的,都给人家占了。

我问:如果还有类似的活动,你还参加吗?

他说：不会参加了。

我说：如果是我，也许更愿意查询相关资料，找找历史来求证，而不是上街。

······

他说：听别的学院一个老师说的······他支持我们。

感觉他讲的关于被欺负和心不齐的说法，是来源于那位老师。这同学平时性子温和，但那天我感到了他的执拗和坚持，急得有点脸红。我相信，他有足够的爱这个民族和土地的那份真诚。后来，转了话题，他才慢慢平静，说到准备考研，他摇头说，本来应该把状态调整到像当年高考一样紧张高效，不知道怎么搞的，找不到高考的感觉了。

这次聊天后，我能理解这五个小伙子，他们要表达他们心里的那种爱国，渴望众人间相互簇拥，需要一个尽情释放的机会，虽然嗓子喊哑了还被很多人嘲笑。如果不是听到上面这段亲口讲述，我对他们即使再理解也程度有限。他们青春年少，心里还留有激情冲动，需要一个场合表达他的情绪和确信自己也可以是个真实有力的存在。

在微博上，看到有人这么说：

@严同学：可是，除了读书，很多人没有第二种奋斗方式。

忽然多了一种方式，可以上街呐喊，这种热情的唤起毫不费力，我们的文化认知里早就潜伏有草莽英雄如《水浒传》，如武侠，如古惑仔，有人需要众口一词中的匡正祛邪，在更多人的力量里面，看见展现和固化自己，甚至梦想着义愤填膺的英雄情结。社会常态中，一个年轻人应该有更多的展示释放青春的渠道。在2012年的9月，他们选择了上街，人和人簇拥，尽情吼几声，这能应和他们的内心需求，甚至有人挑战理性，甚至渴望刀锋舔血的快意。也许只是表达他个人的在场感。

近现代历史里，很多类似的事件。看过大约十本关于义和团的实录，来自传教士的书信回忆，来自学者的调查和分析，来自片段的县志资料，但是我没接触过拳民的讲述，没有看到过遭追剿后对拳民的审问记录，对这个悲剧的群体，我更有兴趣，却没找到更真切的实时记录。这些农民为什么那么轻易地离开祖辈居留的土地，放弃田野里的庄稼去聚集起事，除了遭遇灾年迷信和仇外情绪之外，支撑他们内心信念的还有什么……真正的弱势者，也许正是这些自以为念了咒语就刀枪不入的农民，他们的最终结局是杀头牢狱或流离逃难，虽然曾经一时兴起山呼海应。

另一个同学从另一角度描述这同一件事：

今天乘车路过明珠广场附近的时候，确实看到很多散步的人，有 police 的车开道，从公交车上看去，秩序还算稳定，不过有些道路却封锁了。我很怕发生在图片上的事发生在我身边。现在，我开始有点理解你当时上课时评价敏感年的那件事时用的一个词——"无组织无纪律"，大概是这个意思，记不太清了，当时我很不能接受，当时觉得那件事是绝对正义的，可是这两天我觉得自己有一点懂了……勒庞的《乌合之众》是对我影响最大的一本书，我相信，很多人一开始其实是抱着看热闹的心态去的，就像鲁迅笔下的"看客"，可是由于看客积蓄了太多的不满，所以一旦被煽动，就很难不参与。群体，真是一个奇怪的东西。我甚至觉得，谁掌握了这种具有煽动性的力量，谁就掌握了霸权。

昨晚我回宿舍的时候，舍友说：你没有去游行吗？我说：我为什么要去？她说：因为你那么激进，你就应该去啊……她们所说的激进就是对这个社会持怀疑眼光的人……

2. 扔鞋

本来就是一个讲座。大学的周末，各种讲座多了。就我知道，当夜同时进行的就有一场以燃香配乐开场的关于泰戈尔的讲座。事前，有学生发微博说，且去看这人讲什么。有两个人表示去扔鞋，当然只是态度，不是真扔，都是女生。

晚上7点多，出生活区的南校门去买东西，少见的附近100米内道路塞车。这个城市这个校园的机动车们，已经是公元2012年了，还不懂得抑制随意按喇叭的冲动，行人喇叭急慌慌一团。夜里9点多接到一个学生急促的电话，背景喧嚷，她说刚离开现场，刚刚吓哭了。因为事关我的学生，我去看微博，恰好看到我的另一个学生在@我，她在现场：

我见证了海大学生扔出的第一只鞋子。看着校长指挥保卫人员把学生架走，听见他畏缩地说：这个人是不是海大学生我们还需要查证一下。心里一阵凉意。一个大学校长在一个五毛面前懦弱地连自己学生都不愿意承认，更别提保护了！

事实上，那个讲座的听众是有组织的，更多的学生都是事后从网上看到的消息。

平时很少人关心来讲座的人，根本不想知道他是谁，事件之后也依旧不关心。大约五次在不同场合听不同的人说到这件事，没人关注现场的其他细节，包括扔鞋学生的观点、他的表述逻辑和选择的方式。他们都说看了视频的第一感觉就是心凉。

有个女生告诉我：看了视频好心凉啊，那明显是学生吗，穿的就是平时打篮球的衣服，校长怎么能那样，大家都不理解哦，整个那一星期，各个老师课上都提到了那个事，有隐晦的有直接的，没听到同情校长的。有人说学校这下出名了。有人说是丢人，有人说是光彩。

事情过去得很快，更多的新闻淹没旧闻，但是两个多月后还有人说起他们的心寒：一校之长不保护自己的学生……

3. 诺贝尔

可以想象，被很多人膜拜顾盼快被传成神话的 20 世纪 80 年代，如果学文学的大学生听说国人得了诺贝尔文学奖，校园里得多欢腾。获奖者的书会被热捧，大学附近的书店可能前一夜就开始排长龙，第二天一早，人手一本的情况也不意外。

今天的 90 后们不会了，大家淡定得很，该干吗还干吗，该喜欢哪个作家还是哪个作家，吃饭睡觉，能洗上热水澡，网购自己需要的书（这所学校附近竟然没有一家人文书店），想自己的心事。

在本真里保持着自己，不再人云亦云，这才是成熟和进步。

一个学生微博说：

本来也不是个啥了不起的事嘛，他获奖那是他的能耐，干中国毛事，不脚得（觉得）得了奖现在这狗血的创作环境阅读数量水平能有啥改观，跟奥运会在中国不一样嘛，反而一想到那些要因教材改版单列莫言专章而要多背一坨废话多死一坨脑细胞的苦孩儿们，哪还乐的起来？

另一个学生微博说：

他的作品这回应该会被编进中学课本吧？会把我喜欢的《十八岁出门远行》换掉吗？

又一个学生在微博里说：

他的笔名很好地阐明了中国文艺界的现状，或许这是获奖理由？

不怀好意地猜测，瑞典皇室是不是遭遇了经济危机？

可能是自己读书少……没读过莫的书……而且光从外表看就不喜欢他……长得好官僚……

上面三个说话的都是我教过的本校学生。不知细情的人可能批评他们言辞极端尖酸，但这和他们年初曾经兴冲冲地冒着逃课被点名的风险去外校听一个讲座有关，"2011年上课记"中"我们身上的暴戾"一节中有提到。

有同学告诉我：如果说我上中学时，会觉得诺贝尔啊，那是个最高奖，是为国争光了（有学生说：那时候，被教育的我们就知道三峡大坝是一个世界伟大的成就，当时心里不知有多自豪），现在都不会了，我大四了，知道那就是个奖吧。

也有学生说：要在我年轻的时候还会激动一下下，现在老了，不想那么多。

也有学生说：自己都有自己喜欢的作家啦歌手啦，不会听别人一说就去追捧一个神马（什么）奖。

当然，拥有相当比例的学生，不要说诺贝尔和他们没什么关系，文学和他们也没什么关系。不必因此就悲哀着急替文学叹气，其他学科的学生也同样没感觉他的学业和他本身有什么情感关联。当文学不再抚慰每一个个体，文学就成了一门科目，如果这个科目还不能带给他就摆在眼前的看得见的前途，文学和他真就没一点关系，甚至还晃来晃去地碍事，耽误他的青春好时光。

时间过去，日子依旧。所有的偶发事件终究与大多数人无关，义愤也只是一下，义愤不能换取个人的未来，很快就不义愤了。从表面上看，大喇叭下的教育格外鼓励和强调集体意志，整齐划一，而喇叭底下的真实却往往相反。

地震没有震到我，我为什么捐钱，我的钱也是血汗换的，这种思维在2008年的四川地震之后有了普遍性。前面三个事件完全各自独立，但是能感觉到其中的关联：我骑着40块钱买来的二手破单车，日系车和我无关；演讲者不是来讲考研或考公务员秘籍，和我无关；鞋该不该丢谁知道，只是那只鞋找不回来有点可惜；诺贝尔钱多，但是我分不到一毛，他得着了，算他好运。所有的想法都首先带入一个"我"，这个我，可以看成是自私的，也是被动退守的，是一个人的最后最小的栖息地。热血变冷，只寻自保，无论什么庞大的强力的，只要与我无关，表面我屈服它，内心我远离它，这种屈服与远离，对社会肌体的毁坏和负面是现实存在的，也是致命的。而另有人仍旧渴望着群体的凝聚和齐心协力，·至于获得他最期待的这股力量去做什么、怎么做，他还要很多时间去想想清楚。

三个事件，对正经过我身边的这些表面看来傻傻的年轻人来说，唯一影响至深的可能是那个销声匿迹了的扔鞋的学生，有本校大四学生写了长微博"关于丢鞋事件"，匿名委托他人发出，其中讲到丢鞋的学生有这样一段担忧：

……他这个污点是要进档案的，他再努力也不会被评优，我不怕他不能得到什么奖励，我怕从此这个学生就因此心灰意冷，从此堕落或者走向极端……

看了这学生的话，心里跟着后怕。事件对于历史进程的作用落到具体的个人这里，可能重新划定一个人的内心倾向和行为标准。众人都在校正自己，而正是足够多的众人才形成了历史节点。

怕的也许正是新浪微博上"作业本"在写给他自己微博三年的那句话：

我怕的不是跪下，而是不愿站起来。

2012 年 10 月 19 日

尺度

他们给我讲了一次有趣的课上场景：

一老师：这次作业要求不少于2000字。

众学生求饶：老师，老师，就800吧，800吧。

老师：那1500，不能再少。

众学生欢腾：成交。

这里有欢乐的成分，在沉闷无聊里穿插一点欢乐。但是，只抽出这么一段来听，实在很像菜市场和交易所。类似的场面我的课上也有过，一阵讨价还价，他们想获得多一点的自由空间，或者说他们盼老师把一切作业考试统统都免了最好。

我们擅长灵活，不过于坚持，灵活太多了以后，执意的坚持就被众多人侧目，被认为反常。

大学生村官任建宇因转发微博被劳教。关押期间，第一次见到老父亲，他哭着说的是："爸爸，这不是什么见不得人的事，我不偷不抢，最多20年就会平反。"这个年轻人连续接受了16年的教育，他的生命已经几乎被"学习"占去了四分之一，在无辜和恐惧下他能信守的最后底线是"不偷不抢"。据说15个月的劳教，已经让这个正常青年"既充满希望，又惊魂未定，将信将疑"。（《南方周末》2012年10月18日《重庆"不正常"青年》）

有学生看了这期报纸，调侃另一个学生说：看见没，别手贱，乱转微博，你转得爽了，最后爽进去了吧。

最后，大家都挺正常，自我感觉正享受着自由，正常地活着，最后难免不都活出了精明剔透，所谓的"难得糊涂"。可能正是我们大家一起，不断把身边偶然冒出来的正常青年看成不正常青年。大家都在自我暗示：适应现实吧，反正你抗不过它。大家都不轻易去坚持什么，谁一直坚持，必然滑向"不正常"。

不吃嗟来之食，不可不劳而获，留存在中国民间久远朴素口口相传的道理，现今都弱似烟缕，最后可能仅存下了"不偷不抢"，这或者成了我们还可以持守的最后尺度？

有人说现在的年轻人没有底线了，70后这样说80后，80后这样说90后，类推下去。如果真按学生的说法，隔两年就是又一代，我们尽可以把问题推给后来人，击鼓传花一样，骂他们在颠覆道德辱没文化。这种责任转移，可以让很多人解脱和获救。我的同代人就常自得地说：现在谁还会像我们那时候坚守理想？好像尺度的放弃都是后来人干的。

　　曾经有学生私下议论，某个老师开了好几门不同的课（理科），学生怀疑真有人有那么广泛的研究，"真有人那么有才"。有学生说，这算什么，有个老师开过十几门课，最后被学生给举报了。

　　一位理科学生说，他们的辅导员给全班学生讲自己的做人经验，有这样的现身说法：他在食堂吃饭（在本校读本科时）遇到饭菜里有沙有虫，不声张，拿着物证，直接进去找食堂师傅，不嚷嚷，私下暗示：你看吃出这个了，怎么办吧？私了的结果总会比吵吵嚷嚷讨说法要好，一般都会免去这餐饭钱……辅导员侃侃而谈讲做人之道，下面的学生们在想什么？给我转述这事的学生说：哦，原来你是这样做人的，以后不会再信这个老师了。

　　凭20岁的直觉，他们最初都会拿自己理解的最朴素的道理去衡量周围世界，20岁可以明了基本的对与错，但是，他和他的家庭实在深怕打击，任何的坏事上门都承受不了，长大的过程正是唯唯诺诺胆子变小、学会乖巧警觉和违背本心的过程。

　　有人告诉我：自己过去总是愤愤不平，现在明白了，不要去争取那些争取不到的东西。我说：你可以选择不做，但是有人去努力了，也许后面就会有改变。

　　他问：想改变什么呢？

　　我说了孙志刚。

他没再说话。

我猜他在想：人都没了，还努力什么。

相当多的大学生不是天生的犬儒，是从小到大，一次次受挫之后的自保和害怕，才开始学会了放弃。这个流程的速度日益加快，正是我们共同推进的结果。

得说说电影《闻香识女人》，连续七年都推荐这部片子给学生们，往往打动女生的多是那段探戈，有男生欣赏片尾的大段演讲，很少人关注整部片子中那个身处弱势的年轻人的选择，面对诱惑和风险，他痛苦但是没去告密，是这个年轻人的选择改变和决定了那个已经厌世了的老兵的选择。好莱坞的娱乐性很对中国大学生的口味，它的价值观却好像不适合很多大学生，所以有过同学在课上发言说《闻香识女人》的人物太假，不真实……一个广州中学生告诉我，哪个同学进入学校的区域后说了粤语，没讲普通话，一经发现，他们全班都会被扣分，得不到流动红旗……

一个学生信息员刚毕业，向老师咨询自己的就业去向，非常自然地说到他在校期间搜集一位老师的课上言论，说到这个他完全不避讳，没内心障碍，似乎这很正常，这四年里太过平淡无趣的吃饭睡觉上课，举报老师，也许是他做的稍显与众不同的事了。从他的角度想，他这么做，个人秋毫无损，谁谴责他，他都会自辩说我没做错什么，只是完成了老师交给的工作，没什么丢人的。这种极端的利己主义对整个社会肌体是可怕的。它在暗中鼓励人：其实没什么标准，自己没受损就是标准。

持续不断的利己主义和人格分裂，暗中潜行着的校园政治，在"你争我夺""暗地里人踩人"中长大的孩子，已经习惯了被强大到你无可理解、无可抗争的现实所覆盖，学会了一步不敢放松地跟随群体去小心自保。你是颗螺丝钉，还得是颗暗揣心机涂满润滑油的浑身弹性又冷酷的金属钉。很多人的心正是在上学长大的过程中变硬变冷。

有位老师讲古典文学，有几次自己感动了，流了眼泪。学生们给我转述这事，他们说，老师讲着讲着自己就哭了，自己感动了，呵呵。

我问：你们呢。

我们当然没哭，心里有点好笑，不过这老师还算是认真的吧。

一个学生说：有一次我也跟着哭了。

旁边学生望着被老师带哭了的这位，有点夸张地声音变大：真的呀……

连被感动都很难了。有个学生告诉我，她曾经努力想和同学培养好感情，最后"发现我错了，社会这个地方容不下真心，容不下高傲，容不下保持自我，容得下的只是共同的利益，我错了"！

……

曾经对我说"别以为他们很单纯"的老师，时隔几年又提醒我一次，说的完全相同的话：别以为他们很单纯。暑假期间听朋友说她工作的医院里新来的80后稍好点，90后不行，太单纯了。她80后的儿子接话说：单纯都是装的，单纯啥？朋友说：已经工作了，还没有应对这世界的价值观，倒是很会处理关系，都懂得不得罪人。

我宁愿把他们想单纯了，和几年前相比，现在了解他们更多，他们不是不单纯，而是很复杂。但是我还是相信，单纯是还停留在每一个年轻人心里最后留存的美妙幻想，所以他们才总迷茫，迷茫比坚信要有救，连迷茫都没有，就只剩下乌七八糟的荒诞世界了。

一位学生课外受聘幼儿教育机构，也开始自己设计课程，发现认真做下来很耗神也很锻炼人，这时候他再回到学校听课，已经开始会用专业的眼光去判断：这老师的课是不是炒冷饭，是不是用心准备过，是不是真想告诉学生一点东西。有一天，转发别人微博的时候，他写了四个字的评论："上良心课。"字数真少，意思可一点不轻，是加进了他自己体会的。他正在发现着他认为的做个好老师的标准。

我在说"尺度"，而不是"底线"，因为现实要求人太多的微调和改变，底线是一条不变的界限，而能被我们容忍的刻度实在是很多，但是有一条最确定的刻度，就是 0 刻度，尺子最尽头那条黑色长线。现在，这条线代表的就是"自己"，在这个刻度以外的任何一个刻度都可能不安全。

不久前和其他老师聊天，出现这样的差异，他们说今年教到某个班简直太沉闷了。我说不会吧，去年我也教过这个班，印象里他们很活跃，大家爱表达看法，而且很有自己的判断。往往，从大二到大三，每个人都有改变。也有这样的学生，他心里不缺看法，很想表达自己的观点，又担心被同学说三道四，顾忌自己是不是太显示自己，是不是想讨好老师，等等，顾忌多了，干脆只选择就坐在那儿傻听不说最安全。各种各样的原因会使同一个学生做出不同的选择。

现在，我最不相信我们这个族群的特征是集体性的，是的，鼓掌时人人都在拍手，掌声雷鸣，拍手不等于认同被鼓掌的内容，每一个拍手者都可能是没安全感的胆怯的个体。

在中国受教育的过程，是表面的集体主义，实质的个人主义，是把一个孩子向这两个方向去挤压推远的过程，所以，喜欢写诗的学生叶长文说：这么学下去，不就学成两个人了（被分裂了）？

2012 年底，接近 112 万人参加公务员考试，表面看来像是体制的拥趸，他们用心拼力地加入，不见得使其得以加固，运行顺畅政通人和，可能恰恰相反，因为很明显，每一个想挤进去的都是图得个人获得保障，寻求安全感，这对庞大的公务员体系怕不是什么好消息。

如果所有的尺度，都以个人利害为标准，维持亲善、信守道义的目的都是在表面的集体下面那个掩护得很好的自己，最后的终结就是我们自己松手放弃希望。他们还年轻，涉世不深，东方的小动物们更多时候是在洞察窥视鉴别区分着，时刻调整着自己，深一脚浅一脚，万一某一步"蹚大了"，赶紧补救。从小到大，背下来的概念很多，能被他们自觉信守的却没有。他们就这样长大，压抑和分裂得久了，无名的憋闷在蓄势。所以他们说，老师你不要总说理性了，你上 QQ 群上看看，骂人的不理性的多了，匿了名的群里就是绞肉机。

这样下去，最后的中国人会不会只剩下最后一个尺度的"好死不如赖活着"。

贫寒的影响

　　总会遇到这样的学生，话语少，眼神坚定，能感到他有义愤，他内心拧着，耿耿于怀。曾经有过一个男生在课上愤青般地批评余秋雨，一一列出背后的社会原因。下课后，跟我一起离开教室的几个学生说，这男生是个怪人，刚入学竞选班长的时候，他一个人滔滔不绝讲了 20 分钟（没竞选成功）。

　　针对这事，有同学和我交流：

　　"估计他是农村来的，心里有一种'心比天高，身为下贱'的感觉，现实中经历过不公，而他无奈又无力，再过两年，他可能就淡漠了，不在乎了，其实生活就是这么一回事，不需要思索，也不需要痛苦。

　　"让受现实挤压的人保存思索和义愤是更加不公平的事，是双重痛苦。

　　"而好像只有受挤压的人才会思索得这么深。

　　"其实富家子弟最单纯，无忧无虑，而从社会底层家庭挣扎起来的人往往显得阴沉、猜疑、敏感。"

当然，我们的交流没有互相认可的结果，从这位学生的角度能感到他家境不错。七年里多次面对这样的场合，不同家境的学生在一起，不一会儿，就有人不知不觉中渐渐显出抢话炫耀和强势，而另外一些变得沉默和没底气。我一般都是不出声的旁观者，只在心里有不舒服。社会本不该低看和挤压任何一个人，爱惜、袒护、信任才应该是我们共同的基点，可惜，现实经常刚好正相反。

炎热的8月，收到一条短信：

老师，今天爬了好几座山，很高很深的草，浑身都是伤口和血迹，脚底已经破皮了，下山喝了三瓶王老吉一瓶矿泉水，当时饿坏了，但收获颇丰！起码算得上可以……

一个不认识的号码，问他是谁。原来是新换过号的邓伯超。

一年多了，邓伯超在闽西和粤东两地间拍他的第二部关于客家人的纪录片（第一部是海南儋州客家人的纪录片《余光之下》）。他说：预计年后上剪辑台开始后期制作，大约还要做一年，整个片子会讲三到四个故事。他说他相信"电影有它自己的能量"！在中国，做纪录片这种事几乎都伴着纠结、波动、抗争和各种透支，没这些起伏折腾几乎就不能叫拍纪录片。这一年里，收到邓伯超片片断断的消息，有时候不敢确定他现在做的是不是他想要的，是不是愉快。为什么他要在南方最酷热的季节去爬山，是折磨自己还是证明自己。

把一身的力气用给了好几座山，能得到最实在的回报，就是划伤、疲劳和饥渴，虽然这回报完全无用，但是效果立马可见。或者，他只是一时兴起，要再验证一次这世上真切地存在着他这个不想屈服的邓伯超。他在靠身体的损耗来呈现生命：我没辜负岁月时光，我没有浪费它。

秋天，也听人说，邓伯超在一个台风之夜有事到了广州，当时身上只有 59 块钱，去提款，发现他妈妈把钱全还了助学贷款，卡上已经空了，只好走路去找朋友，走了三个多小时，到能休息的地方已经是早上 5 点多。记得邓说过，他爸妈急着还上助学贷款。

邓伯超的同学说，邓有种悲情的倾向。我想，没有人要期待悲情，人的本心都想快乐简单，但是像上面那位学生所说，也许富家子弟才能做到。世事把一些人悲情化，不是他主动去选择悲情，很多时候他这条生命的出现就是一场跌宕悲情的开始。期待这种悲情的聚集能给邓伯超的新片带来持续不绝的力量。

有人问我，为什么有些同学那么敏感：一次课后，班长通知贫困生先别走，留在教室（类似情况我碰见过几次，能看到有人从桌上收书的动作开始放缓，我一般会赶紧走），留下的人开始填一张申请助学金的表格。当时有个学生嘟囔着说：我不愿意填这个东西，但是我还是填了……向我转述这句话的人说：也太敏感了吧，不必这样，贫困怎么了，也不是你的错。

贫寒不是错，但由贫寒带来的暗伤害很少被他以外的人理解和重视。

一个学生在作业里说：我不要生活在社会底层，任人宰割。

因贫寒而变得脆弱的年轻人，平日里周围人吃什么零食，买地摊衣服还是品牌服装，用什么护肤品，又网购了几本书，漫画还是专业书，这些耳旁流过的信息都可能伤害他。寒假临近，少数人买了飞机票，多数人要排队（有的排一整夜，最后没买到）购买半价学生票。去年就遇到学生在说：不就是坐飞机吗，到处说，有什么可显摆的？有人提前很久买了折扣比较低的飞机票，别人问他怎么回家，火车还是飞机，他支支吾吾，不想"刺激"了别人。也有相反，听到过女生旁若无人地说：飞机票买好了！

飞机和火车，相差只是人民币1000块，而正是这10张红纸暗自拨弄着人心，它对一个人的影响值也许远远超过这个数字。起码，在很多人的大学四年里，拿不出1000块就是事实，他们得像齐仙姑的文章《春运二日》所写，和很多回乡的人一起挤在车站的地上过夜。一位《羊城晚报》记者说，听说北大课堂里，学生几乎都是用苹果手提在记笔记。希望这种事慢一点被我们的学生知道吧。

萍告诉我，刚刚过去的 2012 年暑假，有些同学搭伴去旅游，大三了，大家都对暑假越来越珍惜，而她赶回了老家江西萍乡，整个假期过得很忙很赶也很充实。有段时间，她要早上 5 点多起床，赶很远的路，给当地一个准备中考的学生做家教。现在还会有农民看重教育，辛苦攒着钱，要给孩子请家教，每小时付费 20 块（当地人认为这收费很高了，羡慕萍能找到这种不出大力就赚更多钱的俏活儿，学生在海口市做家教一般每小时 100 块）。家教课结束，她马上赶去另一个地方给成人辅导班做老师。每天跑路讲课很累，一个暑假下来，赚了 3500 块。自己带了 1000 块，其余的都留给了妈妈。现在萍已经基本不用家里汇钱。萍的姐姐师范毕业，先在当地做代课教师，每月工资 800 块，后来经过省里的统一考试，拿到了教师资格证，现在是正式的小学教师，每个月能拿 1500 块。姐姐的路就摆在眼前，萍问我：这一辈子就这样了？所以她想考研。

说回已经因纪录片《余光之下》有了名气的邓伯超。2012 年的夏天，忽然收到他的短信，大意是如果没有摄像机，这生命就没什么意义……

另一次，他再提起在学校时第一次去献血之后，他让医生同意他隔着采血袋去摸摸自己的血。他回忆那医生当时只是让他摸过一下，就赶紧把血袋拿开了："我的血啊，好像怕我带走了一样，第一次献血，摸着舒服，我想多摸下……我摸了之后，他很快拿回去，穷人有穷人的穷，但这个方面，医生比我穷多了……"

从摸到血的温度到穷和富，这中间的逻辑跳跃太大了。记得2009年那个晚上的课，我请邓伯超来跟学弟学妹说点什么，他就站在门边，当众说出那句话："我不想和富人站在一起。"这种情绪在他心里一直持续到了2012年，好像有增无减。对金钱，对城里孩子的性格（城里孩子不够狂野，"2011年上课记"中"让我摸摸我的血"写到过），他始终有抵制，或者在潜意识里他始终在站队、在排斥、在自我鼓舞：我不富有，我有富人所没有的东西。

他只是想伸手摸一下刚刚交出去的还热着的自己的血，也许在捐血车里，这个农家子弟有点"文艺"的要求早被医生忽略和不以为然。但是对于邓伯超，这个被自己的血暖一下的过程和医生的举止神情是记忆深刻的，也许由此，正是他始终要找到的唯一得以高擎起来的自己独有的道德优越感，他的傲然、不顺服和敢挑战："和富人相比（王注：医生不该算真正的富人吧），我可能更豁达大度，更慷慨救人；我能吃任何苦，没什么可以失去的，我无所畏惧；我一点不比别人差，只是无权无势无钱，而你有的那些不一定来得正大光明。"

　　……今天，贫寒人群想靠节俭勤勉将很难变成富人，这无法改变的贫寒会不会逐渐被酝酿培育成一个准信仰，一个精神依赖，贫寒也因此得到"升华"，获得"永固不变"的、可以坚守的某种意念？当明白了贫寒不可扭转，甚至十多年努力背书考试依然不能改变自己和家庭的命运，这种与生俱来又不可脱离的贫寒就没什么可羞愧的，就有点正义凛然了。贫寒之力也能攒聚，因为每个生命都需要自我解救。如果一个人始终感觉生命被抑制，他又不甘，就得时刻攒力等待个人光彩的爆发……

妍的故事

妍有故事，这次讲两件：一是去麻风病康复村做志愿者；二是参加一次面试。两个都是热乎乎的故事。

曾经在微博上，我说：很多90后默默行动着，他们需要被知道。

没一会儿，妍跟上来说：有的时候不是被知道，需要的是一种"相信"。

妍是湖南人，文弱的小姑娘，有时又是很有胆的小姑娘，文弱和有胆都藏在她那么一个小人儿身上。刚进大学，连续两年她都在学生会里，后来离开，当时她非常想找到扎扎实实做点事的机会。曾经听班上的古惠容同学说到去麻风病康复村做志愿者的经历（我也听这位来自广东的学生带点悲壮地说过她们的艰难，是去年，中午放学的路上，我们一起穿过草坪，我陪她向学生食堂方向走了一会儿，她指给我看她T恤背后印的字，是个民间的非政府组织），开始妍没特别留意。后来她听一个校外志愿者来学校做讲座，说的是同一件事，现场放了志愿者们的视频，妍被打动，她说：我知道我现在最需要的是行动了。接着是报名，被选中和参加培训。2012

年的暑假，她和二十几个不同高校的年轻人一起去一个偏远的黎村，为那儿的麻风病康复中的老人们服务（她再三跟我强调"康复"两个字，因为那些老人已经痊愈，他们只是留有残疾，可能不好看，和他们接触不会有传染）。2012年10月第一周的长假，她又和十几个同伴去住了七天。这事，她还没告诉妈妈，普通人对这种病往往有偏见，她特别强调这种病的汉语名字不好："麻风，听着不好。"

妍两次去的村子是同一个黎村，据说岛上其他的偏远山区的村庄还有类似的情况，有志愿者去过的只是少数。这些曾经被严格隔离不得离村的老人，在人见人躲的岁月中挨过几十年，长久的隔绝和孤独，没有后代也没亲戚。

妍一说到村里的阿丁婆就笑。老婆婆只会讲黎话，妍他们都学了些简单的词，比如用黎话数数字，她扳着每根指头给我数了一遍，还有吃饭、睡觉、吃药，平时常说的这些。

这个黎村比较远，从学校出发到村子里，又转车又徒步走，要六七个小时，最近这次还因为公交车超载被扣车，早上离校，晚上才到村。大学生志愿者都是用自己的钱付交通费和伙食费，在黎村做基本建设、清洁卫生和陪老人们聊天。没有额外的床，他们睡的是地铺，每晚抽签决定谁睡在哪个位置。买菜做饭都是自己动手，尽量简单清淡。热带海岛的夏天太热，睡前，他们都挤到老人的吊扇下面去吹一阵风降温。

从妍的微博里，可以看到快乐的记录：

今天和阿婆交流无障碍啊，哈哈哈好开心。

……好多好多想仔仔细细写下的，没有时间。精神上的富足与安定，比起收获的，付出的太微不足道了。萤火虫在天花板上，睡前会抬头看看银河和星空，晚安。

睡在门前看得见星空的位置，头顶头的故事，good，good night。

其实等真正接触到阿婆阿公的时候，他们的残疾，根本就是平淡自然的事情了，就像爷爷安的假牙一样。没有了顾忌……

7天比起365天来说，多短。阿丁婆指着相册里的男生女生用黎话对我们说，这个来过，这个没有来。

阿丁婆忽然地心情好，来树下和没睡的几个营员一块儿坐着，一个黎话一群普通话，前言不搭后语地聊得好欢乐。我在一屋子横七竖八躺着的人儿中间趴着看，偷偷笑出了声。

公权伯的永恒话题：老公老婆生孩子，每期营（员）都要配好多对，还要下命令女生生多少个孩子，最少的是和我说的：你，五个！

回来了。晚会结束好多人都哭了,然后喝酒醉倒大片女生。爬到屋顶看星空,还看到了流星。不过阿公阿婆也都没睡,不知道是被我们吵的,还是和我们一样的心情。

妍的同伴,也是我们学校的学生,这样写这次活动:

……每一个仲夏夜里,躺在拥挤却完全生不起一点嫌弃的小屋里,总是看见闪着微微绿光的萤火虫在缓缓飘荡……也有一夜,我是躺在走廊里度过的,跟凯元、猴子、冬冬说了一点我的纠结,看着她们纠结地帮助我,我纠结中满是喜悦。

……我好多次坐在阿丁婆身边看着她也看着的一片蓝天白云,猜测着她在想些什么。想了好久,我觉得"达"(黎话"她")什么都没想,就是简单地看着那片天。所有的回忆不管有多么深刻难忘,怎么可能受得了几十年岁月的消磨,早已消耗殆尽。只有当"达"把目光放在我们这群从天而降的"天使们"身上时,她才会想到一些。一天春玉翻译了一句话,我差点没忍住眼泪,"你们一走,这里又安静下来了"。

要走了,很想找点东西留念。恰巧在那天跟猴子去修电饭煲回来的路上,猴子说一个叶子好看,可以留当柴火,于是俩人傻乎乎捉了两节树枝拖回村。阿公知道我想带木薯回去种，二话不说，拎着砍刀就砍了几节。阿姐也特热心，又带着我俩还有"吃货"九妹去看木薯到底长啥样。结果是，她俩连生的、海南人用来给猪吃的木薯都嚼得津津有味……回到学校，大雨倾盆，与阿公阿婆送我们时的万里晴空形成鲜明对比，仿佛从天堂滑入了地狱。

我找不到锹，就一个人拿把伞，踩着积水找了好久的栽植地，蹲着身子，用手一点点挖一拃深的洞，把一节木薯放好，随便洗洗手去找下一个最佳地点。一只手撑伞，另一只满是泥巴的手攥着木薯，一个人静静走在校园里，什么也不想，我觉得我活着，活得那么真实。

他们把本来很辛苦的事，写得童话一样。所以，我相信妍的这句话：老人们从我们志愿者身上得到的，不如我们从他们身上得到的多。他们找到了一个去做"天使"的机会，短暂离开世俗烦恼，让一年里有两次欢乐的七天假日。黎村的老人无保留地喜欢他们，那位阿丁婆不管夜多深，都舍不得去睡觉，虽然听不懂这些年轻人在说什么，但是她要坐在他们中间听着笑着。这些大学生忽然发现自己也能给别人带去欢乐。当然，学生们也留意到，老人不会留所有志愿者的电话，他们更愿意相信和接受去村里次数多的年轻人。

　　这个学期，妍的课不多，她想有更多的实践机会。上学期，她进了去台湾做交换生的候选名单，最后面试没通过，失去了去台湾的机会。她怪自己胆子小，那次面试不够主动和外向，虽然那天她很认真地搭配了"青春学生"装：格子布衫，牛仔裤，帆布鞋。没想一到现场，发现很多去面试的女生穿职业装高跟鞋，呵呵，她就这么没成功。

　　前不久，妍看到中山大学校友会校庆活动筹备组招聘工作人员的启事，她想去试试。一个有课的晚上，她已经到了教室，忽然收到当晚8点面试的短信通知，开始，没确定是不是真要去，想了想还是该去试下。

　　妍"翘课"赶回宿舍，两个要好的同学立刻帮她打扮换装。

　　老师，你知道蜈蚣头吗？是这样这样的。妍的两手十根指头在她头顶上花枝招展地比画一阵。两个同学给妍梳了蜈蚣头，三人商定穿正式的白色裙装，配上从来没穿过的妍妈妈给她定做的高跟鞋（脚小，很难买到合适的鞋），习惯性地去背平时的双肩背包，被同学给拉下来。不搭呀，呵呵。

　　"最后背的是皮的那种包，跟别人借的啦，我只有书包嘛。"

　　全副武装的妍咯噔咯噔踩着高跟鞋，由她的两位"造型师"陪着去面试。

"那感觉好奇妙啊，就是完全不一样了啊，老师！"她们三个没想到，那个晚上去面试的很多姑娘都是短袖衫牛仔裤，妍感觉那晚上的自己好不同。

面试一结束，三个姑娘急急地奔出门，忽然高兴得不行，不舍得离开现场，直接找个台阶坐下喝饮料聊天，两位"造型师"说，这一整天做的最有意义的事就是打扮了妍，再陪着妍来面试。那夜里，她们很晚才回校。

我问：被聘用了？

她说：还没有，说会有通知。

这么说着，她拿出手机看，就该在最近一两天有通知。不过她又说，不成功也没什么，只要有那个晚上，感觉就是成功了。呵呵。

我问：有报酬吗？

她说：开始没想这个，就是想去试一下，锻炼一下，后来知道还真有报酬。

关于这次招聘，她在微博里说：

穿上小裙子，蹬个高跟鞋，这种感觉真爽，像换了个自己，顿时气场就出来了。谢谢你们，让我找到自己都新奇的我。无论成功与否，这个晚上都是这么有意义，让我在那个曾经失败的地方好好骄傲了一把。我总是那么幸福，被最好的选择，爱你们，要一起，发出自己的光，看更好的世界。

上面的事都发生在 10 月。进入 11 月，妍已经去上班了。眼珠闪闪的，她告诉我，买了第二双高跟鞋。呵呵。

也恰好在那几天，我接到妍同班另两个同学打来的电话，也是女生，她们刚刚去应聘一个网站的文学社区编辑：老师，我们成功了！在电话里，听到背景里全是汽车喇叭声。

他们都是大三，还不必马上为谋一份生计而着急，她们需要的是行动和参与，在这过程里发现和肯定自己。现在，我慢慢理解了妍微博里的意思：不必知道他们都做了哪些，但是要相信他们会做。妍啊妍，这一刻我相信。

岩的故事

岩就是"障碍即生活"这句话的记录者，我想认识他。11月底，有学生带他来做客，我开门的时候，他们两个在昏黄灯光的楼道里笑嘻嘻地举着一串糖葫芦。坐下来，又捧出一盒小蛋糕。这蛋糕我认识，去年教过的几个男生们"亲手"烤的，他们在课余经营一家校内小店，学校的空间真是小得很。

岩细高个儿，苏北人，19岁，土木建筑读大二，常会写些东西发在QQ空间上。"障碍即生活"原文来自一个外国人，名字和出处他记不得了，是读高中时候的摘录。他只能回忆起这句话记在当时的阅读笔记里，笔记本都留在家里了。听说我问出处，他曾经请妈妈帮忙找，一时没找到。我在邮件里建议他不必再催促他妈妈了，我理解一个妈妈对于儿子的"圣旨"的绝对执行力。

岩说自己小时候是很听话的孩子，很爱学习，小学六年级以前在乡下学校，初中起转到城市读书。他讲了读乡村小学时一个奇妙的场景：

那时候他上学会去得很早，学校还没开大门，他就等在门外。

有同学过来对他说，想抄他的作业，回报是请他吃卷饼，虽然吃过早餐，但是很香的卷饼还吃得下的。这样，他跟着想抄作业的男孩一起来到校门旁边的卷饼店，推门进去，发现那里面全是抄作业的小孩。他吃上了卷饼，油很多，多得会滴下来。卷饼店里放着录像，一般都是僵尸片（店主专门选这种适合抄作业孩子胃口的录像带），大家抄一会儿，抬头看几眼僵尸，低头再抄。因为不买卷饼不好意思进这个门，所以，有人抄一会儿，拿起放在桌上的卷饼咬一口。就这样，一屋子伏案吃饼抄作业还瞟几眼僵尸的孩子。

这时候的岩是被人抄作业的，到了中学他也开始抄别人的作业。当然不是在那个大清早就放僵尸片的卷饼店了。

岩说，他小学二年级时有一次走到教室前面，往黑板上写了一行字：我是个独特的男孩。

我问：遭到嘲笑了吧？

他说：是有人笑，但是我当时站得很直，很骄傲。

读到小学六年级，他第一次知道在教科书以外还有"课外书"。最先看到的两本书是《成语故事》和《鲁滨孙漂流记》，后一本有几张彩色插图。他描述当时是坐在那种结婚的高桌子前，天很冷，他坐得很直，坐了整整一个下午看完了《鲁滨孙漂流记》。

上了中学，他忽然知道了，原来"外国"不是一个国名，而是很多的国家。以前一直以为"外国"就是中国以外的另一个国。虽然乡村小学也挂有地图，但是没仔细看过，听说过美国和英国，但是从来没想过美国英国和那个"外国"是什么关系。

后来，上了高中，寄宿制的，性格变得很厉害，从很外向变得很内向，总在想事情，好想想清楚，变得很少说话，周末回家，他妈妈都发现他总是埋着头不言语。而据高中同学后来的回忆，说当时他每天都把头昂得高高的。

带岩来做客的女生和我熟识，我们认识三个年头了，我和她说得起劲儿的时候，岩非常安静地听，一言不发，能感觉到这个理科男孩的脑子一刻不停地转。后来，我们三个人一起说到，有的学生习惯思索很多问题，经常找不到答案，有时候很想寻求帮助，其实，他们真正想要的不一定是一个明确的回复和答案，而是很需要这个苦苦思索的过程，有时候询问别人，只是期待从另一个人那儿得到触动、理解和哪怕一小点儿的确认，从而肯定自己的方向。本意不是要答案，只是寻求某些契合、某些印证。

在见到岩之前，送给陪他同来的女生一本《上课记》，他们准备让这本书在同学中传递，岩想在书里夹上一张纸，让同学写上自己想说的话。

三个人只顾着说话，一看手机，过了深夜12点，已经是2012

年 11 月最后一天的凌晨，他们赶紧走。看那忽然间站起来的细高个子，才 19 岁的孩子，既然喜欢打篮球，也许还能再蹿高几公分。

如果没认识岩，就不会知道那个卷饼店的故事，也很难知道有这样一个高中时候就写阅读笔记的理科生，就很难理解他一直在寻找着的是什么。多严酷的成长和求学压力都改变不了一个新生命独自思索的本能，尽管那可能是一代又一代反复思索过了的老问题，他却一定要用他自己的方式重新来过。

在邮件里，他说：

本人一直很纠结。无论是啥子事情都特别容易想多，而且不易收住，就像在杳无人烟的地方溺水或是在一间充斥乱糟糟线球的屋子里，扯得自己寸步难行，变得烦躁、易怒、冷漠、偏激，顺带彻彻底底地对生命的绝望与荒诞感。我知道自己有问题，但自己解决不了，同时觉得别人也无能为力。"当一个人处在一种触及最隐秘的生命之根的痛苦中时，他总是孤独的，别人帮不了忙。他们说的话都是隔靴搔痒——倘若他们没有真正的不拘俗套的爱的话。"然而，问题的存在就像我鞋里的一粒沙，使我长久地疲惫不堪，所以我想做出尝试，把注意力放在别人身上，这就是我去东方（王注："东方"为地名。他是去那里做公益活动的志愿者）的缘由。

就是嘛，他不是要答案，只是他的"长大"需要他永远在寻求答案的过程中。

夏的故事

夏和我说话，她语速快，有某种急促的激情在她身体里扑腾，两年前她也是这样，没太大变化。而我在两米外的另一只沙发上，看着她头顶稍偏向一侧的位置那枚鲜艳的 X 形红发卡，夏像个未成年小姑娘，15 岁左右。

她一直在准备考研，早听她说过了，这件事似乎成了她人生里最责无旁贷的。总有这样的学生，考研对他不是个选择，而是他的人生里预先设定了的一道关卡（很像电子游戏），有些学生好像从没想过不考研，至于能在"更学术高端"的那未来三年时间里学到什么，反而不重要。考重要，学不重要。夏的表情有遗憾，她还将放弃高考时就没实现的梦想，她真正向往的学校就是北大。2013 年的研究生考试，她听从了她爸爸，没报北京大学，担心太难考。可是，快四年过去，现在她还会叹气她的高考，被我们这所大学录取让她懊恼：唉，没发挥好啊。

好像在她心里只有北京大学是个大学。暑假快到了，一个叫"擦苏童鞋"的在微博跟我说，她愿意在 2012 年的这个假期请夏去北大看看，这是位在读的北大硕士生，看了《上课记》，知道有个叫夏的姑娘向往北大，她想帮夏（又一个理想主义者）。确认了这位学生的热心后，把这事转告给夏。夏很容易激动，刚一听说，又欢快又期待，她说她会联系这位素不相识的"擦苏童鞋"。我也极力建议夏，去见世面，比闷在屋子里背书本重要多了。可惜，很快她告诉我，她决定不去了，跟爸爸通了电话，爸爸不赞成她去北京："他说一方面没钱（他不让我用老师的钱），一方面没必要（他说天下校园都一样，让我好好学习）。"

不认识这位在外地打工的爸爸，不然我会劝他满足一次他的女儿，夏很需要到处走走。让夏难受的还有爸爸不赞成她报考北大，觉得考不上，让夏去报一个更有把握的学校，好找工作的学校就行了。她爸爸还怕夏一心只想考北大而累坏了身体，据说她高考就是这样的："……去不成北大的了……我也觉得遗憾，不过好像我就一直这么遗憾过来的，呵呵。考北大，真的不是很有把握，即使拼命看书，我也觉得没有底气，因为思考才是更重要的，而我都不知道自己会不会思考。"

夏的老家在河南，距离北京不很远，一夜火车就到了，当时是6月，离2013年初考研还有七个月。可是，总不能强迫她去北京，去接受另一个年轻人的一片热心和游览她心目中只能向往不能报考的学校吧。夏没去成北京，听说"擦苏童鞋"依旧寄了考研资料给夏，依旧鼓励着夏。

2010年的秋天给夏他们班上课，那时就知道她是个爱哭的姑娘。她说：你知道同学关系这事很微妙的，心情总波动。听夏说话，就像浑身是劲的水猛然冲破闸门一样，她爸爸说了什么，她妈妈的信仰，她自己的噩梦，异常生动，两只手臂一通挥舞。听她说了，只能唏嘘感慨，必须帮她守住秘密，不能透露给别的人。唉。

夏自学日语，2011年底，曾经有个去日本的机会，她好像已经通过了一个相应的考试。是个有点冷的傍晚，她打来电话，说了很久很久，电话都烫了，天都彻底黑下来了。她很想得到这机会。可能是她本来就语速快又太激动，我始终没明白这是个什么性质的游学。最后她没去成日本，这也是她说"就一直这么遗憾过来的"一个缘由。快一年过去，再问她这事，她异常平静地说，班上另一个同学去了，人家家里凑上了这笔钱，十几万。她不再想这事了：有些机会不是你的，你急也没什么用。

夏说她就是操心的命。2012年夏天，妹妹参加高考，考前她惦记得很，又不敢多问，一考完，赶紧打电话去问感觉怎么样。妹妹说没啥感觉。这时候更不敢多问，刚出考场的学生都脆弱得很。到了能查高考成绩的那天，她正上课，课都没听好，一直惦记，下了课就打电话。妹妹说考了全县第一，是超水平发挥了。最后夏的妹妹被北京一所大学录取，不是北大。

说到这儿的时候，夏的原话是："当时我就喜极而泣了。"

我说：你和妹妹关系最好吧。

夏说：你知道我给她操过多少心，这就叫长姐为母吧。

夏问我：我妹考上这个学校将来出来能干什么，能好就业吗？

她说，平时妹妹有什么问题都要问她的，妹妹的小名叫"小二黑"：家里第二个女儿，超计划生育的黑户。

夏曾经得过校图书馆的阅读一等奖，那次她得到了一个 U 盘。后来，又一次图书馆的阅读评比活动，听说夏得的是三等奖，三等奖不止一个，有两个参与这次活动的同学跟我说评奖不公，有人描述那个现场，说他的印象是三个评委老师不是看学生读了什么书，就是在看哪个学生长得顺眼，顺眼就能得奖。一个同样得了阅读三等奖的学生发来她当时交过去参评的书目，她接到通知的时候离截止时间只有两小时，要求列出最近在图书馆看的书，她赶紧准备，有些书附了读后感。她不确定那几位评委老师是不是真看过这些书，她提供的书目是：

茅盾《北欧神话初探》

伊夫林·沃《旧地重游：故园风雨后》

东山魁夷《北欧纪行》

角川书店《小仓百人一首》

罗念生译《伊利亚特》《安提戈涅》

王国安编著《汉魏六朝乐府诗》

米奇·阿尔博姆《相约星期二》

纳兰性德《通志堂集》

妹尾河童《窥看欧洲》

这位学生说，现场的简短提问环节，一个评委问了她读书以外的问题，然后她和一些同学一起得的是第三名。下面是她获得第三名后得到的奖励图书（图书馆赠送）：

《把信送给加西亚》

《公司的力量》

《漫游海南岛》（学生注：这本直接送人了，我忘了是不是这个名字，反正就是海南岛的旅游用书。）

《厚黑学》

另外，还有某本成功学的书。

对比上面两组书名，想象的空间真是不小。几个月过去了，发这份书单给我的学生还愤愤不平。我跟她开玩笑：其实怪你，你进入了另一个领域。她顿时不拍桌子了，她说：是的是的是的。

听同学们讲，夏无时无刻不是抱着一本书在看。但是，好像夏对别人夸她读书多并不喜欢。现在夏大四了，她说自己看不进去外国人的作品，看不出他们写的好在哪儿。她认为真正伟大的作品还是《水浒传》和《红楼梦》这些，因为这些大家从小就知道，它们是最伟大的，外国的东西怎么能比？

我反问她：看外国电影吗？

她说：不怎么看电影。

听外国音乐？

听。

有比中国歌好听的歌？

有。

我建议她试试从各民族的电影语言、音乐语言、绘画语言的基础水准这角度去考虑一下这问题，别急着下判断。她听到了，不一定听得进去。

夏说：我对毛主席就是很有感情。

我问：为什么？

她说：我们家现在就挂着毛主席的像啊，反正我爷爷就对毛主席有感情，"文革""反右"，那不是他一个人的错，因为任何事情都是很复杂的，对吧……我也看过很多那些年代的事，一些有名的人都死了，从网上下载过那个名单，都是死于"文革"的，很知名的和不太知名的，看了就哭，哭得稀里哗啦的。

夏说：但是，我从鲁迅那儿学会了怀疑，我从小就崇拜鲁迅。

我问：你不怀疑的只有鲁迅？

夏说：因为鲁迅是在我还不会怀疑的时候就已经相信了的。所以最受不了别人怀疑鲁迅。平时见什么都怀疑一下，这样也不好，确立不起自己的东西来，所以，担心考研时专业课的自由发挥题。

我说：一般都是怕背英语和政治。

她说她不怕背题，一直都是能吃苦肯花时间，就怕自由发挥，给一个很宽的题目让你阐述观点那种，感到没有话说。

这恐怕是一大批中国文科大学生的常态，对任何考试以外的事情都不关心，没机会和动力去形成属于他自己的相对稳定的观点，平日习惯了作业抄抄拼拼，忽然让他阐述什么，他就很恍惚，先看需要多少字，数着字数堆一些模棱两可的话。或者在看准要求的字数之后，也不马上动笔，先想象判断一下评卷老师的喜好和路数。

在他们人生的二十多年里，总有书本在告知宣讲人生应该如何如何，可惜他从来没信过那些，而足够他用来自己判断的人生标准又没机会形成。有时候他对自己这个生命体本身都没有相对确切的认识，是不可能在很短时间的考试里，表述出坚定的有主见的观点的。

有着15岁小姑娘外表的夏，能感觉到她的心有很多的不落底。

夏还有一个小忧虑，一个学生们比较公认的好老师，夏却一直觉得自己和这老师不太对位，没有找到很好的契合点，能感到她很期待从那位老师口里得到比较好的评语和印象，但是始终有差异，这有点困扰她，因为平时她很用功很努力。我想，她的问题就出在缺乏独立判断和无法获得不断提升的审美上，或者跟用功努力正相反呢。

彩霞的故事

去年的课上第一次见彩霞，下课铃响，她走过来，高个儿长发笑呵呵，以为就是这个班的学生。她说来旁听的，英语专业读大三。

今年才和彩霞熟起来，我不是很容易和陌生人熟起来的，只是和有些学生好像天生就会熟，天生就亲近。我说过，很多学生都是有故事的人，而彩霞特别有故事。

彩霞看到同学们给我还回来的《夹边沟记事》和《定西孤儿院纪事》，格外兴奋地说：老师，我就是甘肃定西的人啊。听她这么说，赶紧把这两本书借给她看，随口说已经和杨显惠先生说定了，我想把同学们传递了一学期的《夹边沟记事》寄给他，请他给这本边边角角都磨损，又被同学们一条条贴了胶纸的书签上名字，再麻烦他寄回给我，我想更多的人再看到这书，能体会到读者、作者和历史之间的贴近感。没几天，收到彩霞的短信说，她想帮我去寄书给杨先生，顺便要写封信给他。好巧，我俩在邮局柜台前碰见，正是她去寄书的下午，她说给杨显惠先生的信写了三页纸呢。

2012 年 11 月 24 日，送快递的抱来一纸箱书，除寄过去的《夹边沟记事》外，杨先生从天津多寄了两本《夹边沟记事》，两本《定西孤儿院纪事》，分别给我和彩霞都签了名，写了回信。他给彩霞的信也是三页稿纸。现在很少有人用那种300字的纸，按着格子写信了。

彩霞是甘肃通渭县陇阳镇周店村显神庙社人，他们村里的第一个大学生。她来上学，要换几次车，要走四天四夜。她说，村里人一般会觉得孩子能考上大学，那得是个富户，其实不是的呢。

彩霞说自己从小就是很孤独的孩子，都是自己玩。她的村庄距离上庄下庄都远，她说：现在想是有点自闭呢。她会经常一个人走到很远，一个人待着，有一次躲到个山窝里，听见家人——爷爷奶奶都在喊她，她不应声也不着急，只是听着喊叫声在山梁间回响，觉得那些回声很好听，她就躲着听，后来睡着了，被奶奶发现，抱回家，那时她才5岁。

家里要她去村口小店买一根针，她很紧张，一路上都在心里念着，要怎么说。到了店门口，就是张不开嘴，心里的话说不出，一直就站着，站了好像几个小时，里面的人看着不对，几个人一直在打牌呢，有人出来问：小孩你要买啥？终于说出话了：要买一根针。

彩霞上学了，还是孤独的孩子，小学五年级的时候才看到了课外书，好像叫《学生园地》。可她第一次拿到课本以外的书是5岁，还没上学呢，她偷偷摸进三叔的窑洞，三叔有一把剑，当时他正在练武。小彩霞摸进窑里，先看到窑洞里三张美女亮剑的图贴着，可有气势。一直摸到最深处，黑黑的，有蜘蛛网什么的，在土窑凹进去的地方摸到几本武术拳法书，很多图的。揣着摸来的书，一直跑到庄子后面空地里，这个 5 岁孩子照着书上的图画，模仿着武术动作比画，后来被三叔发现，挨了顿打。彩霞不知道自己为什么天生爱书，上大学前就是，只要见到有字的书摸过来就看。

她还喜欢画画，见啥画啥，没有纸，会在土地上画。黄土高原的泥土颗粒细腻："绵绵的，用手画了再抹平再画，抹来抹去，天冷的时候画了，没抹掉就回家，第二天早起下了霜，把画给盖上了，可好看了。"她用小剪刀剪了四幅剪纸送我，分别是中国古代四大美女：西施、王昭君、杨贵妃、貂蝉。抖抖的红剪纸。

彩霞有一弟一妹，她妹正在紧张复习，准备 2013 年的高考，他们家的小磨面厂要供第二个大学生了。弟已经在青岛打工。她说弟小时候总跟在她后边，姐呀姐，叫得可亲。她 12 岁时因故离家四年再回来，弟已经不能再张口叫姐，就叫不出了。直到现在，只有在弟发来的短信里才会出现"姐"这个字。

小学毕业，彩霞外出四年后，才又回来读初中。她读书一直好，小时候常被人抄作业："现在有老师考试就直接让学生互相抄，这是在戏弄这个体制。"彩霞说考试的时候，她会坐到最前一排，答完就走，后面有什么事，她不想知道："去抄去啥的，看不见心不烦。"现在，作弊有时候已经公开到资源共享了。而她说："哪怕最细小的诱惑也要拒绝，这比考高分重要多了。"

也许是"心灵"，她始终成绩不错，她说"学什么都不能学死了，要用心，要思考"。也许不只是心灵，她给我数了她干过的各种农活。早上4点钟起来割麦子，她总是割得最快的，挑满满一担水能一口气上高坡。彩霞切土豆丝也好得很，如果有切土豆丝比赛，估计能得奖。见她麻利的刀法，有个同学在旁边叫：学姐，好厉害呀你，我得学，我得学，学了好嫁人。

她说：不喜欢的人就是"装"。我也是这样。

有一天她来还书，随便跟我吃一餐最简单的饭，要收拾碗筷了，她的碗里有饭粒十几颗，我随口说我们这代人多数有这顽固的习惯，一个饭粒都不敢剩。她马上重新拿起筷子把碗里的饭粒吃干净。

刚进大学，奔着好成绩，她每一科都努力学好，后来发现这没什么意义，自学更有收获。现在是自己定好计划，一点点实施，如果突然来个考试，自己的计划反而被老师给打断了。2011年她在网上结识了一位翻译家，参与了一本名为 *Smell*（中文名《气味》）的科普读物的翻译，她一个人跑到京郊去，很快独自译出了整本书三分之一的内容。她说她胆子大着呢。她正在准备的毕业论文是有关美国自白派诗人普拉斯的诗歌翻译，已经在网上买到了英文的原版书。看着书就手痒，她说。

彩霞和别人的不同是，她知道自己要做什么，她正从一个想要好成绩的人，变成一个有意识的民间文化收集者，她想摸透家乡的年画、传说、习俗、历史。有些同龄人还在玩电子游戏，她想要找到和她的根相关的那些东西。2011年冬天到2012年夏天，她开始关注家乡。暑假，用手机录了当地民俗"打醮"的片段。到秋天，她又不断打电话回家，记录她爷爷的"口述历史"，关于1950年、1958年、1960年、1966年，我邮箱里已经存了她几万字的记录，希望将来由她整理给读者。大四了，别人都在担心毕业论文和找工作，她却说不急呢。她去别的专业听课，还要补充对爷爷的提问内容，2013年初和未来的寒假回家做什么，都计划好了，满满的了。彩霞是我见到的最淡定、最心里有底的大四学生。

今年怪，我和彩霞总是无意中碰见（如果没有这些碰见，我不会知道彩霞的故事）。她的家乡正好在甘肃定西境内，所以，《定西孤儿院纪事》她看得仔细，有些村庄的名字，像独庄子、黄家岔梁，就在她家乡附近几里地之内，有的是她母亲娘家的庄子。说到《定西孤儿院纪事》，那天我和她正在校门外超市的自动扶梯上，我向上望着她，望见她的眼泪，她说：那书我读的时候就是用我们那儿的方言呢。

希望彩霞慢慢把她感兴趣的东西整理出来，相信她有这个耐性和气力。

……

晏子的故事

1. 去喜洲

在"2011 年上课记"里写过晏子。2012 年 8 月，去云南大理喜洲看她。坐火车去的，晏子在读书期间几次去云南都是坐火车，我和她的不同是，我的行程起点是先从深圳到广州火车站。她是海口到湛江火车站，目的地首先都得是昆明。从"著名"的广州站，火车走了二十多个小时到昆明，再转汽车去大理，再转车去隶属于大理的喜洲镇。

车过广东茂名是夜里，想到晏子的路径是坐船过海峡，转汽车到湛江坐火车，火车现在走的正是她每次离开学校去喜洲必经的。早上起来到了贵州地段，多隧道，车窗外能见到遍地石头的田间，稀稀拉拉又萎靡的玉米烟叶葵花，让人担心它们未来都是些没收成的农作物。偶尔有人影，又远又渺小，孤零零地贴在山间。只有火车停靠小站的时候，才看到真切的人，拖着行李匆忙进出的，年轻人打扮多时尚，没见到穿民族服装的。火车再启动，窗外的乡村几乎无人气。

从昆明当天赶去大理，上了昆明到大理的高速公路，天就快黑了，反方向大塞车，估计是去乡村度周末返城的城里人。

这天是大理的火把节，黑咕隆咚的乡间有人摇动火把行走，有靠近路边的农家院子里很高的火把束在燃烧。大理的司机说广场上今晚很多火把，很狂野啊，闹两小时就散了。有人说是彝族的节日，有人说白族也过，有人说汉族也过，过去多是在农田中穿过驱散鬼怪蚊虫，现在省略了，只是在家里、路上和广场上了。大理街头两个男孩互相搭着肩，摇着火把，火星四散，人说，火把节的传统很久了，从没有失过火，似乎想表明水火也自有神灵护佑。

为什么想到看晏子，2011年夏天毕业，她父母和每个大学生父母一样，希望孩子能尽快在城里找个稳定的工作，或者离他们近一点，同学们多奔去大城市。唯独她直接去了大理的苍山。临近毕业，她来过邮件说，在学校里没法安心写论文，很快就买了火车票去了已经多次返回去的苍山茶场，她的论文是在山林间完成的。毕业后她又去茶场，这让我有点担心，她还这么年轻，可别成了苍山隐士。当时就想去看看她。

过了大约半年，收到她的邮件说可能下山去一家外国人开的客栈工作，有点怕自己的英语不能胜任。再后来，能在微博上看见她发一张阳光照在洱海上或者鲜艳野花的图，我会打开它，停留多一会儿，想象她这时的心境应该比挤地铁的白领们安详吧。再后来的一个晚上，看她发微博说她当天在苍山上，和一个外国游客"不知怎么说起了中国的现代诗歌，从海子然后到顾城，喜欢的一首首念给她听，然后一起翻译成英文（幸亏她的中文还行）。她是学艺术的也修过诗歌，但这却是第一次接触中国诗歌，当她不停地感叹太棒……最后把自己给读哭了"。于是，我更想看看晏子的生活是怎样的。

喜洲是个古镇，地方不大，近代文明由商路带动，二战期间从战地武汉迁来的华中大学就落脚在这儿，值得记录的事很多。现在留有栖满鸟的大树，树龄几百年，还有一间古朴美丽的小学校。出镇子是一片太油绿的稻田，平坦极了的绿色中只有一棵开黄花的葵，不过百米远一堵凝黄耀眼的土墙就是晏子现在工作的客栈。

还没等问人，她就出现在那间1948年落成的老宅前。有点西式的门楼，她歪着头喜盈盈地笑着，真好。在这儿她的名儿叫晏子。她挨个介绍她的同事，多是英文名字。而她就喜欢叫晏子，和燕子谐音。和一年半前相比，她变了很多，爱笑了，开朗多了，几天里，常看见她欢快地碎步跑着去处理工作。

在喜洲住了三晚，主要跟着晏子行动，去了她曾经工作的苍山茶场，听着她跟不同国籍的客人说英语，她说口语长进多了。

那天阳光温和，照着茶树们，远方是白晃晃一条狭长的洱海，稍近的耀眼的是从大理城蔓延出去的很多房子。这一带十几年前我曾经经过，完全是安静的乡村呢。眼前是徐缓向下倾斜的山坡，没被过度修剪的粗放的茶树，那天和我们同去的三个家庭分别是来自欧洲的不同国家，大人孩子都跑下去采茶了。我和晏子说话，她刚离开苍山茶场到喜洲客栈时，遇到心烦，她会一个人蹲到墙外的豌豆田里"猫"一会儿。客栈外围的田地，春天种豌豆，收了豌豆种水稻，现在的稻子正是刚要抽穗的，特油绿特茂盛。

我曾经以为，晏子跑到苍山是想逃避。说真心话，敢逃避才是幸福才是境界。从她乡人的角度看，从田里考出去读四年大学，又回到了田里，这书怕不是白读了。那天，她就在我身边坐着，安稳而开朗，苍山在背后灰蒙蒙如一堵高墙，这已经不是死啃书本等待高考的那个晏子了，现在她的内心是敞开着的，有光亮的。

临离开前的傍晚，一起坐在客栈的大露台上，什么都不说，都傻呆呆地，看着平极了的稻田，风都没有一丝。

2. 不同的年轻人

在喜洲的三天，还认识了各种各样的年轻人，遵循自己选择的不止晏子一人，这世上能走得通的道路不止一条。

晏子所在的客栈叫喜林苑，2008 年，一对在中国旅行的美国夫妇寻找到这座老宅，经过两年修复建成。现在，有 15 个能用英语顺畅交流的年轻人在这里工作，有从欧洲留学回来的，有在国外有工作经历的，另有几个美国同事。和大家有简单的交谈，每个人的情况都不同，有个女生读了她同学发给她的短信，说她在这里的生活是"另类"的生活。一个男生很不确定自己的未来，他似乎很想知道一个人是否足够地付出后，就能赚到相应的报酬。能看出来，大家工作得都挺快乐，未来不断的抉择应该会让他们变得坚定和自我认定。无论在哪儿，无论做什么。

有个美国老师带了 10 个学生也住在客栈，来当地做环境调查。听说他们刚离开沉闷的大都市北京到了有水田的喜洲，很兴奋。夜里 9 点多，美国老师还在会议室给学生加课，隔着窗看见学生们歪坐在地毯上，老师是个老头。第二天，有个女生 20 岁生日，镇上的白族民乐队在天井里演出时，专门给她奏了生日歌，女生蒙着脸哭了，是个黑人姑娘。

晏子曾经工作的茶场在苍山半腰，伴着一条溪谷，依旧有毕业了和正在放假的大学生在那儿工作。一个男生是志愿者，教外国游客采茶。一坨水泥建筑上是个女生用丙烯画的柔软艳丽的花枝。

甘肃女孩邱敏娟穿着宽宽飒飒的衣服过来，晏子介绍我们认识。邱在大学里读的是早期教育，现在租了一幢房子办了叫"水学苑"的一所学校。问她为什么想到留在这里，她说她家里小时候就有茶树。"是茶树的召唤吧。"她说，"小时候自己家乡也有很好的植被，家里也种茶树，后来，政府规划砍茶树种了果树，来到这里，自然而然就喜欢上了。"我想到一年多前下着雨的春天，晏子跟我说到她童年记忆里的家乡："前面是水塘，水塘后面是菜地，菜地后面是房子，房子后面是竹林，再后面是满山坡的茶树，水田在最前面更远处。"这些保留乡间记忆的孩子可能才是土地的真实可信的继承者，她们或者更能在茶树和稻田间得到抚慰。走上与众不同路径的年轻人们，或者是受了某种故乡感的感召，所谓的故乡自然要有人气、有乡野、有各种神奇的故事。

邱敏娟说，有个年轻的大学生看了我的《上课记》，不知用了什么办法找到晏子，再找到苍山茶场，自己跑上山来想做个志愿者。邱留她住了两天，正是假期，没什么活儿，只能帮忙打扫卫生。

这是个生于1994年的女孩，她在离开苍山前问了邱一个问题：

一个人坚持自己的想法，能不能养活自己？

邱回答她说：能。

女孩说：希望过很多很多年，自己也能对提出同样问题的年轻人这么果断地说"能"。然后女孩就下山了。

一代又一代人上苍山，都能得到这样的答复，它就是一座真正了不起的山。

晏子的"领导"是美国人，布朗大学毕业，瘦的身体瘦的脸，笑嘻嘻过来，耳朵上别一支笔，像中国传统的木匠。晏子说他的笔是他的宝贝，他要用笔时时记下他学到的，所以他最痛苦的事情是笔丢了。后来见到他，我问：你有几支同样款式的笔？他略带诡秘地说：有一批。看来笔还很多，但是依旧很珍惜，怕丢失。他的笔杆是白的，有红色的字，写的是"布朗大学"。他说，他最喜欢的事情就是把一支圆珠笔的笔芯用光（在没用电脑写字前，我也一直有这个怪癖），更喜欢他的笔总也不丢，总别在耳朵上。这个"布朗木匠"看来总快乐，见到任何人都要聊一阵，或拿出笔和本子来记录。听说他的协调能力很强，即使是批评一个人也不会让对方感到正在被批评，他有办法让人感觉到自己有问题而不是被他给指出来（听晏子说到这儿，我想到一个词：尊严）。别的外国人远没有他的耐心和沟通能力。另有一个晏子的同事，也是一个美国人，也在耳朵上别一支笔，似乎不是"布朗笔"，这位更年轻的"木匠"特别告诉我，他原来喜欢水球，打了很多年，喜欢不间断地在水里游，说这个可能和当时正在开着伦敦奥运会有关吧。

3. 另一个妈妈

离开喜洲前，跟晏子要了她妈妈的电话。我准备把看到的跟另一个母亲汇报一下，让她不至于太担心。回深圳后拨通了晏子妈妈的电话，听到很沉着的声音，这位妈妈说，"从小跟孩子说的就是要像鸟一样，翅膀硬了就自己去飞""摔倒了要自己爬起来""天高任鸟飞""一个小孩不能限制他，自由就好""孩子要做的事情我总是支持""人就是要出去闯啊，不然怎么知道世界"。

这位母亲叫她的女儿晏子是"你这家伙"。

我给她描述了晏子的吃和住。她问几个人住一屋？她问晏子是不是瘦了，很少吃肉的，在外面总是要吃好。

晏子说，其实她最开始敢出去走，就是妈妈的鼓励，大一的假期，想自己去三亚，那是她第一次独自远行，有点怕："没想到这一走就回不来了。"2009年读大二，晏子又自己去了云南丽江、大理，后来喜欢上了苍山茶场。

和晏子聊天，说到很多留守儿童的童年，她说她很庆幸，小时候有妈妈陪在身边。本来妈妈也外出打工，后来忽然感觉受不了了，一定要和自己的孩子在一起，妈妈立刻就辞了工，回到晏子和弟弟身边，睡觉前，妈妈给他们讲《格林童话》和《西游记》。

晏子的妈妈电话里说她文化不高，可好母亲不是拿文化衡量的，她给予孩子的是最直接的母亲的给予，金钱和文化都不能替代。细想这母女俩，在紧紧跟随自己的内心感受上是相承的。而我和晏子也是同一类人，执拗，坚持自己的路向，不喜欢被安排、指定、干预。我对晏子妈妈说，就这样让她按着自己意愿走，可以放心的。

这位母亲说，是啊，去泰国的机票都订了，今年的 10 月 31 号。

记得在 2012 年 3 月给我的信里，晏子说："……想给自己办个护照了。"这九个字看着普通，对这个矮小安静的湖南姑娘意义非凡，她将用她的第一本护照走出这国土。按计划，她准备在泰国和柬埔寨之间背包旅行一个月。

在喜洲说到回海口办护照，晏子看见她属于"集体户口"，现在毕业生的户籍在就读高校保留两年，2013 年这个户口就要按规定迁回她的湖南老家。而曾经属于她的一亩土地是不会回来了。就在我写完晏子这段文字的时候，正是她的一个月长假期间，她正用她的第一本护照在旅行。

4. 喜洲

临和晏子分手前一夜，发现一本《喜洲志》，借来看了几小时。这个小镇的历史可以追溯到公元前121年汉武帝元狩二年，清光绪年间商帮商号发达，清末已经有了初等小学。1907年有公立小学。1910年有公立女子小学。1913年设公众识字馆。1914年镇上有了英国胜佳公司造的缝纫机。1915年有西药经营。1919年建立邮政代办所。1936年远在上海的喜洲白族人自办杂志《新喜洲》倡导新风，印行千册，多数运回喜洲。同年，建喜洲医院。1938年创建女子小学、正规师范班和苍逸图书馆，第二年藏书万册，有动植物标本和人体生理模型。1939年抗战中，华中大学迁到镇上，以木炭炉带动汽车头再带动发电机供电照明，当地有了电灯。同年镇上有了私立中学。1940年建高级护士助产士职业学校。1941年经士绅倡议民众筹建水力发电站。1942年美国哈佛燕京学社资助一批学者写出了田野考察论文，其中许烺光的《在祖先的庇荫下》1948年英文版在美国出版，1972年再版。1942年，美军飞虎队执行任务时飞机坠落喜洲田间，飞行员逃生中有华中大学和当地中学学生们用流利英语与其对话给予护理营救。1943年借助二战防空监视哨和飞虎队驼峰航线无线电导航站开办电话电报业务。1945年底水力发电站建成发电。

抄了这么多，几乎概括了一个中国西南部曾经商业、交通发达的乡镇的近代史。我想让人们知道，晏子就是在这样的地方工作着。

2012 年秋天把晏子的事讲给几个学生听，他们说：

"学姐真有行动力。"

"她想了，就去做了！"

"多美呀，虽然我做不到。"

而晏子说她觉得自己做的渺小简单。真能打动我的总是渺小简单，不是轰轰烈烈。

两个乡村老师

　　那天完全是偶然，赵和卜来做客，他们住同宿舍，临时搭伴来的。今年再看见卜，居然没认出来，直到他们离开了，才忽然想起去年他从教室里侧走过讲桌，他问过海子，当时头发很短很短，今年头发一长，完全不认识了。

　　话题很随意，说到了老师，赵说他在初中复读时遇到一生中的第一个好老师。我说你愿意写写这个老师吗，不用很长，几百字就行，千万记得署上这位老师的任教学校和他的名字。卜也提到几句他的初中老师，说那可是给他印象很深的老师。

　　很快，还没看到赵写老师的文字，卜的《我的老师》先发过来了，原文很长，我只节选了四分之一多点。

　　写写自己老师的想法对赵只是偶然的提议，而卜也是灵机一动，下面两个男生的记录完全是随机的。

1. 赵的老师

中考没考好，姐姐决定让他复读，帮他选了当地最严的老师：

贵州省大方县牛场乡牛场中学，他叫周瑞学，男，教书大概有十年了吧。本地人。是我的"第一个老师"。刚进入这个班，一个午休的空隙去打桌球，不幸被老师看到了。吃午饭的时候，姐姐跟我说老师找过她，说如果我是街上那些成天混事、吃喝玩乐的人就不要在他那个班了。心里七上八下的去上课，一般这种情况，老师都会惩罚的。进教室，他正在教室里走来走去，我感觉这不像教室，是个审判的衙门。他向我走了过来，我的心跳到嗓子眼，他顿了顿又走了。接下来他没有跟我说过什么，一句教训的话都没有，但从那以后我就再也不敢去打桌球了。现在想，大概是我不想成为他说的那些人的原因吧。

周老师跟学生聊天，没有大道理，不会叫你"为了中华之崛起而读书"，也不会叫你为了争光耀祖而读书。他跟我说，你必须得"好好整"，你没有先天的条件，没有老爹老妈给你铺路，又不是有钱人家，咱是农民，农民就得从农民的出路来走。再说了，你以后怎么立足啊？你的那些个堂兄都走出了大山，一个个都受人尊敬。

你要是"不好好整",那你在家族中就会被人看不起。难道你就不想被人尊敬，走出大山吗？你爹又是好面子的人，几十岁了的人，整天面朝黄土背朝天的，不就是为了你吗？你不"好好整"，将来能干吗啊？自己好好想想吧。整个聊天过程我的眼睛都是睁得倍儿大的，我不知道为什么他会清楚我家里的那么多事。我也不知道他怎么会这样跟我聊天，他怎么知道我得考虑这些问题呢？感觉他像我哥，亲哥。后来才知道，他班级里的学生情况他都一清二楚。

周老师那个班里的孩子，都会跟他有过类似的聊天。跟他聊过天的孩子，之后的学习都很认真，每个人都像有了很多希望。他给我们希望，农村的孩子也是需要希望的。我记得那时候，整个学校的所有班级中，我们班是最晚放学的，没有人强迫，大家就在教室里自习……

开家长会是每个班主任都得做的事。那时候的孩子，包括现在的孩子，除了成绩好的，其实都挺害怕开家长会的，总害怕爹妈去开家长会后老师把自己的不好说出来，爹妈在会上没有面子，孩子回家就得挨揍。不过他开过家长会以后，没有人挨揍，而且开家长会以后反而觉得爹妈对自己更好了。农村人是打小孩的，很少有农村孩子没被爹妈揍过。但自从他开家长会过后，打孩子的家长不再打了，那些经常在孩子面前打架的家长也没有再打了。我们这些孩子也不再"必须要"分担家里的农活了，家长们给的理由是"给老子好好上学！老子是大老粗，你不能是大老粗了"。周老师真有办法，他给家长希望，能看得见的希望。

他教语文，叫我们多写亲情，尤其叫我们多写写爹妈，要写得真，不要那些虚构的情节，是啥就是啥。于是我们都绞尽脑汁地想，认认真真地写，写得好的他会在课堂上不说名字地念，念得我们都想哭。我们这些不懂事的孩子才知道，原来我们整天种地、没有文化的父母为我们付出得这么多。他也让我们写美好的东西，其实我们这些常年在泥淖里跑路的娃子没有啥美好的东西，最终大家还是写了亲情，他很欣慰，于是在课堂上给我们说了很多我们没有听过的东西，那些东西都在县城，都在大城市，于是我们把耳朵竖得直直的，眼睛睁得大大的。他说他不能把我们都送进大城市，但是他的心愿是送我们进县城，让我们能读那儿的高中。于是从那天起，我们的目标就是考县城的高中。

初三的上学期结束，学校有了图书馆。说是图书馆，也就是一间教室那么大，里面也就两个书架，我觉得里面的书我能数清楚有多少本，但那也是我们的图书馆。学校已经放假了，借书只能等下个学期了，但是周老师跟管理图书的老师商量，不知道用什么方法，他给最晚离开学校的我和另外一个同学弄了借书证，让我们进去找书看，并且可以带回家看。我们俩就成了新建图书馆的第一批借书的孩子。我记得我借的第一本书叫《生命的礼赞》，是一本散文集。我觉得这个名字很美，就借了回去，内容有些什么大概记不住了。但是，这个书名我是不会忘记的，这是我见过的最美的词，我的第一本课外书。而我生命的礼赞大概是周老师给的吧，礼赞重生的生命。

第二年的夏天我们毕业了，我们班里有二十二个孩子进了县城最好的高中，也包括我。

大学以后，每年见到他的机会变少，每次回家都要去他那儿聊聊。问他是不是还在带班级，他说当然得带了，每年都很多，从我们那一届开始每年都是九十多个，家长争着把孩子送到他的班，很难想象我们那个小教室竟然能装下那么多人，但是他的心里一定装得下。他会经常过问我的事情，学习怎么样之类的，我们这些毕业了的学生他也装在心里。临别了还是那句"好好整"！

我把周老师叫作我的第一个老师，原因是他把我从一个农民工或者农民变成一个能跟城里娃坐在一起上课的大学生。像我这样的孩子他不知道教过多少，我们都在心里存着对他的感激。

我问赵：你放假回家，会找周老师喝上一盅酒吗？

赵说：没喝过，可能感觉自己还是个学生吧，但老师会找爸爸喝。

哦，这么说，忽然对这位老师的理解就不同了，这就是几乎失去了的乡里乡亲的责任。

2. 卜的老师

我想，如果不是因为看到同宿舍的老大写下了他对他初中老师的回忆，我的心中萌生了那么一种冲动，我应该永远都不会刻意地为我的初中老师、我的初中岁月去写些什么。

在写这篇文的时候，有一种想强烈宣泄自己的怨恨，从而达到一种精神上放松的快感，我想从我13岁到15岁那三年最好的年华里找回一个真正属于少年的自尊。

我的初中班主任名字叫戴××。初中所在的学校位于安徽省南陵县工山镇戴汇街道，学校的名字叫戴家汇初级中学，学校旁边是一座历史上很有名的冶炼青铜的高山，名字叫作大工山，传说春秋战国时期很多名剑和青铜器就是在我们那边冶炼出来的。

13岁。我妈在替我报完名之后就离开了家里，把我丢给了我奶奶。这样的情况在南陵县那边应该很普遍的，整个班大部分同学都是不在父母身边，这样的情况在我们那边很正常，也没有人觉得有什么不妥。直到稍微大了一些，我才知道，我们就是后来被称为留守儿童的这么一群人。

之前的小学里，我也曾遭受过老师们的责罚，但是大部分我几乎都忘记了。上初中开学第一天，按个头大小分好了座位，点了几个人做班干部，戴就让全班大扫除，当时他好像分配了一系列任务什么的。因为是第一天进初中，加上遇到了两个小时候的同学，也该我倒霉，没有听到要去除草，三个人靠在走廊上聊天。劳动委员见我们闲聊，便说，老师要你们去操场上除草，怎么不去。听到这话，三人飞快向楼下跑，从四楼下到二楼楼梯，戴和3班班主任两人向上走来。也该我贱，我叫了他一声戴老师，他当场就扇了我两巴掌，两巴掌挺重也挺突然，他身边的3班班主任都愣了一下，到现在我还觉得我脸上火辣辣的疼。他说："叫你们去操场上除草，你怎么不去？"开学的第一天便被班主任打了，这似乎也昭示我以后不断挨他耳光的悲惨命运。

第一次挨耳光是在私人的情况下挨的，那第二次便是在全班面前挨了耳光。

大概自己以为学了英语，连汉字名字都不要写了，交英语作文的时候，我没写我名字的汉字，写的是拼音。作业被小组长交到了讲台上，到了戴的手里。戴在讲台上问："谁的作文没拿到？"我便举起手，他让我上讲台上去，我以为上讲台是拿自己的作文，根本就没有想到上讲台还会领到"奖励"，那便是两个耳光。

"啪，啪"！毫无预兆的两个耳光扇在了我脸上，我顿时倍感委屈，眼泪鼻涕一时间全部流了下来，13岁的我，第一次在众人面前号啕大哭起来，那是我有生以来第一次在众人面前被扇耳光，也是到现在为止的唯一一次，我想这也应该是我这一辈子的最后一次。

"就你叫卜××是吧？乱七八糟的写些什么啊？单词拼写错了，拼个字母都拼得歪歪扭扭的，最后名字都不写了？你鬼糊什么鬼糊啊？"

当时想争辩，奈何从小到大就没有和别人争辩的勇气，放学后，我一个人在教室里坐了很久，已经不记得自己当年究竟在想些什么，一直等到九月中旬的太阳彻底落下山去，天快蒙蒙黑的时候，我才一个人拖着书包走出了教室，骑着自行车回家了。快到村口的时候，看到焦急地等着我的奶奶，眼里的泪水又一次流了出来，后来的我一直在想，那一次如果我按我心中的想法去做了，我真的犯傻了，或许就没有现在的我在这里码下这些字了吧。

那时候每一个月都会有一场几个乡镇学校的联考，当时叫作月考，第一次月考的时候我在班级第11名的样子，原谅我对某些事的记忆力就是这么好，那个时候的我们也很单纯，比的不是谁穿的帅谁长得漂亮谁家有钱，比的是月考的成绩。月考全校前十名，会在考试成绩出来后的星期一全校升旗仪式上颁奖，奖品是一个奖状和一个笔记本。奖状和笔记本的扉页通常都会写"××同学在××学年××学期第×次月考中表现优异，成绩位于第×名，特发此状，以资鼓励！"后面还会盖上一个鲜红的学校大章，得奖的同学还能在国旗底下照一张相，然后学校会将相片贴到学校的展览窗口上去。可谓出尽风头，所有人羡慕不已。

大概是这样的风头触动我了吧，我竟然还真的就买了好多习题，上课认真听讲认真做笔记，认真复习认真考试。记得我第一学期买了20多本学习资料，初三最后一学期的时候，七门课买了57本资料，可是所有学习资料却没有一本能够从头到尾看完的，看到后来，发现所有学习资料上的题目题型几乎都是差不多的……

第一次月考之后，我每天晚上做学习资料到十一二点。早读之后便是学校升旗，全校都要去操场上站队升旗什么的。当时的颁奖顺序是先奖初三的，再到初二，再初一。

念初一全校前十名同学的名字的时候，我还在队伍的最末和同班同学打打闹闹，一直念到第七名，学校劣质的喇叭里叫出了我的名字，那劣质喇叭音质差音量小，我根本就没有听到，一直念了三四遍，站在前面的同学一个个叫我的名字，我都没有听见，这时候戴从前面走到我这里来了，脸色阴沉地把我拉了出来。

"想不到你架子还是挺大的啊，在后面和同学闹什么闹！"他鼓着嘴说了这么一句，我才知道原来我还真的考好了，于是我屁颠屁颠地跑去队伍前面领奖照相什么的，当时感觉可谓是给了我一个大大的惊喜，没有想到我会在第二次月考中拿到全班第一的名次。

没有人知道其实那次领奖我是很不开心的，几乎所有照相的同学都是笑着的，只有我拿着奖状和本子站在领奖队伍的最后鼓着一张脸，并没有像其他同学那样高高兴兴地展开自己的奖状，我当时一直在想，成绩的好坏真的就能决定戴对一个学生的态度吗？而我，为什么考好了，戴对我好像并不是很好呢？

有喜就有悲，等到第三次月考的时候，我考了班上第四名，我们班的前三名都进到了全校前十名，我排在全校成绩榜上十二三名的样子，当时我自己对于这个成绩还是蛮满意的，可是想不到那天早读之后我便被他叫到办公室里去了。他坐在座位上，我站在他旁边，先不论三七二十一打了我好几个耳光，这次耳光不是很重却让我大吃了一惊，我没有想到他会将我带到办公室狂扇一顿，办公室里还有许多其他老师。

"自己把考试的英语试卷看一下，这些我是不是都讲过？"他说着将我的试卷递到了我手里，上面红红圈圈的一大片，我看了一下好像是有些题目他讲过，可是谁规定了他讲过的题目我就一定要做正确呢？这次扇耳光扇得我有些莫名其妙，这次我没哭，我只是看着他，我心中在想，到底我是什么地方让他这么不爽？他就这样打我打上瘾了？谁规定他就可以打我了？

但是我还是点了点头，承认了是自己的错。办公室里的其他老师听到这串清脆的耳光也没有什么反应，估计所有的老师都习惯了吧。

"你这孩子就是骄傲，一次考好了，屁股头子都翘起来了！像你这样不行啊，回去好好想想，我这几巴掌扇的对不对，去外面升旗吧，这次你都领不到奖了，看你以后架子还大不大了，还和同学闹不闹了……"

走出办公室那一刻我特别沮丧，我在想我还要在这个学校待上三年，那时候的我根本就没有学会如何去取媚一个人。之后的日子里，我承认我不再把他看作我的老师了，也许后来的很多日子里，我看到他能笑着叫他一声戴老师，但是我心里面却从来没有因为他做的什么事而真正地想叫他一声戴老师。当然他没有放弃我，我依旧在他的耳光下好好地过着我的初中。

整个初中的成绩都是跌宕起伏的，一次考得差一次考得好，考得差的时候会挨耳光，考得好的时候依旧会被叫到办公室。

"虽然你这次考好了，但是你想着你这次没考好，和我的巴掌扇在你脸上是一样的。这样你下次就能考好了，我知道现在我打你你会很生气，但是等你以后长大了，你就知道了，我打你是为你好，到时候你就会感激我了……"

那个时候我努力装作很真诚的样子听他说话，还不时点着头，装出一副不仅以后会感激他我现在就很感激他的样子。可是我在心里一遍遍地问我自己，我考好或者考不好真的和他的巴掌有什么联系吗？

到后来都想无力了，我一直庆幸自己没有完全沦落成一个只会看教科书、只会做学习资料的工具。有很多东西，我真的就在他巴掌底下失去了。

初三的第一次联考考砸了，在那张多所学校联考的前200名的综合排名表上，根本就找不到我的名字，在九（2）班的班级排名表里我排到了13名。第二天早读上课，我便被戴叫到办公室里去了，扇了我几巴掌之后问我到底出了什么事，我什么也没有说，再接着他翻开我的书包，书包里的所有东西都被他丢在了地上，一本刚借来还没有读完的小说，那个我当作宝贝的MP3，还有那些写着乱七八糟的语句的本子，通通掉落在办公室的地板上。看到那些我的眼泪又一次忍不住流了下来，他左一脚右一脚，书包里的所有东西便全部在地板上被他踩碎了，我第一次感到愤怒，一种真正的愤怒，我拿起书包就向校门外走去，那一刻我突然不想待在学校里了。去学校旁一个大水库边坐了一个上午和一个下午，等到晚上我回到寄宿的老师家的时候，戴托人跟我说他已经打电话和我爸爸说了，过几天我爸妈就从外地回来……

在初三上学期的最后一个月，一群人在校门口约架，双方各自找人，就连我这种平时他们都看不上眼的家伙都打了招呼，能过去的就过去撑个场面。于是在那年12月末的一个深夜，两帮人下了晚自习便匆匆赶到了校门口，而我说是去帮架，其实也就是揣了块砖头放在书包里去看别人打架，心里还挺兴奋的，心里想这次终于能当上一回小痞子了。

双方还没有打到一起，有人说戴来了。那夜，他拿着一个手电筒来到了学校门口，高喊了一声"住手"，不知道当时他哪来的勇气，也不知道他为什么要在那晚上赶去那里，应该到了所有老师回家睡觉的时候，可他就一个人用单薄的身影制止住了一场不大不小的校园械斗。看到有老师来了，两帮人愣了一下便匆匆跑了，我也跟着那群狐朋狗友跑回寄宿的老师家，听到街道外呼啸而来的警车。脑海中现在回想那场景，也只剩下他驼着背拿着一个手电，从远处急急地高喊一声"住手"。

三年后，我在戴的巴掌下，走到了县城里的重点高中，我终于和那群比我们强了不知道多少倍的城里学生站在了同一起点。而之前戴曾经问了我无数遍，我的成绩是不是作弊抄袭来的，当然他得到的答案只有我的摇头。

记忆中关于戴的几个经典画面：

教室门口那个驼着背的带着阴鸷眼神的黑色身影。

从校门外一看到他低着头向学校里走来，一群学生边嗷嗷叫着"驼子来了，驼子来了！"边奔回了教室，而刚才这群学生有的在篮球场，有的在校园里乱逛，有的在校园里的小店里买糖。

冬天的时候，他会不停地咳嗽甚至有时候咳出血来，因为他有肺病。

上课的时候，他会有时候进入一个人的世界，会被自己的幽默弄得很开心，可是底下的学生很少有和他一起笑的。

上他课的时候，想睡觉的时候你要从座位上站起来，不然他看到会过来拿书打你的。

一直到高三，我才给戴发了一条短信，发的内容是祝戴××同志教师节快乐。他并没有回我这条短信。

大一的寒假，过了年之后的大年初九，我们一群初中同学在戴汇小镇聚会，我们买了一些礼品送到了他家和曾经寄宿的老方家，在戴汇小镇的小酒馆里，他和红脸老方两人端坐在上席，我们一大群小伙子小姑娘围坐在他们身边，敬酒说话喝酒吹牛忙得不亦乐乎，后来我们这一群小伙子喝得有些醉醺醺了，我端着酒杯跑到他面前，我说："戴老师，你知不知道有一段时间我特别恨你，初中毕业的时候我都想冲过去打你一顿……"话还没有说完，被几个没喝多的拽到一边去了，我发现他的脸色有些黯然有些不自在，再后来他和老方提前走了，小姑娘们也走了，她们当中甚至已经有人订婚快要结婚了。留下一群小伙子继续喝酒继续吹牛，有工作了好几年的，有和我一样正念大学的，还有一个当时复读的……我喝着喝着就哭了，我们推推搡搡一阵子之后耀武扬威地走进了学校，正月初九的戴家汇初中还没有开学，我们嬉嬉闹闹转了一圈之后，狠狠地瞪了那个保安，说有种你出来啊，你出来我们就揍你，那一刻我终于觉得自己完成了一个做小痞子的梦想。

……我们那一届混得最好的家伙，听说现在在上海的某个建筑工地上提着小泥桶做起了跑腿工。戴的班中当年成绩最好的学生如今在武汉大学。我们班混得最好的小痞子我们依旧叫他辉哥，他已经在上海开了两家服装连锁店了，小小年纪，却比我们沉稳很多。

　　那天离开我家回宿舍，卜就开始动笔写了吗？是怎么样的激愤让他为这个戴老师敲出了 16000 多字啊，我努力节选了上面这些，真的是不想再多说一个字。

90后不是个概念

1. 各种说法

人们习惯于把他们统称90后，就像指指满操场的人，统称他们"团体操"。

尽管生命的前20年他们始终都被"管理"得整齐划一步调一致，真的接触起来，会发觉每一个都那么不同，都独一无二和正处在多变的年龄。人这活灵灵的生命不可能被任何固定的称谓概括。感谢造物主。

有学生问：老师，你说我们读了这四年，读到了什么？你当年上大学的四年下来，读到了什么？我们一起讨论，结论之一是，认识到了各种各样的人。

有人说：他们都不信，我是刚知道什么是五毛，知道才不到十天。他和我说这话那天是2012年10月31号。

另一个人说：我跟不上潮流，那天我问他们，你们总说流量，什么是流量啊。

有人说：很想回到中学去，那种你争我夺拼命学习的状态（来自乡村的持这个观点的多）。

有人说：我的缺点就是眼界太窄了，小地方来的，按部就班，这么多年就这样。但我容易满足，不想不现实的，我喜欢这样。

有人说：我是 91 年的，更接近 89 后（不够前卫了），93 以后的是下一代人了。

有人告诉我，他身上这件衣服就是在缝衣厂做过工的家长用布头拼出来的。那是件很不错的翠兰小布褂，他是个男生（女生一般不这么直接）。

有人说：我又想哭了（读了一本书）。我真的觉得文学是可以让人死，也可以让人生的一种东西。

两个女生对话，一个说：当你心情很差想自杀的时候就去菜市场，她们都这么告诉我。

另一个说：很臭的啊。

前一个解释说：看看青菜，闻闻鱼腥，看看活蹦乱跳的鸡，还有那些人穿拖鞋挤，提着菜，别人都活得挺好。就是有点臭，所以我还没去过。

曾经有人问：人的品行是可以打分排名的吗？我们宿舍三个姑

娘品行都是差。班上有个传说中的综合评定小组。他们是多么了解我们，就给我们品行不好的鉴定？坏人都比好人活得好……我们甚至不知道自己是被谁排名了。

他们的心情常常一会儿晴一会儿阴。

有个同学家里为她安排好了做公务员，她却要去泰国支教。

有人说：我们看不到那一天了，公平正义民主。

理科学生叶长文说他中学时很听话很用功，从来不打架不用父母操心。他读高三那年，学校大操场举办一次露天朗诵会（那次我也去了，我印象最深的是诗人江非对着黑咕隆咚的天读他的诗：在黑暗中织一块布，那块布很长很长……），当时叶长文就是坐在下面的一个学生听众，现在已经考到我们学校，读到了大三。他喜欢写诗，自己看很多电影读很多书。2012年秋天，他和几个不同专业的学生一起筹划印一本文学刊物。他说，老师你说过你们那个年代学生都有刊物，自己写自己印，到我们这儿不能断了（传统），他说，办个民刊，就印100份。去年他来听诗歌课的时候，看过我带去教室的1978年的《今天》杂志和1979年夭折的大学生刊物《这一代》。而他自己已经有短诗发表在报刊上了，有一次是命名为"90后诗人"的集中发表（媒体喜欢做这种分类）。

叶长文说将来想做个老师，做了就要是一个好老师。我相信他真做了老师一定会努力。但是，得到个做老师的机会也不容易，谁会请他去践行他的理想？记得他说过，还在读中学，他就明白了一个规律，一个老师对学生好，就和领导搞不好。我上中学时可不懂这些，只知道唯老师是从。1969年秋天刚上中学就庆祝"九大"，在学校走廊里紧贴着粗糙的涂银粉的暖气片等集合，等着上街游行。

有人说：我才明白啊，在大学里最重要的不是学知识，而是学着怎么安全地活下去。

几个大四学生不约而同地跟我提起：我们还在找工作，还因为论文开题报告熬夜，有的同学都赚到他人生的第一桶金了（后来发现不同的人说的是同一件事：有学生买下一间校园内小店，经营不久转手，赚了几万）。

有同学整理大学三年来得到的奖励证书，同宿舍的说，就凭这些证，出去怎么也找个月薪七八千的职位吧。可获得证书的同学说：老师，当时我心里想，这些有什么用，证书换不来钱，真正工作以后才知道，和学历关系不大，靠的是你的个人能力，七八千？钱可不是那么好赚的（他已经工作一年多了）。

有人说：老师说的很多都适合你，不一定适合现在的我们（一无所有）。

有人说：大一时听你的课，就想，你是到了现在才敢说这些话，我们什么也没有，我们只有妥协，现在大四了，理解了很多，也变了很多，但是还是要妥协，只希望最后在心里能保留一块纯洁的地方。

2. 困扰

一个女生告诉我，在小学二年级的时候，她忽然得知宇宙很大，很多事情人根本不知道，地球只是其中很渺小的一个星球。那天夜里，她抱紧了自己在被窝里想，人生到底会是怎样，宇宙到底会是怎样，我现在在这儿，是有手指头一根根，身体的各个部分这儿这儿这儿，我知道它们都存在，我是这么组成的，可是如果我没有了，这些就都没有了……想到这儿就很恐惧，紧紧地抱成一团，那个晚上就失眠了。

他们的困扰很多，多数我不知道，有些知道了又不能说出。比如下面这段作业：

2011年，关于梦想的作业（2011年学生作业中有选），有个学生写的是：

我的梦想有点呆乎乎的，我想做一个研究古代文字的人……大概 2005、2006 年那样儿，在旧书摊上淘腾，看能否有点啥意外收获，结果翻到一本书，上面画着好看的"纹理"，很漂亮，想也没想，掏钱买回去了，回家一看，后悔了，是一本学术专著，研究——还是"浅谈"吐火罗文、巴利文、古代梵文，除了那些好看的"纹理"，几乎看不下去，太枯燥了。翻得极快，跳着翻，译者名：季羡林……季先生您真牛呢，东方学，古代东方文字——真的，那些字太漂亮了——可惜我不记得怎么画的了，要不一定"画"几个上来——季先生去世，几位他的学生出面悼念，说的都是先生怎样严谨治学，教他们扎实研究之类——我就奇怪呢，季先生没跟你们说那些字很漂亮？！——我就不信这门学问真像你们说的那样难又没啥吸引人的地方，你们会坚持那么多年？！——还什么"把东方学留在东方"——别扯了，现在做东方学最好的是德国好吧，一直是。连季先生都是从那儿留学回来的……去德国哥廷根大学，那里是世界顶尖、资料最全的地方……

真不知道自己是不是给自己找抽，就为了那个看到的美丽文字，被吸引的一瞬间，就有这么个想法——太难实现了——可是，在几年前的那个下午，我真的有一种感觉，我以后要再看见它们，以后我的生活中会充满它们。

时隔一年，和这位学生闲说话，偶然想到她因为一些"纹理"而想学古文字的梦想，她有点笑我的迂：老师啊，那就是扯呢，我们这么多年了，早明白了啥叫投其所好，知道你喜欢这个嘛，你别当真啊。

他们的口头禅是"无语了"，这下该轮到我无语了。我知道这个学生，她不是图高分，那对她意义不大，那她写出这段虚构的"扯"，只是潜意识里想要我知道她的不平庸？类似的潜意识，我在最近两年才开始能理解，最初做老师那几年还差得远，还很浅显表面，我也在变，此一时非彼一时。

已经毕业了的卫然告诉我，她大一上我的课的感受，那是2006年，很遥远了。

她说：老师你不知道，我们当时实在搞不懂你这个老师是什么路数，好摸不准啊，好怪异啊，不写好词好句还不排比不抒情，一直到期末都没搞懂，为什么这个老师跟别的老师不一样，为什么你总要表扬（她用了"表扬"，其实应该是作业讲评）邓伯超和余青娥（我想到2009级的陈朝阳也应该有类似的感觉，临近期末的一次作业，她专门买了崭新的本子，在作业前面郑重地附上一页信说，自己从小到大作文都好，为什么在老师你这儿得不到"表扬"），他们到底好在哪儿？

我问卫然：现在你懂了吗？

她说懂了。

我们的话题又跑到了余青娥，卫然说："青娥的眼睛真好看啊，睫毛长长的，可是，如果你不说，大学那四年谁会注意余青娥呢？"

卫然给我建议：给你教过的学生写封信吧，你知道大学那四年多迷茫啊，你说说你都是怎么想的，也许他们将来会懂（《上课记》就算作我的信吧）。你得告诉他们，钱，一定要有，要养活自己，人活得好，才有尊严（我同意）。

七年来听他们说了太多的困扰。虽然细节不同，但都是一个新鲜生命对理想（梦想）本能的向往和多年被教育（从小至今）的束缚与现实的冲突，这些冲突造成不断加大加深的裂痕，有人能适应，有人不能。而所谓的适应，会有真适应，只有少数人的内心始终不接受。裂痕带来的落差和质疑越来越大，有时候是质疑社会，有时候是质疑自己这个生命不能独自地纯粹干净。

而他们也会在痛苦里不断地得到，妍告诉给我三个我从没有想过的感受：

（1）曾经叛逆的孩子，从小让父母担心的孩子，长大以后的发展会比较好，比较有独立见解和个人的坚守。相反那些一直听话的多数会过得比较平庸，因为前面那些孩子曾经抗争过，挣扎寻找过自己的价值。

（2）学校里有两种同学比较好相处，一种来自农村，很能吃苦，内心很坚定。另一种有弟妹的，懂得照顾别人的感受，不会只把自己放在第一位。

（3）看一个男生怎么样，只要大家搭伴旅行一次就知道了，对待金钱，对待陌生人，遇到突发事件时，解决困难的能力和责任心，这些平常在教室里看不到的东西，一路上都会看到。

特别是最后这条，我从来没这么想过，听了立刻很同意。

3. 三个研究生来做客

三个研究生都是研一，刚入学三个月，坐下没 10 分钟就给我算账：读研三年学校发的补贴（每年两学期每学期四个月，每月200 多块，全年不到 2000 块）可能还不够将来买版面的钱。刚刚进校，她们就侧面打听了几家刊物的版面费，比较了高低不同的几个价位。

我问：为什么要买版面？

她们说：不交钱谁会给你发论文！

我问：发不了论文能怎么样？

三个人齐声说：毕不了业。

真毕不了业，这个结果实在狠。原来，本校规定硕士研究生毕业必须在国家核心期刊发表两篇论文，这是硬指标，完成不了不发毕业证，而多少学生艰难考研的目的就是想换得那本毕业证，她们为这个要多付出三年时间和多少人民币的支持，不发证真是要了她们的命。我开玩笑说：如果就是有人一篇论文不发，一直读一直读，那也算个大境界……她们都不出声了。在高校这八年，我已经很知道了，谁会一直读？读得到什么呢？后来听说，国家给高校下拨经费有一个指标是公开发表科研论文的篇数，本校把研究生论文也归入这个统计之中（据说是老师科研成果少档次低），所以研究生发表论文突然变得无比重要。这种统计办法足以把一个年轻人萌生的最些微的学术热情也彻底扼杀，学术连接着买卖和毕业证，就不会再有学术。

说过买版面说到喝酒。两年来，几次有女生很纠结陪人应酬喝酒，有刚毕业的学生，有在校的学生，曾经一个深夜，有同学打来电话说，她已经喝了不少酒，老板还催她给桌上的重要客人劝酒，有男同事想替她喝，被老板呵斥了，她想偷偷离开，又怕得罪老板。我说，要由你来判断。我个人认为，该得罪的就得得罪。

我跟她们说不要不敢拒绝，不想喝的酒就不喝，保护自己要紧。

但是一个同学说，她妈妈平时常带她去应酬，好像也没什么的。

我愣了一下，想想她说的没什么不对，这个人的安全感可能恰恰对另一个人是不安全感，各人的选择不同，不能整齐划一。前不久有人给我说到一次应酬结束，几个陪同喝酒的姑娘离开前的话：哥，下回还有这高层次的场合，可别忘了喊我。

4. 长大成人

海岛被现代化侵扰的少吧，校园的夜里能看到萤火虫。有一天偶然问他们：见过萤火虫吗？七嘴八舌都说见过，说哪片哪片树林的深夜有成片的荧光掠过。有个关了灯的晚上，一个女生发现自己的蚊帐进了一只萤火虫，她告诉我，她乐得快不行了，喊大家赶紧关门窗，全宿舍都起来看那荧光，折腾了半夜，直到感觉那萤火虫的光正变得黯淡，又赶紧开窗，哄它出去，给它自由，"一出去它就又亮了啊……"看她眉飞色舞地说，我在想，对那么小的生物有这份喜爱，他们不会是没有好恶的一代人。

他们的长大不一定来自书本课堂和长辈。一句话，一条微博，一段旧事都可能瞬间改变。特别是他亲眼看见的。

一个学生，两年前的暑假在家乡街道办事处做社会实践，无意间看到一些文件，一套拦截上访人员预案，随后她有了很大变化。

有学生的亲戚去当兵，提前退伍回乡了，她说，走时是个开朗的人，回来一个阴沉的人，相隔一年半的时间。

有位同学发来她的支教笔记，记录一次暑期夏令营活动，到岛上的临高县东英镇美夏学校支教一个月。在美夏学校，她负责小学三年级的课，不只是上课，语文教材也要自己编："上网查了很多资料，不停地思考，甚至连晚上做梦都梦见教材。"她准备了拼音、作文和国学三个板块，国学是她比较满意的，教了《咏柳》《乞巧》《古朗月行》《七步诗》《忆江南》这些简单的诗篇，《道德经》第一章和《三字经》。她说："在最后一天的结业典礼上，听着我的学生们从口中一字一句吟诵，心里说不出的甜蜜。"她叫郭媛媛。

曾维洁常会发短信，都是读书时有感触的片段，她会一字字打出来，后面附上"摘句""分享"。

有人在邮件里说：

我不喜欢这个复杂的社会，不是逃避什么，而是真的不喜欢。如果让我去社会上奋斗、竞争，我也有这个能力，可我就是不喜欢这样的生活，真真切切地不喜欢。可是不是不喜欢就可以不要，人生就是这么无奈。理想什么的好像很遥远，我只是想要选择一个不那么让我难过的生活罢了。理想是不是装在心里骗自己的呢？不是我懦弱，可我就是没有勇气去捍卫我的理想。成长不过是不断的妥协，不断的退让。如果有一天我们自己都没办法接受那样的自己了该怎么办？不敢去想象未来的自己，不敢去想将来回忆起来该是怎样的感觉。这一刻，我真的好怕选择。

有人写到占座和其他：

自习室的"占位大战"（额，我也是占位族的其中一员，不过占了位确实有督促自我的作用，逼得自己每天都要去学习），就我目睹过的来说，已经看见过三场打架了，就是最后还惊动了保安的那种。基本就是A的位置被B占了，然后就打起来了。其实说起来，就是因为A占了位置，但是经常不去，然后B就渐渐地成为座位主人了，由此引发矛盾。当然，这是普通矛盾。最狗血的是这样一个剧情，之前自习室有一张桌子（一桌四个人），其中有一个人考上了北大，一个人考上了中山，然后这张桌子就成了抢手货，于是，争夺座位的理由变成了——风水！！！很震惊有没有！！！毫无疑问，这最后也有一场架，至于胜负就不得而知了。自习室的氛围其实很沉闷，所以每当有这种打架吵架的时候，大家就像鲁迅笔下的群众一样，一下子就兴奋起来了，围在门口指指点点，笑笑闹闹。不过很好的一点是，打过了就算了，也没有听说有什么后续报道之类的。还有就是最近听说了其他学院去年保研时的风风雨雨，大家互相检举、内斗等，最后闹到毕业酒会都分成两拨儿开，实在是可惜。

　　或许考试不是"宗教"，而对于名校或者名学历的追逐是一种"宗教"……反观我自己，我是否也成了理想的奴隶？我其实不太敢这样想。就像韩寒的一句歌词"我那崇高的理想，又是卑鄙的幻想"，被神圣化的不一定是理想，也可能是幻想，可能是被虚无的幻想奴役，想想就可怕。如果说因座位而打架我还可以接受的话，那么为了保研而钩心斗角却让我很难接受。因为我怕我成为奴隶的一员。就像穿衣服，有的人是"我穿衣服"，而有的人是"衣服穿我"，后者无疑被衣服奴役了。我不知道该如何平衡理想与自我，我怕我也变成被理想奴役的人。

　　他们就是在现实的"教育"中长大的。

　　听我的同事诗人多多说起给学生讲兰波和顾城的诗，他问大家"黑夜给了我黑色的眼睛，我却用它来寻找光明"，这光明是什么？有学生回答：光明就是光明啊。再问，他们答不出说：顾城不好理解，没兰波的好理解。多多说他都快顶不住了：隐喻已经不存在了，他们刀枪不入啊！也许学生们一时没理解到，也许他们不想在那个场合说话，可能性很多。不能说他们都被成功地洗了脑或者不学无术，更多的时候他们只是被分离了，内心多怀疑，多不安，多顾忌，不容易相信什么，不敢轻易下判断。得给他们时间，让他们经历长大。

尹泽淞说过，这世上有三种人：第一种是不知道又无所谓；第二种是知道，但是无所谓；第三种就是知道，但是不无所谓。他说他属于第三种。这就是说，有洗脑就有反洗脑，想洗脑的愿望有多强，对洗脑的抵抗就有多强，这是一个 20 岁的人从本能到逐渐理性的选择。

所以，我赞同一个学生对我说的："你别总想让我们成为你想的那样。"每个人都要自己找路，而不是走别人给出的路。

退却

1. 原因

老师带队和学生一起去某高尔夫球场实习，球场分下来的工作是捉草地上的虫。联系实习不容易，老师希望他带去的大学生规矩有礼，而学生想的是究竟能学到些什么，未来用得上吗。很快，大家在大草坪上分散开，就是简单的逮虫子，开始还俯在地上找，很快发觉虫是由蝴蝶卵孵出来的，于是转向消灭虫子的源头。男生脱了衣衫，女生拿着网子，满天扑蝴蝶。没想收工后，挨了老师一顿骂，说他们没有礼貌，等等，学生们心里很不爽。这件事起码有三个立场，老师、学生、球场各执一方（球场还没说话），哪个角度都可能讲出他的一通道理，似乎没谁有错，但大家都不快乐。刚听到这事，觉得好笑，怎么听都像一次浪漫秋游，可是随后想到了七年来散落各处乱七八糟的纸片和最后被我堆出来的这些字。

一件事大家多交流半小时，很可能出现好几条岔路，原本以为清晰了的东西，重又模糊混沌。而事情本身是多向度的，一个人能够听到看到的只可能是一个人的角度，但是，单纯的个人记录变成了书，被更多的人看到，事情就没那么简单了。很多人还很难一下子换个角度去理解所谓的老师和书本，虽然他内心是从来没有过什么权威的。

这只是一个人的看见、听见、想到，没别的。

《上课记》出版以后，听到一些学生的意见。有一件印象最深，"2009上课记"的"点名和作弊"一节中写到了朱俊材以为被点名引起的误会，学生认为我写的有问题，陌生人看那段文字，会对朱俊材留下不好的印象，以为他是个不够好的年轻人。听了这话，赶紧去翻书，确实在词语上还应该更小心，我该向朱俊材道歉。一定还会有我没有听到的意见，虽然我的初衷是不伤害任何一个年轻人。

也会有学生说，自己沮丧的时候会找出书，重新看看描写他的那一段，鼓励一下自己，他说："你把我写得那么好。"

我发现我变得不自由了，在"2012上课记"里，开始避免写出他们的名字，多想让他们每一个都是真名实姓的很真的人，现在怕给他们带来额外的烦乱，只能违背本意，把他们回避和隐晦了。

在学校八年，上课七年，开始把他们看得太扁平，其实每个年轻人都有故事，故事后面深藏着他自己专有的沉重，不熟悉到一定程度，他不会讲出来，而很多他们的故事都不能写出来，只有叹气。希望那些灰暗的仅属于他自己的故事，以无法甩掉的背影形态衬托他们身上的光亮，让亮的东西得以凸现吧。

知道得越多越不敢写，已经留在脑子里的东西搅得人很不安。这些看来轻飘飘来往的年轻人也在带给我疲惫和无力感。在校园里住着似乎感觉不明显，一离开这个岛，飞机轰响着拔升，忽然出现一种脱离重力的轻松，像有个默声在提示：知道得越少越好（是一位学生对我说的）。虽然邮箱、电话、微博都畅通，但是那种面对面坐着走着给人带来的"杀伤力"，换成虚拟空间就气弱多了。

2012年11月，很多的阴郁，好些天都没有和人说话的心情，低沉昏暗的周末请几个学生来，看他们下厨，听他们说话，好像这是他们的家，好像从不同地方赶回来的孩子，谈话涉及古希腊、宗教、校园政治、世事轮回、社会问题、社会结构、戏剧、电影、小说、诗歌、诡异事件、京都奈良、德国、夹边沟和高尔泰、民国、齐邦媛《巨流河》、新文化运动……桌上盘子全光光，甜品也一点不剩，天马行空还在继续，每个人透彻明亮，犀利开阔，后来他们咚咚咚跑下楼，担心深夜12点宿舍楼会锁门。

静下来的时候重想，我是谁，一个偏离者，一个仅以写字安抚内心的人而已，偶然积累了一本关于年轻人的书而已，正因为言论的不能畅达，人和人之间的变形和隔阂，特别是年轻人几乎没有发声的机会，一个人的一本书才被更多的人知道了。

曾经以为眼见着这些生命的痕迹，不记下来，任由它自生自灭，飘散不定，不断被外来的概念和误解给蒙着，实在是太可惜。但一个人的力量算什么，无可帮助的是他们困惑的瞬间，失眠徘徊的晚上，望不见未来的未来。现在我的手机里还存着一个号码叫"好无助"，五年了，它还待在里面，安静极了，它的主人一定换号了，但是这个"好无助"还在。日子久了就留着它吧，我和他没什么不一样，也常常觉得好无助。

别把现实理想化，大学是什么，大学是个灰色的江湖，设定规则，大家一起浑水摸鱼。有人说，听说有学校统一在教室安装摄像头，查逃课。听说有的讲座申请不到教室，移在北方冬天的楼道里进行。学生说，一年来教学督导进教室听课的更多了，有老师把他们赶出去。所有的江湖法则，都是具体的，由有鼻子有眼有神态的人执行的，你不习惯不屈从就退出，事理无比简单。

教师职业早已经被设定为打磨螺丝钉的计件工，设定里没有和灵魂有关的条款，不可能要求心境同样疲惫的老师在完成打磨任务量的同时，还得付出对每一颗钉子的喜爱，他就是打磨（当然他也是螺丝钉，也被别人打磨），圆或方一点，尖或钝一点，他不用关心。

而体制也许没意识到，它或者也给少数人提供了反制的动力，把疏离者用力推向了相对年少单纯的学生，使得他们获得互救。

2012 年的 12 月 20 号晚上，第二天早上的航班我将离岛。接到一位同学的电话，他说："老师要走了，这没什么，这选择挺好的，如果有人问老师到底出于什么原因离开，你就告诉他'没什么原因'，你就这么回答。"我说："好。"我们的对话很短，没有实质内容，但是，忽然感觉了深深地被理解，他是替我站在了一个退却者的角度去应对庞大无比的社会，为我找到解释的理由。什么说辞都不重要，在这个头顶闪着很多颗星的晚上，他选择的角度对我是多重要。

2. 结果

过去很多年，最不适应的就是言说，七年来适应了一些，但真正适合我的还是最单纯的关系，和自己待在一起。有时候什么也不写，有时候写点什么，一个单纯的个体，而不是任何一个职业的从业者。

老师不代表昂扬向上进取正确，恰恰可能深藏的是萎缩、胆怯、低郁、偏执和错误，而这又可能被授予给他的教师身份所放大，加倍地影响到学生。对不起，我不够昂扬和主流，不能看到和指出更美好更现实的路，我能把握和感受的只是零星的片段的美妙，我比学生还无力。这八年的"出位"很累啊，心不断被搅起，颠簸，净是波澜，必须退却了。

夏天见到卫然，隔着20米，她就说：老师你变了。

变老了。

不是，变温和了，你的眼神不一样了。

真的吗？

我想，是这些孩子七年的陪伴，把我变得温和了，变得能倾听和宽厚，愿意从我以外的细小和别人身上发现一些光泽。谢谢这七年中每一个学生的给予。

说两件真实的事：

在深圳我住的小区外有个很小的社区诊所，传说有个老中医可火了，每天挂号排队等他看病的人太多，最后竟然惊动了巡警，也招来了记者，经查证只是一个32岁的年轻医生，只是因为这个年轻人愿意倾听病人的感受和耐心解说病情。这不是一个医生本该做的吗，但偏偏人们把他传成了神奇的"老中医"。

2005年我教过的第一届学生亢松最近有信来，除了在电视台工作之外，他还在一个艺术培训机构当老师，教编导方向的艺术考生。

他发现现在的孩子"不再像我们以前那样惧怕老师，起码我上高中那会儿对任何一位有着'老师'头衔的人都莫名地有一种惧怕"，现在的孩子不一样了。一次他出电梯，"突然同时蹦出四个人对我大喊大叫，我着实被狠狠地吓了一跳，四个学生哈哈大笑，然后他们做出了跑开的姿势，转而又觉得我不会拿他们怎么样又都没跑，接下来继续在电梯周围埋伏，我问他们是否还准备继续吓人，他们兴奋地做肯定的回答。曾经看过一篇报道讨论小孩子说脏话，说未来的孩子会越来越缺少礼貌。但是我现在却很真切地觉得，未来的孩子应该会越来越快乐和自由吧……"

最后想说的也是真事，送给我保留着的点名名单上大约1000个海大（不隐晦这个名字了）的同学：

记得吗，校医院门口有个精神有问题的老头儿，课上说到过他，我说他，你们笑：迎着透明的落下去的微红的夕阳，他把脑袋伸出很远，拿剪子给他自己绞头发。2012年11月，再见到他，坐在校医院门口，安静极了，眼睛里的神全散了，呆呆地坐着。有时候他脚前有一张写了字的纸，8开大，大意是本人偏瘫，两个大点的字很醒目——"捐助"。压着纸的是一个金属罐，罐子真够大的，估计里面放得下三万块，只在罐底有几张一块钱。最近一次，连这张纸也没有，就是那几乎空的高罐子。看不出他瘫了，只是安详了。

可是，同一个区域，出现另一个年轻得多的智障者，高个子，长发纠结一团，赤色皮肤，彪悍狂野，比七年前的老头儿更威武欢快，有时候带点狂喜地在校医院门前来回走。

我们每个人都看着这一切，它们好像都是既定的，不由我们来做选择。

想不到什么可以激励的话，用一位2009年进入这所海岛大学的学生2012年11月7日发的一条微博做结语吧：

@匡儿：当自己真正对自己的整个生命、生命的整条道路都充满了自信时，最想并唯一能做的就剩"感恩"了吧，我想。感激生命的敏感、怯懦、脆弱以及不可知，感谢存在的一切，一切的存在。感谢这所有的不可知，使得每一秒都是其最完美的一秒，也正因这些最完美的分秒相加，我知道，生命终将是会走向灿烂的。我确信。

2012年12月9日于海南岛

附 录

附录1 2011年学生作业选

1. 关爱

作业要求：不能空泛，有细节。三题目任选二。

题目一：在你成长中经历过的关爱

题目二：今天"仁者爱人"的美德还存在吗？

题目三：爱是有诗意的吗？

（1）初中以前，我几乎都是与爷爷奶奶生活在一起，即使他们很严肃，还是给我无限关爱，每次姑姑拿来好吃的总是留给我们……

记得那年我生了病，我妈连夜背着我跑去看门诊，给我买来营养品。

（2）……我上学的窑洞也空了，越来越多的人离开农村，榆钱儿黄的时候，再也没有成群结队的小孩去摘着吃了，杏子熟了随意地飘落在地上没人理会……我再也不愿意居住在农村，我害怕那死一般的寂静与黑暗，我依然爱着我的故乡，尽管它看起来那么贫瘠荒凉，我可以一万次地说它不好，但我绝不允许不居住在这块土地上的人说它的不好……在生命最快乐的时候总有一种莫名的伤感忽然涌上心头，太多的不确定，太多人离开，太多人走近，悲伤总是来得那么不知所措，让我恨不得自己是个一无所知的傻子……生活本来就是一首诗，只是这诗写得太过真实，缺了一点浪漫和温馨，因为我那生活的周围给了我太多的不安和恐惧。

（3）"仁者爱人"诞生在中国，但并不意味着他（它）可以在中国生长，甚至叶落归根……温文尔雅是国人统一的标签，上行下效是国人的一大传统，不动脑子地模仿是人们应有的懒惰，既然天子都无法做到仁者爱人，那么我们又怎能以这样的标准去要求别人呢？

（4）高中三年在全校最好的班级上学，顶着全校最大的压力，每天晚上都是考试，分分秒秒都在学习，每天早上5点多出宿舍，晚上 11 点回宿舍，由于睡眠不足，上课总是打瞌睡，只好喝苦咖啡，每天至少两杯，现在一看见咖啡就想吐，后来得了脑血管痉挛，神经衰弱，天天靠吃药调理。那时候觉得很压抑，感觉自己像一根紧绷的弦，轻轻一挑就会断……离学校不远的公园尽管很破，还有一沟散发着难闻气味的死水，可是我们（排名前 20 名的同学不能正常放假，还得待在学校里补课）还是很满足，我们会坐在水边一起看月亮，一起蹲在草地上寻找代表幸福的四叶草，说好了以后要幸福，我们一起哭一起笑，这给予我精神上很大的安慰……

（5）……我外公是个教师，作为一个文学教师，虽然没什么名气，也谈不上才华横溢，但从小在我身上倾注的关爱是极多的，给我讲《论语》《孟子》《道德经》《史记》……如果人人都有被爱的经历，爱的能源就不会枯竭。只要社会中多数人是人格独立的，享受过爱，而又能回馈出爱的人，即为君子，"仁者爱人"就不是空谈，"仁者爱人"不只是一种道德，还是一种准则，更应该是一种现象，一种行动。

（6）"仁者"是假，"人间地狱"是真（王注：本文作者自定的题目）……一个人的成长，除了生理的体格发育成熟外，也包括心灵人格发展成熟，能够不怕别人的打击批判，能够自我肯定，人格独立，自主无私，不求回报地爱别人，这样坚强的成长力量从何而来？我们身体（里）成长的力量由物质资源提供而来，心灵的成长力量则由感情资源得来，我们需要充分地被爱，长大后才能够有力量去爱别人……这社会太过冷漠，太过残酷，太令人伤感，这社会需要反省，"仁者"存在，却不"爱人"。

（7）高三那年冬至的夜晚，大概是 10 点半，当时大家都为高考而奋战着，我的同桌兼好友一声不响离开了位置，过了一段时间，我的面前突然出现了一碗热腾腾的汤圆……吃着吃着，我的眼里布满了泪水……

（8）现在还清晰记得小时候我坐在妈妈赶的毛驴车上，在田间小路上的情景……父母是 80 年代的高中同学，那时他们迫切地想通过上大学来改变命运，太多的主观客观原因让他们的理想化为泡影……正因为父母品尝了最底层人民的酸甜苦辣，他们希望我能摆脱他们的道路，在那个时代和地区，周围人都轻视教育，重男轻女，生了女儿只为养大，嫁的时候得几个财礼钱，我能受到全家的全力支持在完成九年义务教育之后，还继续在学校靠爸妈面朝黄土背朝天来供养的也不是很普遍。当我确定能接到重点大学录取通知书的时候，我的初中同学早已步入婚姻的殿堂，抱着她的宝宝站在我面前，我表面很淡定，其实内心已惊愕得不知所措，我躲在角落里泣不成声，我如此幸运地摆脱了同龄女孩那在我看来凄惨的命运，完全是爸妈不顾外界嘲笑，用自己那咸中带苦的汗水浇灌出我的美好的明天，我带着这份沉甸甸的关爱、大爱离开，满含泪水（王注：她来自宁夏，很像一位端庄老师的沉稳持重的女生）……

（9）生日的时候，朋友们专门采集春天刚发芽的小草，在本子上贴出我的名字……

（10）外婆70多了，竟一大早买了早餐送来，外婆说：赶紧洗洗，是你喜欢吃的……（中学住学校时）我回家就看到冰箱里、桌上都是我爱吃的，琳琅满目的，我幸福极了。

（11）……那时候村里还没有通电，晚上只能点着煤油灯。妈妈拖着累了一天的身体在小小煤油灯下一笔一画耐心地教我。妈妈小时候也是因为家里穷，而只能读到小学毕业。但是教我写写字、算算数还是绰绰有余的。再后来弟弟妹妹都到了上学的年龄了，爸爸意识到如果一直在那个小乡村里面务农是不能给我们创造一个良好的环境的。爸爸就在外面做起了小生意……哥哥去外地上初中，弟弟妹妹也跟着父母搬到了别的地方，我就和爷爷留在了老家……

（12）我是农民的孩子，我来自大山深处，虽然家境贫寒生活拮据，但我的生活一直充满浓浓的爱意。我的幼年是在外婆家度过的，如果外婆上街卖菜，就把我放在舅舅家，无论多晚回来，她都舍不得买吃的充饥，但每一次我都能从（她的）菜篮里翻出我爱吃的东西：碗糕、麻花、芝麻饼……我妈妈是城市户口，高中文凭，因为外公被打成右派，才不得已扎根农村。为了争一口气，她为我制定了一套苛刻的行为准则：不做完作业不许吃饭、不许睡觉，每次考试低于90分都要挨打……（王注：她爸爸在建筑工地干活受伤住院手术后才通知到她）爸爸被脚手架上的一颗钉子绊住了裤子，不小心从三楼摔了下来，造成右腿粉碎性骨折……万一有什么不测，我却是最后知道的，我将背负多么深重的罪孽？纵使金榜题名前途锦绣又有谁在乎？没有了他们，我的奋斗就没有继续下去的理由和意义。现在我上大学，这被认为是光宗耀祖的事（尽管我仍不愿为他们争光），被认为是有前途的事，我看不到出路，但依然坚持依然努力，我别无选择，我只能向前，我只愿用希望抹去父母心头的伤痛，用成功绽放他们开心的笑颜。我不敢期许他们光明的未来，怕承诺的破碎会砸碎他们脆弱的灵魂。如果有来生，我定要他们做我的儿女，我将把今生得到的爱加倍奉还。（本来要打印出来的，但又觉得这些叙述都是很温暖的东西，手写会更有人情味，字写得不好，老师不要介意哦！）

（13）（王注：这是一封给几个哥哥的信）二哥，你还记得咱们以前读书的那个小学、那个校长吗？我当时很讨厌那个校长，因为是他间接地剥夺了你读书的权利。我到现在还记得他每次星期一开会最爱说的一句话：你们的父母就会盼星星盼月亮，盼山盼水，欠学校的钱都不知道什么时候才还！他经常在全校大会上点名批评欠学费的学生，有时候连父母也要点名。我记得我们被点不少。有一次周例会，校长说：下星期开始，谁还没把学费交齐，就要没收课本。那时我就担心我的课本被没收了。其实你当时欠的学费比我还多，只是我记得老妈让你交了一些，所以就不担心你会被没收课本。直到听校长点你名字时，我才知道你根本就没有拿钱来交学费，我就认定你肯定把那些钱花光了，我回家二话不说就告诉了妈妈，妈妈当时很生气地把你骂得狗血淋头，就差没打你了，你当时很委屈地从课本里抖出40块钱说：我欠了学校那么多钱，交了40还是欠，照样会被校长没收课本，还不如给妹妹拿去交，她就不会被没收课本，继续读书，我下个星期就不去学校了，留下课本我还能看看。

你知道当时我多感动吗？你希望大哥能读到初中毕业，也希望我能多读书，不要像姐姐那样三年级就辍学出去打工，就这样你离开了学校，那时你才上五年级……现在我已经如愿地在大学校园里学习和生活了，你知道吗，每次你给我打电话，我都不想让你知道我在玩，我总想让自己在你的记忆里都是很努力的，以前我只要没好好学习就有罪恶感……我很少有机会把这些说出来，以前是因为面子问题，我不想让别人知道我家里穷到小学的学费都得欠着，更不想让别人知道我姐姐哥哥只有小学的水平。

现在的社会，这样真的很说不过去，不过这早就成为现实。我写这些是想让自己不要忘记，因为我，他们辛苦地工作着，我一直记得我是负债读书的，它是我努力的动力，我不会让自己在学校虚度光阴的，这些我都永远记得。

（14）我爸妈处于长期分居状态，不是感情问题。我爸要在西安打工，他13岁就去西安了，修城墙，他说老家没饭吃，不出去打工就饿死了……没上学前得过一次大病，我记得很清楚，生病是因为我在泔水桶里捡了个桃核啃了，看别人吃，我也想吃，但又没我的……（拉肚子很严重，村子里没治了，要去西安）我们村只有一家人有农用的三个轮子的机动车，他不带我，死活都不愿意，怕我把车弄脏了，后来不知怎么去的，只记得捡桃核啃的画面和西安市医院急诊通道灯光射在医院小车子上的画面，我妈现在还恨那家人……小学毕业前没见过我爸几次，他从西安回来就问作业写完没，没写完不许玩。我妈老和他吵架，大半夜的，受不了！！！

小学老师没素质，作业没写完就把我们锁教室，补作业，不让回家，有的老师都不配当老师，大冬天的，去外面接几盆自来水，让学生脱了袜子站在里面，要不就拿细的竹条在手上抽。锁在教室里算比较幸福的……

今天的"仁者"一般是在贫穷中孕育吧，有钱人、名人那颗心都跟在地沟油里打了几百个圈圈出来后一样被利益蒙蔽吧。我认为"仁者爱人"的美德不存在，当下社会正演绎着种种例证。

我想当个农民，住在山脚，我和我男人种点地，够吃够用，闲了赶个集，也挺好……这种日子也许只能等到我爸妈去世后了，要不怕把他们活活气死。我很烦现在的日子……一回到学校满脑子就是听写单词、六级、老师布置的作业、考研、考体育 800 米，这些让我厌恶的东西。

（15）说句实在话，我一直以来都觉得我是孤独的，没有人能够真正走进我的内心了解我在想什么，我的真实感受是什么。很想找一个能够懂得我的人来陪伴我，可是一直都没有出现。我觉得我一直以来的生活至少到 19 岁的今天为止，更多的是同龄人不曾有过的痛苦和悲伤。小时候爸爸妈妈为了挣钱将我在奶奶和外婆间扔来扔去，若是他们喜欢我也罢了，也许是命里无缘，总是被他们任意的一个眼神而伤心得独自在心里流泪。

父母固然是爱我的，但他们无法表达，只是给我钱，只是让我努力学习那些对我来说无用的东西。好容易熬到了 12 岁，一个人背着行李去读寄宿学校。从 12 岁到现在，我离家越来越远，可我不害怕，我只是不想要那份来自亲人的淡漠，以及那总也抓不到的、寻不到的归宿感。

我不是不想谈谈我所受到的关爱，只是看到"关爱"，出现在我脑子里的只是空白。

……我常常会看着东坡湖边的某一棵树有种心波荡漾的感觉，有一天下午下课后在办公楼前走过，阳光恰好照在几棵树之间，细细的金粉似的直扑我的脸，树叶的绿，空气的跳动，让我有一种错觉，我好像到了荒无人迹的原始森林，我能想到的，能感受到的只有那种安宁感舒适感，再无其他，我与某种难以说明的东西相遇了，我体会到了它，何尝不是诗意？

今天"仁者爱人"的美德还存在吗？老师，我不想回答这个问题。

（16）（母亲独闯海南，爸爸工作忙，只有奶奶照顾，小时候和母亲分别只会乐呵呵地说：我走了，不用送了）上初中以后，我就一直在学校寄宿，也许因为学习忙，也不常待在家里，跟父母越来越客气了。

爱是有诗意的吗？是，爱让我们的心颤抖，世间万物都有爱，尤其是人。

（17）我从小就跟姨妈外婆生活，父母在外地做生意，我很少有机会看到父母，小时候的我对暑假总是无比期待，那个时候，姨父会送我到父母工作的城市……在我一年年的路途中，发生了这样一个故事。初二的时候，我第一次独自一人出发去外地（王注：在一个中转车的城市，她买到的是三天后的车票），在这三天里我遇到了陌生的姐姐，我和这个准备（转车）去遵义的姐姐（本想安全起见住旅馆，却被旅馆骗了）在成都火车站，车站晚上是有很多人的，地上有很多铺着报纸在上面睡的人，从前我觉得这些人真可怜，而在那个时候我就并不觉得了，只是心里在想，希望有个位置能让我好好睡一觉。遵义姐姐是外出打工的农村姑娘，她背了几床被子，我们找到了个离警察巡逻点近点的位置，我买了两份报纸，然后铺上了棉被在地上，我们躺在软绵绵的棉被上，感觉一切其实都还挺美好的，天上有亮晶晶的星星。那个姐姐说她比我大三岁，但是初中还没毕业就已经出去打工了，因为家里供不起女孩上大学，我们就这样看着星星聊着聊着睡着了。第二天我醒了，睁开眼睛，看到的是行人的鞋子，现在想起来真像乞丐……当天晚上9点多，遵义姐姐的车到了，走前把她的干粮分了我一半，还给了我几十块钱，我很难过地看着姐姐进入检票口，我就那样坐在候车室，不停地流着眼泪，等着第三天凌晨的到来，就可以坐上火车看到父母了（王注：这一年她13岁，那个遵义姐姐该是16岁）。

（18）（王注：她中学时曾沉迷于言情小说成绩下降，回忆到那时候老师的关爱）一个晚自习，班主任犀利的眼神逮住了我，我被当场没收了小说，那也是我第一次听到老师对我如此言辞严厉：你看看你的数学试卷，你是在自毁前途啊你！说着便把试卷扔在我的座位上，然后愤然离去……

（19）爱是沙子，不能像物质财富紧紧攥在手里。怀着一颗向善的心，无论是你听到的看到的，还是你正经受的，诗意，就在那里等你。

（20）中学时晚自习很多，班主任通常都会在班里坐着或走着。教室大，人也多，有七十多个吧。乡村的孩子大都比较老实，安静地低头看书，偶尔想到大学的自由或成年后的放纵，自我熏陶一番。那晚冷，能看到自己呼出的白气。我摆弄着笔，记不清看的是语文、数学还是英语了，班主任站在旁边，伸手摸摸我的外套，然后拍拍我的肩："这是新买的衣服吗？"那老师姓陈，说话时总爱笑，声音很轻。

关爱是什么我说不清，但我觉得它无处不在，就像海南那些胖胖的云，我经常看到。

（21）爱是否有诗意。世界上有许多事情是说不清道不明的，在我看到的人与事中，当我无法将其界定时，我更愿意称它们为无名之物，这也就是我为什么不愿意把爱挂在嘴边的原因。我所理解的他人称之为爱的东西不过就是生活，我的眼里只有生活，余下的皆为零。正是基于此，我才会耻于说爱，就算是提及了也会脸红，就像所有的传统中的老中国人一样，表面上虽然不常提到爱，但心中的爱未曾缺失，我也如此。这一点我随我母亲……

我们总能在细微的事物中看到伟大。这样的伟大在我这里怎么能够加上一个爱的"罪名"，无论生活是何种模样，无论社会何等假模假式，反正我有生活可以作为无穷的筹码，而母亲总是站在我这边，为我的一端添加哪怕一克的质量。这是什么，反正我不称之为爱，至于它有没有诗意，我更无从得之（王注：在海南岛海边生长的孩子）。

（22）在农村，爸妈很早就到地里干农活了……每当我醒来，时间也不早了，我急急忙忙煮饭，那时候用的是柴火，心越是着急就越难生着火。可我不敢不煮饭，如果我不做的话，爸妈回来没饭吃我就会挨骂。每当做好饭后，时间就来不及了，我也顾不上洗手就往学校跑去。一次，我气喘吁吁跑到学校，隔着教室的窗子，我看见班主任正在检查同学们的早读情况。我害怕极了，不知道是进教室还是在外面逗留一会儿，正当我犹豫的时候，班主任朝外看了一下，糟糕，被她发现了，我只好硬着头皮向教室走去，我惴惴不安，心跳得比兔子还快，手心也在冒汗。这时，老师叫住了我，拉我到水龙头旁，对我说："把脸洗一下，脸上有锅黑呢！"我伸开我的双手一看，啊，不得了啦。我双手黑黑的，估计脸也挺黑吧。

第一次和老师近距离接触，10 岁的我也有了自己小小的尊严……老师语气温和地说：没事，洗干净就好，以后尽量早点来，回教室吧。我不敢回答，点了点头就进教室了。虽然很细微的关怀，却让我铭记在心。

（23）记得第一次寄宿读书是 11 岁的时候，那时我才小学五年级……我开始了我的留守儿童生涯，虽然家庭经济条件不好，虽然我老是闯祸，但是我还是傻乎乎地长大。爸爸妈妈过年就出去忙生计，把我托付给一个阿姨，无关紧要地失去，对我来说也是无关紧要的痛，我的生活还是那样的，已经习惯啦。现在这样想，过去的几年也是这样想的，就这样我恍惚度过两年的寄宿学习，度过了冬天没有厚衣服，夏天没有干净衣服的岁月，手上一个冬天下来，都会留下冻疮的疤痕……记得母亲每次回家都会端详她的孩子很久。作为表达爱的最实在方式，母亲拼命地给我做吃的，做好后每次都强烈地要求我吃下去，我吃得好饱、好知足、好爽……从小到大，我一直留守，我似乎一直独立生存着……说到这里，其实我跑题了，那种感觉太强烈，让我无法释怀。

（24）父母给我的教育方式使我提早习惯了一个人独立生活，那一年我 16 岁，父母第一次远在外地。

（25）我是一个生活在农村的孩子，周围的亲戚算得上是很多的。但是我感觉的爱意却少之又少。我周围的堂亲，在我看来，他们的存在简直就是一种嘲讽。他们是我能感觉到的最搞笑的亲戚了，按理说堂亲是所有亲戚中血缘最浓，应该也是最亲的，但是我看到的是两个人迎面走来，却是最熟悉的陌生人。有好处的地方总能看到他们的身影，有需要他们的地方，要么推三阻四，要么不见踪影，能不可笑吗？以前那种同在一个屋檐下有说有笑的日子呢？不在了，随着我长大，随着这个社会的发展，不在了，都不在了。只能说利益在这个社会的诱惑力太大了，大到可以冲淡血缘，这不是很可笑吗？是我变了吗？我想应该是吧，要不怎么会看到这些不该看到也不想明白的人情世故？随着年龄的增长，我的心理也慢慢地不健康了，因为我拒绝这种没有情感的一切，却又不能不承受这一切。我变得越加矛盾，内心世界变得越来越分裂。我经常嘲笑自己是一个变态！！我憎恶踏进成人世界，城堡的崩塌对一个孩子来说是残忍的，那些美其名曰的"成长"，是建立在对一个孩子心灵的践踏上的……老师，你看，我真的是个分裂的小孩。是吧？至少我是这么觉得，你看我写的东西，乱七八糟的。我也不知道自己在写什么，或许是一种倾诉吧（王注：来自湖北的一个喜欢读书的女生）。

（26）前二十年的时光里，学校生活就占了一半，而现在与家人相处的时间也越来越少了，暑假过了一星期后，我没找兼职，我买了回家的火车票，决定回家，由于提前没跟母亲说，回去的时候家里的大门是锁着的，队上人说我母亲在地里忙，我放下行李去了离我家还有一段距离的菜地，我来到田埂上，看到了母亲的身影，没有过去，而是在远处站着，当时是下午四五点钟，太阳还没有落山，只是不那么强烈，慵懒的阳光下母亲的身影在有规律地晃动。心想四个月没见到母亲了，不知道母亲变了没有，希望没变，我待会儿和母亲见面说什么好呢。我慢慢向母亲那边走去，窄窄的田埂两边的稻田散发出久违的带着烈日灼烤之后的稻香，像母爱一样……当我走到母亲面前时，我笑着喊了声"妈"，之后就没说什么了，母亲可能被我"吓"到了（喜出望外），也没说什么，就"嗯"了一大声。我看着母亲，感觉真的回家了，纵使已经在家里。

首先，我想告诉老师您，我在恋爱中，但是没对我父母说，我担心父母会说我，父母是担心我的学业，并且认为我不够理性，所以不让我去谈恋爱……第二天早读，我也很早就来到教室，是为了赶在她之前以便观察她是否看到了我拿给她的纸条，等到她来了，坐到她自己的位子上去的时候，我的眼就一直定格在她的身上，她坐下来的时候，就直接把昨晚摊开的书合上，拿出《语文》来读，我忘了，人们不会在早读时拿地理复习资料来看的。那种失落与焦急一直持续了一个星期，自己就是不知道她到底是否看到了我拿给她的那张纸条……

（27）（王注：回忆了她和弟弟间的感情深）我上了大学，而弟弟初中毕业就出去打工了。他真的是很懂事的孩子。爸妈都没有工作，是老农民。我上大学的生活费、学费都由弟弟想办法。他一月工资一千多，每次都给我打一千，让我想买什么就买，没关系的……我的弟弟是上天给我这一生最大的礼物。

（28）在农村，吃零食是一件挺奢侈的事，而在我家的四个孩子是吃着零食长大的，收废品是爷爷收入的主要来源之一，但他每次不管挣了多少钱，都会给我们买零食，姑且不论爷爷这样做是对是错，但这一件坚持做的小事表现了一个爷爷对孙子无私的爱……（王注：回忆到她的高三舍友）高三那段死尸一般的生活，因为有她的陪伴我觉得好了许多。

（29）在我成长中得到的关爱最多的当然是来自于自己的父母长辈，而这其中最多的又是我的爷爷奶奶，或者有人想问我为什么不是自己的父母？问起这个问题，一般都会毫不犹豫地回答自己的父母，而我不是。这得从我的遭遇说起了，我本来也是有父有母的人，这点上跟其他孩子没有什么区别，然而自从我懂事起，我的印象中就好像没有什么和父母一起的场景了，现在我所能记得的就是5岁左右很贪玩经常晚归，于是我妈妈就老喜欢罚我跪，先是跪上一两个时辰，接着就开始打，打得我整个房子的乱跳乱叫。有一次我记得很清楚，大概有胳膊这么粗的高粱一下子打在我小小的屁股上。结果高粱断了，我的屁股也失去了知觉……妈妈离开了这个家出去打工，自此好像就没怎么回家，过了不久爸爸也外出了，从此以后我就跟着爷爷奶奶生活，那时候我大概8岁。

我家穷，没什么钱买菜，当时吃的都是自家院子里种的蔬菜。当时家里养的鸡一天可以下七八个蛋，而我总是在没什么菜的时候就要奶奶煎鸡蛋吃，而每当这个时候她就会很不情愿，因为当时鸡蛋可以拿到镇上去卖，也算是家里一项重要经济来源了。但是奶奶说归说，说完了还是把鸡蛋给我吃了。有时候家里办事，来了客人做了什么好吃的都给我留着，等我回去了吃，有时候天太热，等我放学回去时菜都馊了……我爷爷说的最多的一句话就是"玩可以，不要做什么坏事"，我始终记着爷爷的叮嘱，不做什么坏事就好。

就这样，我迷迷糊糊地就读完了小学三年级。虽然当中也贪玩过，甚至还逃过一次学，但每学期都能领回一个奖状，上面写着"授予××同学'三好学生'的荣誉称号，特发此状，以资鼓励"。

终于，小学毕业了。我也有 12 岁了。奶奶说 12 岁就过了"童关"了，就是大人了。初中报名那天，爷爷推着我的铺盖行李，还有粮食，因为学校当时要求交 100 斤米或是交钱，我们一路推着车走着大马路去学校的，为了节省一块钱的车费。后来那条大马路我不知道走了多少次，回家得花上一个多小时。交学费的时候，爷爷从里面又里面的口袋掏出了一个方便袋，揭开了袋子还是一个袋子，这样解开三个袋子后，我才明白那里面是我的学杂费。

上了高中，我真真正正成了大人了。我终于推得动家里的推车了。我住校一个月才会回来一次。我爸爸说我要是考不上我们市最好的高中就不让我读了，爷爷奶奶说让我别听我爸的，尽力考就好，他们支持我。后来我考上了，我们那个村子已经很久没人考上过了，邻居们都来向我们家道喜。爷爷奶奶很高兴，让我继续努力，还是那句最朴实的话，好好学习，别干坏事。

我总觉得像爷爷奶奶那一辈的人活得太不值得了，一辈子没享过一点福，但却遭了一辈子的罪……谁言寸草心，报得三春晖，桃花潭水深千尺，不及爷奶赠我情！

（30）前段时间和朋友聊天，朋友突然问我："你觉得世界上最朴实最真诚的语言是什么？"顿时，我愣住了，脑子一片空白。以前背的《诗经》、唐诗、宋词在这时全消失了。隔了一分钟左右，我回了一句："叫外面吃好点、穿暖唔。"只有妈妈这句每次在电话里都要说的话才配得上世界上最朴实最真诚的语言……

上大学之前是没有这种感觉的。从前总觉得妈妈爱唠叨，这也管，那也管。每次吃完饭，要骑车上学时，妈妈总要说："路上骑慢点。"我漫不经心地回句："好。"其实心里想的是"哪有这么多交通事故让我碰上"，出门后便飞快地骑到学校。天冷的时候，妈妈看我穿的少，就会一直叮嘱："多穿点，把你那件 ×× 穿上。"我就会不耐烦地说："我不冷。"其实是爱美心理作祟。每次和朋友出去玩的时候，妈妈总要说："玩玩就回来，呗太晚了。"总之，那时候觉得妈妈很烦，觉得自己的事最重要，觉得和朋友在一起，远比和家人在一起重要，会为了朋友的事而和家人争吵。

而现在，上了大学，也经历了除学习之外的事情，或者说是人情世故吧！暑假也做了兼职，以金钱上的利益关系和人交往，有了很大感触，原来人与人之间真的是会算计的。做兼职的时候，遇到一些不顺心的事，郁闷时就会给妈妈打电话。不会向她诉苦，告诉她我受了什么委屈，只要听她说一些家事，心情就会静下来。

经历了一些事情才慢慢知道，父母才是一直在我身边的人，一直真心对待我的人，不求任何回报，只希望我好。

现在，每个星期会给爸妈打电话。每次通话结束，妈妈都要问："还有钱没，急外面吃好点、穿暖唔。"虽然她也知道海南很热，前天电话时她还是说："我看天气预报，佛你那个要下雨了，天也冷了，把你类厚衣服拿出来。"仔细想一下，只有妈妈才会关心我的最基本的生活问题，会因为我一个人而关心一座城市。妈妈从来不会问：你最近在做什么？有什么目标？学到了什么？有什么成就？她想知道的只是我过得好不好，关心的是"我"本身，而不是社会的"我"。只有父母会这样关心我们。

妈妈是农民，是典型的家庭主妇，也不识字，但我相信，她对我说的每一句话都是世界上最朴实最真诚的语言。比诗美，比天蓝。（妈妈的话是方言，有些和普通话不同，但不影响理解，故无修改。）

（31）7 岁左右，因为在农村，家里条件很是贫穷，加上那几年农作物的收成不好，父母相继外出打工。母亲走的很匆忙，怕我伤心，走之前一点征兆也没有。父亲把我送到了奶奶家，陪我在奶奶家住了几天后，父亲也无声无息地外出打工了。我是在上课时从书包往外掏课本时知道的。父亲写了一封信，偷偷夹在我的课本里，然后就在当天早上坐火车去了外地。我很快地打开信纸，发现里面的话不是很多。然后就慢慢看下去，大致是说：爸爸外出给你买好吃的好玩的，在奶奶家要好好学习，要记着想爸爸。当时的我看着信上的字，泪水不要命地往外淌，不停地对自己说，回家就会看到爸爸，不停地说……

当时鸡蛋好像十分值钱，我经常看见奶奶提着一筐鸡蛋去集市卖，后来就很少去了。我想是都让我给吃了吧……跟奶奶生活的几年中，客人送给奶奶的大部分补品（辈分高而收到一块肉一袋糖等），估计都进了我当时的小肚子。

（32）（王注：自定题目）"关爱，我有吗？"……母亲让我玩的时间几乎没有，她总是坐在我旁边，督促着，每当她询问一个数学问题时，我要是稍微慢那么一点点，那最少都是一棍子在背后，顿时，火辣辣的，好痛苦，好想哭，每个晚上都这样，我开始讨厌数学，我喜欢语文，那么，我想请教恩师，这是爱吗？

老家在海南省乐东县莺歌海，小时候调皮，到一辆大卡车下面去睡觉，一只手放在车轮下，结果可以明白，手被碾断了，妈妈当时在海口，结果妈妈回来了，我一直都这么认为，妈妈回来，我是另一种命运，因为她对我很严厉。妈妈不回来，又是另一种结局，因为爸爸对我很松懈。恩师，因为妈妈的回归，我现在才读大学，满怀激情理想的命，这，也算关爱吧！

（33）我憋了很久，谢谢老师在这时给了我一个空间，能让我独处会儿，平静会儿……9月5号是一扇门，一扇阻断人间与那个未知世间的门，在这之前，我从未感受到过死亡的气息，我以为我身边每一个善良又美好的人都会寿终正寝，带着人间的余温去天堂（王注：她的妈妈不幸溺水而离世）……在你的童年记忆里，她真的像老虎，因为你不愿去学校而给你耳光，因为你贪玩忘了作业，把你打跪在地上求饶，她有最烈的性子，她什么都做得最好，并要求她的女儿像她一样，她曾四处闯荡，当她回家看见她的孩子顶着鸡窝头用陌生的眼光看她，她发誓她再也不离开家，于是她在农村的土地里刨啊刨啊，刨出了她家第一个大学生……今天是10月30号，她离开的第55天，每一天我都清楚记得。我已经不怎么去想她，是不敢想，每清醒一次就想一次，就把心窝掏出来乱扎一次，这样就好了，最灰暗的秋天我已经经历过了，还能怎么样，所有的事都不是事，只有妈妈才是妈妈。

（34）我出生在川东三山两槽的一个名叫"大竹"的小县城里。出生伊始，接生我的妇产科医生给我起名字为"川竹"，当时刚从武汉大学毕业回来的幺爸看到小小的我皮肤白如雪，让我单名一个"皙"。但是当时幺姑把我户口本上的名字写成"茜"，初中因为中考不得不换过来，这是后话。你看，这就是我长大的家庭，纷纷扰扰三四十口人，老是你方唱罢我登场。我奶奶这一辈子统共育有十一个子女，夭折了四个女儿，余下四子三女，我爸排第六，因其好吃懒做，人称"老母猪"。

1990 年阴历 4 月 26 日，阳历 5 月 20 日，我奶奶常跟我讲我出生那一天，老屋院子里的栀子花全都开了，花香弥漫，芬芳扑鼻。她说她那天早上起来心里就老是踏实不下来，转个身过来我就落地了。回去办满月酒的时候，我们那儿的风俗是所有人都要围着我说这孩子长得丑啊、长得不好等反话以便小孩能平平安安长大。满一岁抓周的时候，奶奶抱着我，我却死死抓住一双银筷子。那是奶奶拿出来的她的嫁妆，辛苦保存了那么多年，最后落到了我的手上。周围坐着的老太婆们全都笑了，说这个女娃儿肯定又是个爱钱爱吃的，像她老汉一样。奶奶当时笑的眼睛都眯起来了。

我出生前后那一两年正是我爸做生意得意的时候，所有人都说他脑子转得快，是个赚钱的料。谁又能想到之后不过短短一年，赌博让我爸家财散尽，母亲和他离婚然后径自走了。我爸很快就南下广东，开始了他十几年如一日的漂泊生涯。那个时候是奶奶把我接回了乡下的老屋，当时只有2岁的我，圆圆的脸，大大的眼睛，对此种种都懵懂无知。

从2岁到13岁，从1992年到2003年，我跟着奶奶一点点地长大。奶奶对我的疼爱在家里独此一份，虽然后来事实证明那已经到了溺爱的程度了。她像一棵大树，为我遮风挡雨，免我惊，免我苦，免我四下流离，免我无枝可依。冬天温暖的棉絮，夏天清凉的老爷椅，还有奶奶的蒲扇和漫天的星斗，乡间温润的青石板，三月的樱花四月的桃，紫红的桑葚，清如许的莲子……奶奶说怎么一转眼的工夫，我就长大了。

不顾家里其他人的反对，奶奶当时坚持送我去县城里读中学，一个人张罗我住校的一干事宜，在烈日下因为劳累过度而昏倒在地。送进医院抢救，医生说是脑血管破裂引起颅内出血。她只是想让她苦命的孙女受到更好的教育有更好的出路而已，浑然忘了自己年事已高。在医院住了半年，出院后半身瘫痪到如今也已经整整八个年头。她用自己的半条命来换，只是想让我站得高一点，看得多一点，走得远一点。每次回去陪她、帮她洗头洗澡的时候，她日渐浑浊的双眼只要一看着我就盈满了泪水，我知道她是在担心我，担心没有她庇护的我要如何面对人世间不可预测的风霜雨露，担心这个没爹没妈的孩子能不能一直有书读下去，担心我在学校里穿不穿得暖、吃不吃得饱、还能不能再长个儿……

我的奶奶只是一个斗大的字都不识的农村妇女，但是她让我在乡下广阔的天地间自由地成长，她对我最大的期望就是要我像我么爸那样读大学出来，那样有出息。为了我，她不愿待在成都帮我么妈带我最小的堂妹，享享清福。她所给予我的安全感和爱是我能一直不断向前的动力。很多人说我有一种径直往前不管不顾的孤勇，那是因为我的奶奶始终站在我后面，给我力量，给我信心，告诉我不可以胆怯不可以退缩，不管前路几多风雨几多坎坷，都要勇敢面对。她让我始终相信风雨过后总会有彩虹，就像她即使瘫痪八年，也要坚持看到我上大学。

在凌晨泪流满面地写下这篇文章，只是想说在我的世界里，我的奶奶是最伟大的。最爱我的人，是她；最疼我的人，也是她；最为我着想的，也还是她。每每想到她为了我抛开一切，眼泪就忍不住，哗哗地流下来了。我爱她，却永远不及她给予我的千万分之一。我希望她长命百岁，这样她就可以看着我大学毕业，看着我工作，看着我来照顾她。

（王注：以上作业从 98 份作业中选出，约占三分之一。）

2．诗意

（1）经过农学院的小园子时，路边铁网下，一大片黄色的小花一下子把我惊吓，在那个瞬间，我真是被它们惊吓到了。瞬间驻足，那片黄色的小花，在潮湿幽暗的夜色里发出明晃晃的光，每一朵都在发光，黄色的，明亮的，一闪一闪地点亮了我那颗本来灰蒙蒙的心。无法用语言形容了，先是惊吓，再是惊异，然后是安心。我并没长时间地站在它们面前不走，只是一个瞬间，我的停留也是一个瞬间，脚步前移，走开了，带着一个被惊吓的明亮的心，回去睡觉。

（2）在我们市里读高中那会儿，每月回家一次，高二的时候，放假回家，家里无人，我便去了农田，当时看到母亲正在收玉米。看到我到田头，母亲放下手里的农活走近我，帮我拿背包。母亲从兜里拿出一块糖，告诉我是邻居四姐相亲时留下的，她把糖剥开，可一不小心掉地上了，她拿起来，认认真真地把泥土擦干净，塞到我嘴里，在她认真擦糖时，我感动不已，在学校里我什么糖都吃过，但……

（3）由于升学压力我的眼睛出现了近视的状况，我骑车回家看见路两旁的灯光变得和以往不太一样，路灯散发出来的橙色的模糊的光晕柔柔地包裹着灯罩。天完全黑了，那一条小巷里也没什么商店，只有两排路灯挺立在那里，橙色的光晕，洒得很大很开，突然发现光芒可以那么美。现在有时我也会摘下眼镜，但都不如那一晚看到的那么美……

3. 梦想

（1）高中毕业后，几个朋友背着刚刚整理好的书包，包快被考前我们做的试题撑爆了。我们在黄昏时候坐在石阶上说自己的梦想，不再是明星、科学家，不是考哪个大学，而是大学毕业后去哪个城市哪个国家，做什么工作——我的回答是"我想因为我存在，世界有一点点改变"，记得当时朋友哭了，我们哭了……

（2）我的梦想有点呆乎乎的，我想做一个研究古代文字的人……大概 2005、2006 年那会儿，在旧书摊上淘腾，看能否有点啥意外收获，结果翻到一本书，上面画着好看的"纹理"，很漂亮，想也没想，掏钱买回去了，回家一看，后悔了，是一本学术专著，研究——还是"浅谈"吐火罗文、巴利文、古代梵文，除了那些好看的"纹理"，几乎看不下去，太枯燥了。翻得极快，跳着翻，译者名：季羡林……季先生您真牛呢，东方学，古代东方文字——真的，那些字太漂亮了——可惜我不记得怎么画的了，要不一定"画"几个上来——季先生去世，几位他的学生出面悼念，说的都是先生怎样严谨治学，教他们扎实研究之类——我就奇怪呢，季先生没跟你们说那些字很漂亮？！——我就不信这门学问真像你们说的那样难又没啥吸引人的地方，你们会坚持那么多年？！——还什么"把东方学留在东方"——别扯了，现在做东方学最好的是德国好吧，一直是。连季先生都是从那儿留学回来的……去德国哥廷根大学，那里是世界顶尖、资料最全的地方……

真不知道自己是不是给自己找抽，就为了那个看到的美丽文字，被吸引的一瞬间，就有这么个想法——太难实现了——可是，在几年前的那个下午，我真的有一种感觉，我以后要再看见它们，以后我的生活中会充满它们。

（3）绝不能忘记自己最初的天真和傻气。

（4）天真是不该被嘲笑的。

（5）谁说我们不是一个个木偶人，迫于现实，迫于社会，然后摒弃了童真的梦想，却向着"钱"途更加光明的地方努力，所有木偶中最骄傲的一个。

（6）公务员很轻松？大一时我不屑于这种"轨迹"，我一个射手座的女孩，多么以我做主，却仍受限于父母。大二时，我妈再三跟我说考研或者修双学位，出来考个公务员什么的，我也没那么抵触了，是我堕落了，还是……我总感到一身棱角被渐渐磨平的痛苦，为什么本不想笑，却非笑不可，为什么本不想说，却非说不可？当笑也很累的年代，不知如何做本真的自己……每个人都活得不容易，虽然会被磨平，怎么着也要保持个外圆内方！！！（王注：如一五铢钱的符号。）

（7）我永远认为理想高于现实，精神高于物质，在别人因为利益产生纠纷时，我认为与人分享才更快乐，希望自己有思想，人都不要太现实太势利。所有的真正为了文学的人都把最真实的感受写下来，与读者分享，而不是为了稿费，为出名，为标新立异，希望文学能拥有它应该有的完整的纯粹性。

（8）我一下想到我北大中文系的同学，和我关系很好，家里也比较富裕，应该说物质上的需求都能得到满足，寒假见到她，她对我说了一句话：其实想通了，女人要往上爬必须要失身，我觉得你们男人才不容易，我们女人说什么可以嫁给一男的，但一男的想在北京这种复杂城市立足，真的太难了。听了她的话，我顿时感到眼前这同学让我很害怕，北大中文系一直相当于我心中的耶路撒冷，但那同学也是我同窗三年的同学，一下子说变就变了，变得这么现实，和当年的她完全不一样。

（9）做一棵自由的树，拒绝寄生。

（10）我没有立场，什么样的成长历程，什么样的人生观、价值观。

（11）在什么世道做什么人。

（12）……我认识的人中有舍不得吃甚至吃不起盐巴的。吃的好像是磨羊毛的什么盐，身体发肿。有半年吃不起一顿饺子的，但在我看来饺子现在频繁透了。这样的例子数不胜数，难道这些人还想过像他们父母一样的生活吗？只要有机会，他们一定会摆脱贫穷，所以，不要笑他们自私，笑他们功利，笑他们天真，他们跻身这社会，真的很不容易。（王注：来自山西的女生）

（13）这世界该有一部分人是做梦的，我就是他们中的一个，我要写一本自己的小说。

……看身边的同学朋友。每个人都是如花似玉的年纪，都无一例外地感叹自己"心老了"，这真是一个可怕的词。是这社会逼着我们"成熟"。我会去选择钻石水晶，尽管我也喜欢玻璃球。

（14）每颗心都有一个柔软的地方，这便是为什么有的坏人不坏透的原因。

（15）从小到大，我就是这么喜欢有点所谓的乱想，做自己喜欢的事，不喜欢被打扰。这个应该是我从小一直到现在所想的，以后也希望这样。如果这算梦想，我想这算我一生的梦，我的梦想不远大也不高雅，但也不怕别人的嘲笑，因为每个人都有自己的梦，我想我的天空应该还得有一朵完整的白云，那是在星空下最初也是永恒的感动，因为那是我的梦。

（16）当个科学家，当个女警察，或者当个贪官。

（17）也许我不适合读大学，因为不可以在考卷上写出自己想写的。对着那些不配称为老师的老师，我只想给他评价时让他回炉重做学生。

（18）想当官，想当老总，想挣钱，想泡妞，想开豪车，想住洋房……想把一切看成浮云，可一切视我为浮云。

（19）我确信我是被教育体制压倒的幼苗，我的创造力和想象力在外太空……至于怎样实现的话，我觉得找到合适的另一半，爸妈放心，就实现了一半，接下来再忙活，户口本啊，各种证啊，就差不多了……

（20）说个小插曲，小时候一家人坐在屋里，那时我 4 岁，录音机开着，舅舅拿着藤条问我：读书还是放牛？放牛！我理直气壮地答。读书还是放牛？放牛！舅舅拿藤条狠狠打我，然而，我一直哭着，坚持放牛！那可怜的模样就可想而知了。他们把那段话录下来保存至今，现在我对他们"白眼"：这种事情你们也做得出来……事实上我觉得我小时候还蛮不错耶，至少坚持了放牛的梦想。

（21）我们背着壳上路，我们依然在寻找乐园的路上，我们仍然对外界充满热情，不过我们学会了把自己保护在壳里，冰冷的外壳下，柔软的身躯里，流动着的是热血，跳动的是热心……

（22）我始终坚持永远不放弃梦想的前进步伐：

八代贫农怎么了，我就是要改变时代，光宗耀祖！

不自量力怎么了，束手束脚如何成功？

穷小子又怎么了，世界永远是穷人主宰，哪个伟人没穷过？

命运又能决定什么，我相信人定胜天，双手能改变命运！

路漫漫其修远兮，吾将上下而求索。

一切都是命运，一切都是烟云，一切爆发都有片刻的宁静，一切死亡都有冗长的回音……我只希望我的回音能长久一点，响亮一点，随便你们耻笑。

（23）……老师们上课是自顾自地讲，课堂气氛甚至都不如高中，上个学期课本依旧崭新，课下生活就是吃饭睡觉上网的无限循环，我不知道学这些东西有什么用，过这种日子有多么乏味。

（24）只有独处的时候问候一下自己，确认一下有良知，那颗心依旧渴望真心。被推进人群里，可得好好保护这颗心，不敢轻易让别人来破坏。

（25）每次问到梦想我都有点逃避……当科学家可以出名，当老师可以打"×"，可以批评别人，现在想都好笑，那时候自己多幼稚，以为世界很渺小。

（26）我的梦想很简单，让父母姐姐奶奶过得好，过上好日子是我的最大心愿，从小到大，看父母为家人操劳，早出晚归不停干活，实在太辛苦了，我和姐姐两人读书，赡养年迈的奶奶，"面朝黄土背朝天"的生活并不是他们想要的。就是再拼命地干活，再拼命挣钱也赚不到什么钱，靠几亩柑橘和茶叶养活一家人真的不容易，我以前还埋怨他们为什么不让我过上好日子，现在才懂得生存真的好难，农村日子并不好过，农民生活依然困苦……我妈一直对我说，"知识改变命运，你就是我们的命运"，我心里其实很清楚，只有好好读书才能让家里好过一点。

（27）爸爸："如果可能的话，能去北京，登上长城，这辈子也就无憾了。"这一切都印在我心里，一定帮爸爸实现这个愿望。

（28）现在我终于如愿以偿了（王注：上了大学），同时也迷茫了，我还不知道接下来我要干什么，这种感觉特不好，特不真实，迷迷糊糊的。

（29）……说实话，我穷怕了，我爸妈也应该一样。这种感觉是上大学以来默默生根发芽的，也许对于家乡人来说，城市太诱人了。我还是想当公务员，不是因为我从小物质缺乏而想去贪污多少，我的个性我的良心注定了我这辈子都是一个善良的人，无论什么时候，看见穷人看见最底层的穷苦大众都有一颗隐隐作痛的流泪的心，我的目的是改变自己的物质生活现状，也想在办公室里喝着茶，吹空调，拿丰厚的待遇……一旦不能实现，我就去做老师，最好是教大一点的高中学生，那三尺讲台对于我来说是神圣的，我也尽可能做一个思想自由、贴近学生的老师，教他们坚忍地生存，同时为自己的内心留下一份净土。

（30）整理以前的东西。在泛黄的小学课本里看到了这样一句话：我想要跳出农门，不再为衣食担心，不要再永远地耕作，要父母吃好穿好，这是我的初衷，是我心中的向往……我的梦想不是为祖国，不是为他人，只是为自己，其实我也不自私，因为我以为的幸福是我可以每天充实而简单地生活在这世间，同时为它贡献出爱心、同情心。

（31）最真的话是说给自己听的……所以当听老师说收到的答案（王注：作业）满是"雷锋"时，也该想想为什么而今的学生对说大话、浮夸风、不切实际这些弊病视而不见，知而不改，当成常态，妖言媚骨……

在现实社会里追求梦想有几分凄凉，但同时也必须更加坚强，所以这个赎回也正在孕育着更具有思想的人。

（32）我的梦想是得好死。

我从小就怕死，现在也怕。

我一想到我忽然离开了人世，而地球还在转，时光还要过不知多少个公元，我认识或不认识的人，还在来来往往，他们会忘了我，后世的人也不知道有我这么个人在这世上生活过。我跟一个朋友说这些，他说我心里不平衡，我认为不是，我恐惧的是对死的不可知，我不知道，那种大脑不能思维、心不能跳动、口不能言、眼不能望、鼻不能呼吸的死的感觉是什么，我怕的是这个。

（33）有一次家中有一把雨伞，样式和颜色都很漂亮，我很喜欢，我想，把它拿来做裙子肯定很好，于是，费了九牛二虎之力，把上面的钢条全拆了，经过剪裁，缝针，一连弄好几天，一条完美的裙子诞生了。我开心地把它穿在身上，站在镜子前，我觉得自己像一只美丽的花蝴蝶，美极了，于是就这样穿着，跑出去和伙伴玩，都说我的裙子漂亮，我骄傲地说，是我自己做的，可是当我穿它去小店买东西时，小店的阿姨用一种嘲弄的眼神看着我说：你这是雨伞吗？这样子穿就不怕下雨了。说完哈哈大笑，那年我8岁，当时一路跑回家，哭得很伤心。那之后再没乱弄衣服了……有一天，我会开自己的服装店……不再害怕别人的目光。

（34）我喜欢古文，因为我觉得它美，但是在古代汉语课上，我只想玩手机，睡觉，我觉得古代汉语老师的嘴就像机关枪，一直不停地向我们的大脑射击，我几乎瘫痪，不想上，体育课我喜欢瑜伽、艺术体操、慢跑。但达标、不及格等压力让我们神经紧张，一到星期三上午我就胃疼肚子疼。只想跑厕所……

（35）我的梦想是当个记者，因为喜欢新闻，加入了记者团……不能全部说真话。我想当一名真正的记者，或许这真的只能是梦想。

（36）……天然地想到上次从南门回来，经过教职工宿舍楼，看到几处温暖的灯光从楼房照出来，我想发个短信给老师，想去老师家坐坐，泡茶，聊聊，看电视，什么都行，觉得好久没去到一个人的家里，坐在家里的沙发上看电视了，现在想来，当时还是走过去了……

（37）我到一个宁静遥远的地方，当一名小学老师，那个地方可以很贫穷，但一定要干净，那里的土地河流天空，鸟的羽毛和孩子的眼睛都应该是干净的，我希望学生们可以送我野鸡蛋、野花、野果，但这个梦想不太容易实现，因我有双亲，我也知道，如果我叛逆了，他们就会受伤，甚至提起来会被别人嘲笑，看不起！

我最大的野心是可以挣很多很多的钱，然后去做我认为应当且值得做的事，我把这叫作"自由"，但的的确确是一种奢望。

（38）千万别让梦想照进现实，那样太疼了。

（39）梦想是一首诗，是海子的组合，我的梦想就是做一个为孩子、为灵魂歌唱的人。

（40）即使是父母也没有任何权利去决定孩子的一切，孩子愿意吗？他们喜欢吗？不要只是一句为了孩子好，为了他们以后的生活就可以为所欲为，忽略孩子的感受，如果以后我有了孩子，即便他没有好的工作，我也不后悔。如果可以我还想回到我父母恋爱那会儿，我会费尽一切力量阻止他们在一起，拆散他们，因为我一直觉得他们在一起是个错误。

（41）……小时候，一到晚上，就会有男孩到村子里找女朋友，他们拿着手电筒，挨家挨户找，女孩子出来跟他们玩，还有不少人被当成小偷，我那时十三四岁，都有人来敲我的房门，被我发现了，骂得狗血淋头，其实那时候这种交往方式很简朴（王注：海南黎族女同学）。

（42）我爸没说过，我妈没说过，不过老师说过："人要有梦想。"这话听起来跟"猪要吃饭"一个味，高中一老师喝多了，男的，很壮，在课堂上发飙："孩儿们，你们要做人上人！"挺靠谱的教学……

（43）我觉得我自己就是被学生、同学、班长、女儿，诸多身份束缚着，你不得不去学习，不得不与人交流，不得不孝敬父母……累啊！

（44）不知什么时候起，我觉得自己有点蒙古血统了，想去草原……农业不是国之根本吗，干吗都要考研去啊，放我条生路，我要去放羊！

（45）做梦都想知道人死之后，是不是还有某种游离物质，比如说魂魄。

（46）……渐渐发现曾经那些梦想，只不过是为了写作文，与我个人毫不相干。

（47）美国不一定全好，但他们的孩子会说出做自行车维修工、超市收银员这样的梦想。朝鲜不一定什么都不好，他们的孩子会梦想做一个纺织厂的工人，纺更多的布献给他们伟大的领袖，让领袖开心。而我们，想做经理人家不要，能做小职员，外面不稀罕，只能站在嫌弃与被嫌弃的尴尬地段做做白日梦。

现在，我没啥梦想。

（48）我想蒋方舟如果生在中国西部农村，如果她全家举债供她读到大学，如果她每日接受别人若有若无的轻视，我想知道她是否还会少年成名，是否还会怀揣着纯粹的理想在中文系微笑。单纯的内心需要强大的外力去保护。很多人，如蒋方舟，基本上有这个能力，但是更多的人只能藏着自己的"理想"，看着它变成"梦想"，在浊世中为生计奔波……我希望自己有一份好的收入，有足够的能力保护我的孩子不用为生计发愁，能够无拘束地读"中文系"，立志做个作家，然后在他（她）将成为蒋方舟之前，及时告诉他（她），生活和理想并不总是融洽的。

（49）高三毕业的时候，语文老师带着我去见了她大学时候的古汉语老教授。交谈中不可避免地提到了我所要去的未来。我老老实实地回答，我愿执笔，做一名记者。那位上过《百家讲坛》的老教授眯起眼睛给我说："这是一条说难走，很难走的路，也是一条说好走，很好走的路。就像那句很有名的话，森林里有两条路，人多的一条，人少的一条，你要怎么走。"我被他沉痛犀利的目光吓到，支吾着顾左右而言他，不知所云地扯了半天。他叹气说："如果你要走人多的一条，那么我什么都不教，什么都不说，那条路人很多，你追着别人的脚步走，会走到那个终点。如果你愿走人少的那条，那么我送你六个字：真实、正义、悲悯。"

我愿，如若我能够，我愿再次说："我愿执笔，做一名记者，走那条人少的路。"

（50）我以后一定要做生意挣很多很多钱，然后再认识一些有地位有实力的人，只有这样我才会在这世界上有尊严，才不会像小草一样任人践踏……

（51）爸给我报完名，中午就要回去，因为住一晚会花去很多钱，我把同学给我的八宝粥、饼偷偷放进爸爸的包里，等他回家路上吃，第三天，妈妈来电话说：带回来的东西很好吃。那时我很难过，鼻子很酸很酸的，不知爸一路吃的什么，或许泡面，或许什么也没有。

（王注：以上作业从大约300份作业中选出，占大约七分之一。）

4．如果被关禁闭

题目：假如因违反校规被关禁闭，你会做什么，可以在墙上涂鸦。

（1）想来无意，触校方锒铛，至此入幽窗。

一床一椅桌一张，满堂画壁目琳琅，

寸步难行又何妨，天地何处不徜徉，

金鳞岂是池中物，他日破窗愈嚣张。

（2）我是一只有老鹰梦想的麻雀。

（3）给我一本书吧，只要不是……

（4）暗无天日里阳光不锈（王注：连写在一起的、肿胖的、好玩的字体）。

（5）这里真黑暗，我们穿的白色球鞋是我世界中唯一的光明，它在微笑（王注：一只鞋和一行字——YEAH）。

（6）在墙上写：同志，如果你在我后面被关进来，请联系我的×××，我们成立一个"拆掉禁闭委员会"，为了自由奋斗吧！

（7）我们的朋友在外面，我们的脑袋在外面（王注：方块中的小人）。

（8）该死的学校，该死的老师，该死的教育，还有这该死的小破屋，你以为你是希特勒啊，搞独裁，等姐姐出去，定搞一个世界大战，口号就为"推倒学校教育这该死的挡道者，还自由于学生！"

（9）我要把我不喜欢的人的名字写在地上，用脚使劲踩，画得很丑很丑，喜欢的就画在墙上，画得漂亮一点……

（10）自由万岁！所有禁闭都是纸老虎。

（11）……一提笔，在墙上画了把吉他，突出画了吉他的六根弦，赋诗一句：引吭高歌，我爱何求。

（12）估计我会肆无忌惮地乱写乱画，先把关我进来的老师骂一遍……我应该是在担心恐惧下写什么，因为很可能乱写乱画也是一条罪行，那样再多关几天就太不值当了。

（13）我既然交了钱，就有权利选择去上谁的课，而不去上谁的课，交了钱，来找管，有病吧，我？

（14）啊，让我疲惫的身躯在这里静养。

（15）我会用蜡烛熏黑墙壁，因为我喜欢黑色，或者：

为人进出的门紧锁着

为狗爬出的洞敞开着

一个声音高喊着

爬出来吧！给你自由！

我渴望自由

但我深深地知道

人的身躯

怎么能从狗洞里爬出

我忘了还图书馆的书（于是进来了）

我以后一定记得还

放我出去打篮球

我还要吃好吃的

当然还得学习

多多当心少犯错

（王注：画了很多篮球动作）

（16）（略）

（17）（略）

（18）不就是一个错误吗，怎么就让我从天堂掉进地狱。我不相信人性是黑暗的，是后天的环境导致了人性更多的弱点。比如这个老师，他不接受我的意见，要把我关禁闭。是因为我当众指出他的一个错误，毁坏他好老师的形象，这会影响他评职称。对，绝对是这个可恶的环境害了他。我以后当老师也会和他一样？

如果是这样，我还是留在禁闭室吧。虽然这里没光。但这里够纯洁。

（19）你们把我关进来

我把你们关在这屋子外的整个世界

你们被各自身体关着

你们在外面定义着自由

连我的身体都关不住我

永远说要以我为坐标

瞬息万变的花朵

我自成一个世界

因常新常变

而永远年轻

永远问寻

永远热泪溢眶

（王注：文字在左边，右边一朵大大的玫瑰花，还有一只小蜜蜂）。

（20）如果我被关进禁闭室，我要在墙上画下老师的"恶行"与善举。比如我小学老师有个毛病，就是喜欢揪耳朵。每次我们出错，他就狠狠地揪我们的耳朵，可疼了。当然我们生病的时候，他也很关心我们，会给我们买药。我要把上学以来同学们与老师的斗智斗勇画出来。再画一个调皮鬼站在讲台上大声宣布：我要打败你们。而下面的课桌边上坐着所有老师。然后在墙上写下此刻的心情。偷偷想想老师看到这些画面时的表情。禁闭的生活也许不会无聊。再就是一人扮俩角色，在墙上写下老师与同学的针锋相对。想得太多了，这些事情也许做不完。不过还是要趁此机会好好表现一下现在的师生关系。

（21）如果我被关禁闭，我会在墙上画自画像，每犯一次错误，每被关一次禁闭，我就画一幅自画像。我想我会犯很多错，无论有意的还是无意的，到最后五个禁闭室都被"我"占领，我就成了这里的国王。无论你们在这里做什么，无论你们在这里说什么，我都会知道，因为我全方位地监视着你。我把所有的墙壁占领之后，逼迫建更多的禁闭室。这样我的房子越来越多，就可以搞房地产了。到那时我有钱了，谁让自己这么有才，拥有这么多禁闭室呢！所以，无论你们走到哪里，只要看到这样的标志（王注：一个类似猪八戒的快乐头像），就要想到这是我的标志，这是我的房产，我的禁闭室。（王注：又一幅头像）不要夸我帅，天生的没办法，每次出门都遭围观，总会引起秩序混乱，笑，再笑，小心我亲你……

（22）我会画一个大大的舞台（不，应该是演讲台），画一个大大的麦克风，再画十个胡悦，十个覃礼，十个见香丽（王注：都是她的同宿舍同学），再画好多好多乱七八糟的人物，他们的任务就是听我讲话，我站在讲台上，她们都得耳朵竖起来听我说话，没有打断我，也没有被楼管说我扰乱休息，哈哈，我成功地大讲特讲。

附录2　2012年学生信件文章选

我的童年（节选）

我是超生的孩子，为此我父亲不能再做我们村的支书，但是似乎他并不觉得遗憾。父亲与母亲都很苦，父亲常跟我说，我们住的那个房子是他和母亲一起盖起来的。

我有三个姐姐，她们的童年比我还苦。父母为了躲计划生育，为了生一个男孩子，她们被寄养在亲戚家里。大姐被寄养在舅舅家，她说那时候舅母常常弄好吃的时总是背着她，表姐们也总是会欺负她，把母亲给她的帽子丢到厕所，自然也是饱一顿饿一顿地过着生活。大姐是很要强的人，我想那时候姐姐的眼中肯定有着坚毅的目光。二姐寄养在哪个亲戚家我记不得了，二姐是个很"憨"的人，对于迎面而来的苦从来没有听她说过抱怨的话，这样的二姐童年不会好过的。三姐是个话痨，整天就喜欢絮絮叨叨地说，那时候好像是在姨妈家，她会跟那些哥哥姐姐吵吵，算是争取一些自我生活的利益吧。有时候惹怒了他们，她就得睡在玉米壳里，玉米的红帽会把人弄得全身都痒。

　　而父亲呢，就在大半个中国漂，这种漂一点浪漫的因素也没有，都是在下层中寻求着生存的资料。父亲当过兵，是因为家庭成分不好，部队上查出我父亲的外婆家是地主，于是他就被迫退伍了。当兵的几年中，父亲曾随部队四处开拔到过很多地方，有一次还到过越南，那时候他是班长。所以他不喜欢漂泊，但是得养活几个姐姐，还有怀孕的妈妈。他做过工地上的活，收购小麦玉米拿到别的地方贩卖，所有可以谋生的事都做过，也不敢明目张胆地回乡，我的几个姐也很难见到父亲。母亲自然是到处东躲西藏，日子更加难过，没有人在身边照顾，还时不时要跋山涉水，不管到哪儿都只能靠自己的双腿，她再生一胎还不是男孩，父亲沉默不语，他没有抽烟，只是为了省烟钱。他得做个决定，家里真的养不起孩子了，而且舅母说有一家因为生不了孩子，所以愿意领养孩子，答应会对孩子像亲生的一样。父亲沉默了几天，他终于下定决心。一个月后，我那刚满月的四姐就被送走了。走的时候是晚上，还下了雨，来背孩子的人撑的伞破了几个洞，父亲找了张塑料纸给孩子挡住才放心。母亲哭得死去活来。

不知道过了几年，母亲终于怀上了，没敢回家，到了舅舅家。母亲身材矮小一点，于是舅舅在他家屋子的后面用山上砍来的树枝搭了个小屋，不是舅舅不让我们住在家里，只是躲计划生育的执行者。那时候他们抓得很紧，见不到人就搜你的屋子，家里有什么值钱的都给你拿走。二伯母不知道出于什么用心，在一个很早的早晨跑到政府计划生育办公室把母亲在舅舅家躲着的消息给了那些人，还带着他们来我舅舅家抓人。那时候的村支书跟我父亲有些交情，又很同情我们家的遭遇，于是来到舅舅家门前就高声说话，给母亲溜走提供了时间，他们也不认真地追，母亲才又逃过一劫。

屋子基本上就只能放得下一张床，我就是在这个小屋子里来到人间的。我是在冬天出生的，在我们家乡，冬天对于穷人来说就是灾难。我不知道母亲是怎样熬过来的。在那个小屋子里烧火，舅舅找来干的树枝，火焰中树枝噼噼啪啪地响着。在村里随便找了接生婆，烧了点热水，在那个狭小的树屋里，伴着噼噼啪啪的声音我就这么唐突地来到了人间。就在这样的接生条件下，一切也都还顺利，这不得不归功于那个接生婆。对于父母而言，我的到来确实太晚太晚了。当母亲听说是个男孩的时候又哭得死去活来。父亲一下就懵了，一时间竟然不知道该干吗了。他掏出买了很久却一直放在兜里的烟一个劲儿地抽，大家都知道父亲终于舍得买烟了。记得雪莱的诗：冬天来了，春天还会远吗？熬过了那个冬天，我们家的春天终于迟迟地来了。

第二年开春，姐姐们全都给接回家了，除了那个送出去的我不曾见过的四姐。屋子还是被砸烂的屋子，可是毕竟这才是家。父亲那个时候是个永动机，从来不知疲倦，家里种了很多土地。我们那边是以种烟叶为主的，父亲一次能背 200 多斤。她和母亲每天早上天还没有亮就出去。拼了几年终于有了些积蓄，1996 年，父亲才请了人盖了现在我们居住的这个木房子。屋子几乎是由木头构成的，那些木头一部分是在山上去找的，母亲和父亲扛回来，在家门前的小溪里浸泡，再捞出来用锯子锯成可用的木材。另一部分就只能买，用马车拉一截一截的木头，每一截都有两三百斤重，全靠父亲和母亲的肩扛上马车。

房子终于盖好了，就差上瓦了。在我们老家，那个时候建那种木屋，在上瓦之前得请酒席，放上上瓦前的最重要的一根横梁，叫"上大梁"。要把亲戚朋友都请来，然后舅舅、姑妈家要挂红，用几丈长的红布盖在大梁上，在中间还要打成一个花的样子。然后到吉时把挂红的亲戚们带来的鞭炮都放了，大家就开始上桌吃饭。对我家来说这是个很重要的日子，这就标志着我家真正地立足在我们村了。在我记忆里这是我经历的第一次最热闹的场面了。再后来的一次是祖父的辞世，那时我还在大姐的背上咿呀。祖父离去是在病床上折磨了两年后，在他离开的那天，孙子中只有我在他身边，孙女们是不能在身边的。他模模糊糊地对我说要好好读书，大伯二伯他们很是嫉妒，于是父亲很骄傲。就这样祖父走了，父亲并不是很伤心，因为对于祖父来说这也是解脱。

父亲没有念过多少书，他读书时学费只要几毛钱，而且都是自己编草鞋卖换来的。读了两年以后就没有再读了，后来当兵去。所以父亲基本上是没有上学的，用他自己的话说是"没得文化的"。所以父母要我们几个孩子都要好好念书，不管有多苦都要好好念书，他承诺只要好好念书，他就算是拼死也会给我们足够的学费。父亲没有重男轻女的思想，但他对我们很严厉，不让我们犯错。有一次，姐姐去小溪洗罐子，罐子是母亲用来装糟辣子的，陶瓷的很容易碎。姐姐还小，一不小心将罐子打碎了，不敢回家，直到母亲去找她，才战战兢兢地回来，她不敢看父亲的眼睛，所有她能想到的恐惧都向她袭来。果然，父亲罚她站了很久，就像军人站军姿那样。

大姐最大，父亲对她最严，而这严厉收到了效果，大姐成绩一直很好，在班级里从来都不会跌落前三。一直到高中、到大学成绩一直都优秀。她比我大很多，所以父母以外大姐是管我最多的，尤其是学习上她对我比老师对我更严格。二姐就不一样了，她不愿意上学，读到五年级的时候就不去学校了，不知道她是怎么想的，反正就不去了，她就在家里帮着父母干活，做的都是大人做的活。三姐不同，她很努力，记得有一次我睡了一觉醒来她还在做作业。可是她差了些天赋，小学六年级读了两次也没考上初中，而且一年比一年考得差，于是只能辍学在家。

我也被父亲打过，而且是特别严重的那种。父亲退伍回来带了一小包子弹作纪念，我翻箱倒柜把它们找出来，拿了几颗出去玩，回来的时候丢了一颗。父亲知道后，找了一根小指粗的钢筋狠狠地抽了我，打得很认真。这是我童年中被打得最狠的，也是唯一的一次。至今还隐隐作痛，痛的不是因为打我，而是我伤了父亲。那是他本来就没有多少美的青春的记忆，也是他唯一值得骄傲的记忆。我却弄丢，丢的不止是子弹，还是他的骄傲，他的青春，我不可饶恕。

我是从学前班开始上学的，6岁，我自以为还很小，二姐背我，三姐背我们的书包。没有零花钱，也没有午饭，通常前一晚把干玉米炒好，放在包里做第二天的午餐，有时候会用面粉烙饼。总是我吃得最多，我不想吃了，二姐她们才吃。

还记得我们去偷人家长在地里的花生，我们不喜欢偷，父亲一直教导我们，他管得很严，但是我们没经得住诱惑，也可能是因为真的饿了，还是去偷了，但是太胆小了，尽管没人，我们每人急急忙忙地抓了一小把就没命地跑。跑了很远很远，确定没有人了，我们才坐下开始吃，真的很好吃，从地里刚拔起来的花生，生平第一次吃，唯一的一次，那滋味是从来没有过的。回家二姐就跟父亲交代了，而且是她一个人扛的。从此我们就没有再去偷过了，也永远告别那种滋味了，却有了另一种滋味。我读一年级，二姐就再也没有读书了，也没有人背我了。我怀念那种撒娇的日子，作为姐姐她早就超出姐姐应该做的。

再一次跟二姐一起去学校是我三年级的时候，那天是卖烟叶，二姐背了大概 80 斤吧，但是烟叶不像石头那样，80 斤的烟叶有很大一背篓的。走到一个很高的土坎，她想休息一下，但是没扶好背篓，二姐跟烟叶还有背篓一起滚到了土坎下面，那土坎很高，大概不止一层楼高吧。她不敢想一下疼痛，就马上翻身起来看看烟叶，还好烟叶被包得严实没有损坏多少，她又背起烟叶爬上土坎跟我们一起走。还回头看父母亲没有看见，欣慰了许多。不是怕责怪，是怕父母伤心。

我不能再写下去了。再后来我小学毕业上了初中，大姐上了大学，二姐依旧在家里帮着做事，三姐也辍学在家帮着做事。一年的忙碌还不够我跟大姐的学费。父母亲依旧那样早出晚归，不过大姐上大学以后家里境况好了点。我的童年就到此为止了。我感谢父母把我带到他们身边，感谢大姐在我学习上的帮助，感谢二姐的背以及教给我一生受用的滋味，感谢那些苦难带给我的所有滋味。感谢这所有的一切组合起来的幸福。

最后，我还得怀着歉疚的心对我的那些无知的伤害道声离别，并怀着太多的期望去面对未来。我知道苦难还太多太多，但是童年给了我太多对苦难的免疫，我早学会了面对。我的童年对我而言是座宝库，随时让我汲取面对一切的勇气，而今天的我坐在电脑前敲下这些干巴巴的文字，写不出那些生动，仅作为对我童年的祭奠吧。

来自贵州的大三男生

上街记 [①]（节选）

——一个大四学生写的一次亲历

跟您说说这几天我身边的事吧。

……

9 月 16 日海口举行了近万人的反日大游行。我们住普通宿舍的五名男同学全部参加了。

那天早上出发前，我看到我们宿舍楼对面几位男生拿着横幅。一开始我连问几声他们去干什么，他们都没人应我，最后我吼了一句，一个男生才小声地说：上街游行。

对于这次游行，我们五个也做了些准备。做横幅，写口号，买国旗，提前一天动员隔壁宿舍同学。遗憾的是最后也只有我们宿舍五个人去。

我们从宿舍出发的时候也是很小心的，所有的东西都用一个大袋子严严实实地装起来了……出东门的时候，门岗看见了我们。他们问我们为什么不等"大部队"一起出发。我们笑着说："我们没看见学校的'大部队'啊。"然后快速地出了校门。

---

① 题目为后加。

　　游行上午 9 点半开始，中午 12 点就结束了。我们五人下午 1 点半左右相继回到了学校。我向住我隔壁的广告系同学打听学校"大部队"情况，他说"大部队"被学校保卫处挡在了校内，双方起了争执，最后各退一步，"大部队"答应保卫处不上街，保卫处允许他们绕学校游行一周。了解了上面的情况，我明白了早上我问话的那同学为什么那么小声地回答我，以及我们动员了那么多邻居却没有一个人跟我们去。

　　晚上，我去听我们学院的"东方经典系列讲座"。坐我后面的两位同学聊起了当天的游行。女生问："你参加了今天的游行没？感觉怎么样？"男生答："很过瘾。"从口音来看，他俩应该都是东北人。

　　第二天下午一上课，任课老师也聊起了游行的事。他说："昨天保钓游行，我们学院只有五个学生去，五个人都在我们班，好丢脸，别去干没好处的事。"我当时听了感觉好惊讶，心里好难过。我不知道他们四个是否也有同样的感受。我在心里不断地问自己：这真的很丢脸吗？这件事我们做错了吗？艺术学院的老师都说只要我们注意安全，不打砸抢烧，很支持我们上街，他还动员大家去。

　　这堂课课间休息的时候，任课老师走到我们几个旁边。他笑着跟我们说："昨天是你们几个上街了吧。"我没有应他，一方面是我的嗓子在游行的时候喊哑了，我若出声的话肯定会被他笑话的；另一方面老师上课开头讲的话让我有点生气，我不想理他。我旁边的那个说话了："我们昨天的游行很有秩序，没有出现打砸抢烧。"老师又说："我是怕你们被人利用了。在国家目前的局势下，有些人就是希望老百姓走上街去。"同学又回答："我们上街也只是想让更多人知道钓鱼岛问题的事实，一点都不乱。""那我就支持你们去。"老师笑着说。真搞不懂这个老师，前后两番话的差别竟然这么大。

这次游行，步行了三个多小时，也喊了三个多小时。有点渴有点累，但更多的是感动。游行的人都来自各行各业：公司老板、餐厅服务员、街道清洁工、机关公务员、学生、外来务工人员……还有残障人士。各个年龄段都有：年纪大的七八十岁，白发苍苍，牙都掉光了；小的只有一两岁，被妈妈抱在怀里。队伍里也有好多台湾人，他们和我们一样，卖命喊着"爱我中华，还我钓鱼岛"。

站我旁边的是一位台湾大哥，四十来岁。一开始他喊"还我钓鱼台"。我问："你是台湾人？"他笑了。后来我再也没听到他喊"还我钓鱼台"。他嗓门大，一路领着我们喊也一路跟着唱国歌，我很感动。像他这样领喊的人有好多，很多人把嗓子都喊哑了，有人喊得声嘶力竭还在喊，很让人动容。有一位老人，穿着挺光鲜，七十多岁的样子。他跟着队伍从队尾走到队首，一直在大声对着游行人群说着同样的几句话，老人有点激动，语速很快，大家基本上没听清他说什么，都只是友好地跟着他应和着。我走路快，几次踩到前面人的脚跟，回过头来的都是一张友善的笑脸。如果是平时，我肯定又要遭人白眼了。置身游行人群里，此时此刻，我感受到了我们这个社会平时从未有过的融融暖意。

路旁围观的人也很让人感动。有人在跟着呐喊助威，有人在发放小国旗，还有人买了几箱水在路旁给游行人发水。一位坐在轮椅上的老婆婆一边不断地向游行人群挥着手，一边跟旁边的人说："你们也跟着去。"一路下来，我看到路旁围观的老人好多都流泪了，老爷爷，老婆婆，有的还一把鼻涕一把泪。看了很让人心疼，我几次眼眶都湿了，最后我忍住了。

昨天是 9 月 18 日，"九一八事变"爆发 81 周年。我从网上看到：全国好多城市都拉警报，撞警钟，举办各种活动纪念"九一八事变"。北京大学也以自己的方式来纪念它。遗憾的是，我在这个海岛城市既没听到警报也没听到警钟。我们学校也没什么动静。印象中，三年来，在我们学校，9 月 18 日跟平常日子一样……

春运二日（节选）

我并不曾想，把这次回家的路途当作一次回忆来经历，但结果证明，我必须把它当成一次回忆来体验。

凌晨 4：50 闹钟准时把我叫醒。见到了三位同行的伙伴（一对小情侣与另一名女同学）。虽是生面孔，但同行的这层关系瞬间就把我们的距离拉近了。一路没有太多交谈，到达港口，联系到出票人，顺利拿到了车船票。正排队等候进候船大厅时，变故突生。

广播凌空响起：大雾，琼州海峡全线停航，开航时间另行通知。苍蓝色的天幕之下，人群一下子闹哄开了，两条排队的长龙猛地就扭曲成两道紧锁的愁眉。我们四人不知如何自我安慰，站在原地，抱着雾气马上就能散去的信念。

两三个小时之后，背上背的电脑已将肩膀压得生疼，渐少的零食，倒为双手削减了重量。慢慢散去的人群，身后空出一大片空地，但浓雾还是将五米之内的景物模糊成了轮廓。唯一的男孩打电话确定了车票近日都有效的消息，稍稍安心了些。

没多久，港口工作人员开始驱逐我们离开大厅，被迫在一栏杆边卸下行李。双腿早已不听使唤，急切地搜寻能休息的地方。另两个女生都坐在箱子上，只是背着电脑。金属栏杆的冰冷直袭全身，但起码坐下了，心里有了点满足。三女生有一句没一句地聊了起来。男孩去火车站退票了。

时近正午，舍友来电告知，她（坐船）已在海上漂了整个晚上，仅剩的耐心已是苟延残喘，不得不到处打电话求援。我才发现霓虹公告栏上，14 日 23：00 全线停航的通知一遍又一遍地扫过，照亮了头上的灰蒙天空。雨是突然就下起来的，我们的第一反应便是：这雨应该能把雾给打散吧？稍后才想到撑雨伞。三种颜色，一下子点缀了整个雾蒙蒙的天空。

圆圆窄窄的铁栏杆把我们的屁股侵得又冷又疼，陆续地，我们都站起身，围成一周，把伞层层叠叠打成一个防雨檐，护着靠栏杆堆放的行李。说笑间，看着附近的乘客去了一批又另外来了一批。雨大些，散乱的人群中出现一小撮拎一大摞盒饭的人，男女老少都有，嘴中操着声调各异的海南式普通话，大声地叫：盒饭，刚出炉的盒饭咯！几乎是同一时间，一男一女清洁员推着两辆垃圾车走到大厅口停下，呼呼啦啦几桶垃圾装进车，二人推着走出了我们的视线，遗落的垃圾在流溢的污水中，发酵的气味。"看来人类制造垃圾的速度真是惊人！"女同伴大为感慨。

近 1 点钟，候船大厅前檐里躲雨的人群响起一阵骚动，两名警卫拖拉一男子突然冲出人群，直逼到我们面前。没及我们反应过来，其中一名警卫已将男子反身压倒在地，另一名警卫顺势将男子的一条腿扭弯成Z字，男子哇哇呻吟。旁边，一位瘦高的男乘客用生硬的普通话叫喊着："你们不要这样，行不行？有话好好讲嚯。"身后的人群也你一言我一语地说着。接着，第三名警卫冲出人群，跑到三人面前，用本地话劝说。男子趁机欲反抗，拉腿的警卫将其双腿抬起，压身的警卫就势抬起男子两前肢，男子被架去栏杆旁的警车内。三人的这一阵扭打，混乱中，我们拿行李躲进人群。透过人的缝隙，男子不断呻吟，警车门狠狠关上，长啸，划着S形远去。两三分钟后，人群重归沉寂，我们三人另找了个低矮些的栏杆，一字排开，各自打伞护着行李，彼此望着苦笑几声："这年过得""何必呢""至于吗"，便想自个儿的事去了。

2点半的光景，男孩回来了，递来冒热气的小笼包子，我感激地捏起一个放进嘴里，味道一般，暖意无限！

小情侣是下午5点的火车，时间早已来不及。不管是改签后没有座位的火车，还是昂贵几倍的大巴，都只能明天再出发，今天只要到湛江就行。而我和另一位女同伴，则必须争取4点前挤进大厅去。想到前年和去年，都是早早到达湛江火车站，呆呆地等上十个小时左右才上火车，也算是件幸运的事。我和女伴挤进攒动的人流之中，刚站稳，便被人海所包围，彼此必得大声叫喊才能听清对方在说什么。雨一直在下，人群中不断绽开朵朵伞花，一朵挤着一朵，一朵叠着一朵，一朵遮着一朵，一朵罩着一朵……伞尖汇就的缕缕水注，直泻而下，滴进后衣襟里，凉得很。我的前面是一对中年夫妻，男人稍瘦，背驮着一个近乎比他还要庞大沉重的牛仔包，一条背带还断了。女人胖很多，一手帮托着那个偌大的背包，一手拎着两个大桶。那是每年春运回家在火车站随处可见的石料桶，一个摞着另一个，垒起很高。不知里面装着啥，只觉得是绝佳的座椅。我很纳闷这些桶的必带性，同伴一语惊醒梦中人：都是农民工，打工用完了的，反正不要钱，质量又很好，就带回家用呗。"农民工"三个字早是耳熟能详，但其真实形象一直模糊不清。看着眼前一张张各异的脸，最明显的标志莫过于一双爬满茧的双手和一片折遍皱痕的额头；一口方言土语是一辈子丢不掉的根与恨；永远超负荷的行李时刻警醒旁人——这是一些从不奢望轻装出行的人。左边是个小年轻，一缕稍长的额发，泛着红，挡住了一只眼的光。从头到尾，没有说过一句话，只是死死地抓着手中被挤来挤去的提包。他的沉默与偶尔露出的苦笑告诉我：这是一个与我同样年纪，同样爱美，同样少经世事的青春生命。右边是一个精神气很足的大叔，没有打伞，行李也不多，却时时遭受着周围各伞倾泻下的水流，一脸涨满了晶莹的水光。间或伸出一只手来，往脸上胡乱一抹，甩下一片水花到我身上，然后不动声色地帮附近的伞移移位，转转角。队伍是什么时候变的形，全没知觉，突然发现，人群早成了一个伸缩自如的大气球，时而左边胀起，时而右边隆出，时而整体跃动，时而部分溃散。同伴不知何时已被落出三四人而外。偶尔冒出个头，头发直溜溜像刚洗过，对着我浅浅一笑，欲说还止。大厅的门隔三五分钟才开一道半米左右的小口，放进三五人去，便又合上。一个小时过去了，人海并不见得流出几滴水去。怒气越积越大，诅咒声、谩骂声、埋怨声，不绝于耳，以致只要门一打开，人群就会爆发出一阵哄吵，接着便是一股强大的挤攘势力，向前直涌。警卫的阻拦声隐约可闻，但眼见时间越来越迫近，我心中的气愤越发强烈，最终不得不吼出声来："前面的人怎么回事，把门挤开怕什么？就几个警卫啊！"许久，都没有回应，我也不再浪费唾沫而自讨没趣了。

接下来的一两个小时，作为警告，只要人群一有骚动，才刚拉开一个小缝的门便立即关上，三番五次下来，哄闹没有了，只剩低声细气的嘟哝和哀叹。一名警卫莫名地从人群中穿过，压抑不住怒气的人们大声朝他吼道："咋不开门呢？门开大点不就好了吗？"模糊听到回答："要保护小孩！""这样很保护小孩吗？屁！"我提高分贝质问，但声音还是为人群的喧哗所淹没。警卫很快便不见了身影，我只在心中惊叹：好人性化的处理方式！

近5点，才进入门槛，排开障碍，收起伞，空出早已麻木的左手，摸摸头，帽子竟全湿了。再回过头去，同伴已难见一丝影了。也是在越来越接近厅口时，我才明了，为什么几个警卫能把大厅守得死死的。只见一小队约十个警卫手挽手，奋力在人群中划出一道半圆弧，将人潮隔成两部分，弧内的小部分慢慢放进门里，弧外的大部分则隔在"警戒线"外，等待下一轮的划分。这是我曾在电视剧《长征》中才见过的景象，过草地的红军，手挽手，肩并肩向前迈步，以免有同伴陷入泥沼或掉队。而今，眼前的一幕，实在想不通其实质作用何在。两三轮之后，我终于因女孩子的身份，被优先挤送进保护弧内，成功走进候船大厅。从头到脚的神经瞬间松弛下来，牵拉四肢，缓缓拖着步子走向检票口，却不知检票已停，得等到下一艘航船到港。喜极而悲，还没等我重新振作起来，四周便又迅速地围满了人。另一轮拥挤大战即将开始之际，手机时间显示已过5点。怀着最后一丝希望，我死候了半个小时，检票人员仍无一点动静，终至绝望。我挤出人海，随意拾个座位坐下，等待厅门再次打开，然后逆人流，挤出这个我花了两三个小时、拼死拼活才进入的候船大厅。

才坐下，忽然，警卫员中唯一一名便衣女领导尖叫道："快抓住他!"循声望去,一名年轻男子正从门上的小天窗爬进厅来。三五个警卫一跃冲上前去,三下五除二便反铐起男子,狠训着推出门去。我也顺着打开的门缝,彻底远离了人群。

不幸中的万幸,网上订到了第二天的同车次火车票,当晚在亲戚家睡了个安稳觉。第二日一早再次赶往港口,人群稀落,全没有昨日的阵容。没有任何阻碍,顺利登上了轮船,随意拣了个位置,心满意足地沉沉睡去。再次醒来时,已是下船时间。在海安港等了半小时才联系到出票人,跟着一群同戴"湛江汽车站"蓝牌的乘客坐公交来到汽车站,搭上去往湛江火车站的大巴。无一人相识,照样是睡睡醒醒,嗑嗑零食,看看窗外一垄一垄或黄或绿的庄稼与漫天铺开的白云。蓝白交界处,一道清晰的曲线突现眼前,勾勒出重峦叠嶂的模样,萦绕着一种海市蜃景的错觉。

到达火车站时才下午2点,一路的阳光照耀着这个满地坐着人的地方。与去年一样,提前一小时才能进候车室。露天候车篷内或卧或坐,堆满了人与行李。我再无意争夺什么,排一小时左右的长队,取票退票毕,便找一花坛,沿瓷砖边坐下,行李堆放在地上,让其悠悠地陪我度过这剩下的七小时。手机电池不够用,不敢放肆玩,唯一能做的便是"观察"。这是一门自入大学以来,无数老师都曾予以教导的学问,而我一直未得其精髓,现而今,总算能静下心来参修一番，心里也觉十分值得……无论是什么样子的生活，其实都值得一过：这些在我眼前匆匆掠过的人，大多因没有受过什么教育而安于平淡如斯的生活，未必不是件好事。太多的争夺与期冀，未必会带给生命多于他人的辉煌色彩！

22：35 火车准时开动，找到属于自个儿的座位坐下，倒头便睡下去了。突然，一阵吵闹将我叫醒，惺忪间听到"大家同坐一趟车，彼此让让嘛！""妈的，我买了三张票，不让又怎么着？""拿票我看看！""你把票给我看！"闻声看去，走道另一边的座位上，面对面躺着两条汉子，弯折的躯体将六张座椅全占住了。坐在左边汉子脚边的男子难堪地站起身，朝火车另一头走了。而两排座位底下，铺着两条薄床单，一对夫妻曲着双膝躺在上面，正打着熟鼾。右前边座位上，一位黑皮衣大叔正呵呵地和其他人谈笑，说着自己前几天是如何因火车晚点两小时而上错车的经历，全没有抱怨，只当谈资与人分享。其身旁的乘客已进入梦乡，挂在车窗钩上的大衣遮住了整张脸，双腿搭在小茶几台上，呈一歪 V 形，呼噜声一阵又一阵……不自觉地想起，去年夏天在前往上海的火车上遇见的一位大叔。他就着方便面袋子泡面的神情与动作历历在目，再次将人类生存的惊天力量展现在我面前。

蓦然间，一曲轻快的调子打乱了我的思绪，近厕所的一头传来

"各位乘客请注意，您乘坐的为暴力火车，必得两车相撞才会停止厮杀……"的手机音乐，伸长脖子看去，车厢交接处，挤着好些乘客及其行李，排队上厕所的人几乎将那一小块空间掩得不留一线光亮。透过斑斑点点的细缝，扶栏边蹲坐着一个身着白红渐变衬衫的小年轻隐约可见，手持大块头手机，正笑嘻嘻地唱和。手机里一曲终了，小年轻仍不住嘴，自个儿欢快地清唱起某网络歌曲。不一会儿，手机中竟飞出《世上只有妈妈好》的铃声，轻柔曼妙，*丝丝扣人心耳*，整个车厢一下子跌入沉沉的寂静中，唯留悦耳音符催人入眠……醒了又睡，睡了又醒，如是几次，终于等到了窗外被光明所照亮，一个懒腰下来，才惊觉浑身已无一个舒服细胞了。勉强打起精神，与同座偶作交谈，吃吃东西，看看窗外，终于将剩下的一两个小时打发掉。

下火车，坐上公交，到了火车站外的十字路口，下车步行至汽车站，再转乘路过家门的客车，我正式踏上了回家的路。

齐仙姑 [1]

2012 年 2 月

---

[1] 海南大学戏剧影视专业 2008 级，中国人民大学在读研究生。

我在台湾的老师们（节选）

2011年9月至2012年1月，我赴台湾成功大学（后文简称成大）交换学习。虽然已经过去一年多了，但我依然常常梦回宝岛，想起那些可爱的人，难忘的事。巴望着有哪个去台湾的好心人把我装在他们的行李箱里带走。

9月28日是孔子的诞辰，也是台湾的教师节。来自东南大学的陆生（台湾这样称呼来自大陆的学生）韩雪娇告诉我，那天凌晨她4点起床去台南孔庙门前看祭孔大典，场面甚为壮观。很可惜我错过了，这本该是我人生中第一次在一个尊师重教的地域近距离感受礼乐大典的机会。

我在成功大学一共选了7门课，遍布4个系馆——成大的每一个系，都拥有一栋标志鲜明的教学楼。中文系馆大门，是那种古色古香的木质铁锁门。位于成大地标榕园附近的历史系教学楼则是"日据"时期司令部的大楼。

在成大选课是件很头疼的事情——太多有意思的通识课：宗教哲学、女性文学、放松生理学体验、公民社会、幸福学等。通识课相当于公共选修课，成大虽然是一个理工类拔尖的学校，但它依然注重培养学生的人文素养，每一个学生在专业课之外都必须完成一定数量的通识课学分。

网上的选课系统，制作精良。点击每一门课，都可以下载到任课老师的求学经历、学术背景，这门课的学期规划——精确到每一节课的上课目标、参考书目、考核标准等。这样的细致入微让我惊讶，如此一来，学生不必眼巴巴地等着老师来告诉你下节课的作业，也不会到学期结束的时候还一头雾水。

1. 王维洁老师

建筑系的王维洁教授开了一门通识课——"建筑与音乐"，主要讲授从古希腊古罗马到 20 世纪初各个时期西方的建筑、音乐以及宗教人文。我第一次去听王教授的课，被他的阵势吓到了：两三百号人的演讲厅，座无虚席。由于找教室费了一番工夫，只能和晚到的同学一起在后排过道席地而坐。之后每节课，我都提前 15 分钟去教室门口等候。

王教授自备古老的幻灯片放映机——这里的幻灯片不是我们上课常用的 PPT，而是用胶片制作的老式幻灯底片，幻灯底片都是他和他的学生们亲自赴欧洲各国拍摄制作的，而且他自带音响和唱片——从古希腊古罗马的鬼魅音乐到辉煌的古典音乐再到 20 世纪的现代音乐，无一不是值得收藏的珍品。每节课都有半个多小时的听音乐时间，我印象最深的是中世纪吟游诗人的吉他弹唱，美得动人。学期结束的时候他说："听 CD 不过瘾，下学期我开一门音乐欣赏课，把我们家的黑胶唱片和唱片机扛过来，我们听黑胶唱片。不过那门课我只能收 50 个学生。"说完下面一阵惊叹，而我只能在一旁默默叹息。

他也会把唱片的封面制作成幻灯片放给我们看，唱片被放在一张富有韵味的女子相片的旁边，再后来，这相片变成了一个可爱的小男孩。他说，这是我的妻子和儿子。教授的妻子每节课都会过来听课，坐在第三排的边上，边听边记。

王教授在欧洲求学多年，精通拉丁语，常常会在黑板上写一些术语的拉丁语形式，告诉我们这些词本来的意思。他常说，学习拉丁语之后再学习其他语言，非常简单。他是满族后裔，北京人，每年清明都会回去扫墓，每次和我们陆生交流，都喜欢带点特殊卷舌音"我是满族人儿，常回北京儿"，像个老顽童。

2. 刘梅琴老师

艺术研究所刘梅琴教授的课和王维洁老师的课一起让我对西方艺术有了系统的了解。我第一次给她写邮件，询问她是否愿意为我加签——那时她的课在选课系统上已经被抢完了，但是只要她本人同意签字，拿着加签单到教务处登记就可以了。第二天她就给我回复，欢迎我去上课。后来我也陆续给其他老师发过邮件，回复都不会超过一天。

临行前，我需要办手续的签单丢了，临近午饭时间急忙去宿管处补，老师不在。按经验，要等很久，正准备走，办公室另外一位老师说，你先去隔壁办公室坐着等会儿，我给她打个电话。5 分钟之后，老师回来了。简单询问之后，填上我的资料，打印，盖章，整个过程不超过 10 分钟。然后去教务和图书馆签字，都很顺利。回到海大，办复学手续，骑自行车在校园里跑了三天，才搜集全 8 个部门的印章和领导签字。

刘老师的第一堂课后，去找她签字，她知道我就是给她发邮件的大陆生，询问我是否已经在学校安顿好，还去她办公室喝茶。在成大，专职教师都拥有一间自己的办公室，每一间办公室风格迥异，布置上颇有个性。刘老师的办公室有两张桌子，方桌放书，圆桌摆茶具。

喝的阿萨姆红茶，加了点自备的糖，甘甜清香。被老师请喝茶，是我人生中头一次。闲聊中发现，我们都爱打乒乓球，便相约每周四晚上一起打球。宿舍楼下就有免费"桌球室"，这样，打球一直持续了一学期。

和刘老师打球轻松。在乒乓球桌上，她不是学富五车的老师，我也不是畏畏缩缩的学生，我们是朋友。刘老师球技很好，体力也不错，一开始我总是迅速败下阵来，她也不嫌弃我，慢慢教我握拍和移步的技巧。渐渐开始打比赛，一局比赛，我只能赢她三四个球。我每打出一个好球，她都会说：好球！凤婷有进步。她还对我说：等你哪次赢了我，我就请你吃饭。闲聊时，她讲小时候生活在眷村（内战失败后，国民党在台湾给撤退的军人及家眷兴建或配置的村落）能吃到全国各地的小吃。她问我有没有去台南以外的地方游玩。我说课选得有点多，她说，有时候玩比上课重要。

刘老师住在台北阳明山，她先生是台中一所大学的教授。她几次邀请我去台北玩，去她家做客，都被我耽搁了。离开台湾前三天，我打电话向她告别，她说，凤婷，你还没来我家做客呢？要不要来台北玩？盛情难却，虽然还有一篇期末报告没有交，那天下午我还是买了去台北的车票。

碰上大选前夕，交通拥堵，原本四个小时的路程被延长至六个小时。挤上地铁，已经是晚上 8 点。刘老师和先生开车去地铁站出口接我。他们身穿运动装，刚打完球回来，正等着和我一起吃饭。

一直听说阳明山是台北的富人区，但刘老师的屋子装修简单雅致，没有富丽堂皇的卖弄。"十几年前的老房子了。"师丈说，他指着门口的一棵大树，"那时候栽的，现在已经可以乘凉了。"已过 10 点，刘老师沏了一壶茶，拿了些小吃，我们开始聊天。师丈很健谈，在他面前刘老师不怎么说话，是个小鸟依人的太太。

师丈讲他们的罗曼史。有一天他去图书馆自习，一抬头，被对面坐的女生迷住了，情不自禁开始为她画像。离开的时候，他把这张画送给了女生。不久之后，两个人由面对面自习，变成了手牵手自习。但是女孩家境很好，不允许她和穷小子来往。女孩最终选择了爱情，与他私奔。说话间，刘老师拿来一张装在相框里的画，画中的女子清秀淡雅，正低头看书。二十几年前的笔墨，一如昨日清新。现在他们每周晚上在家就窝在客厅一起看电影至深夜，惬意自足。

在此之前我一直对年长的老师怀有敬畏，怕自己太浅薄，不知道说什么好。刘老师，特别是师丈，让我明白，和老师在一起不需要有什么顾虑，在老师家聊一晚上的天，比在学校上一学期的课都值得。

3.陈德安老师

台湾文学系的陈德安老师是个大光头，身形高大，心思细腻。认识他是个美丽的意外。本是抱着旁听的心态去上课，却发现那天我第一个到教室，德安老师在寂寞地吃早餐。我刚进去，他就让我签到，得知我是陆生，浙江人，他分外开心："我父亲是浙江定安人。我们是老乡！"一节课之后，我拿出最后一张加签单，而他也爽快地签上了自己的名字。

这门课，他一共收15个学生，由于频繁地布置写作和阅读作业，几周之后，一半的同学消失了。他倒并不介意，只是当有一大半的同学没有读完他要求的书目就来上课时，他有点生气了，因为他和学生无法交流。期中之后的表演训练课，常常只有四五个同学。他虽然嘴上会说，台湾文学系的学生太不像话了之类，但上课时依然全神投入，忘我地手舞足蹈，平常的几句台词，在他安排下，张力十足。他教我们感受风的轻盈、泥土的黏性、水的动感，然后用身体表现它们。在此之前，我从来没有如此细腻地去发现生活琐事与身体、与表演的关系，这门课，让我感知了身体的无限可能性。

德安老师曾赴欧洲学习戏剧，他是台湾文学系的兼职老师，上课之外还有一份策划师的工作。为什么还想做老师，我想是出于热爱。他会认真阅读每一份习作。有一天他说："你们把自己的空闲时间告诉我，这几周我想和你们在课外约谈，聊聊你们在剧本写作上的问题。"这是我第一次和他单独面对面交流，在他的办公室，他告诉我如何在想象和理性之间转换，让我直面很多之前写作中常常回避的问题。后来有一次，他担任中文系传统活动"凤凰剧展"评委，他把每一出戏的剧本都仔细看了，比赛结束后，他又单独约编剧们喝咖啡聊天，那天中午下课，他问我："凤婷，你想不想一起去听一听？"这些本都是他分外的事情。回海大之后，当有一位专业课老师在课上当着全班同学的面一篇一篇地翻看我们的作业，并反问我们"你们的作业还需要我课后花时间看"时，我越发想念德安老师。

德安老师常会收到朋友送的戏剧演出和讲座的票，会派发给我们。台南人剧团进驻台南文化中心，有很多的讲座和向市民开放的舞台剧训练课，我都从德安老师那儿拿到了免费票。临近年底，在高雄有一场向台湾流行音乐致敬的演出——《如果没有你》，可惜，知道得太晚，票卖完了。演出前一天，德安老师在课上说，明晚云门的新作在高雄首演，建议你们去看看。我一声哀号。下课之后，老师找到我说，他还有票。因为另一个陆生也特别想看云门的演出，我厚颜无耻地问，有两张吗？他将剩下两张票都给了我。演出当天，他陪同着他的母亲一同出现在现场，我远远地向他打招呼，感谢他让我这么近距离地观赏一出声色饕餮。那两张票的位置很好，我第一次被舞蹈感动，第一次知道原来舞台上的色彩可以这么美。

4. 曾吉贤老师

影像实务课是去年交换去台湾的学姐推荐，理由是老师很可爱。曾吉贤老师确实可爱，中年男子，黑框眼镜，留着摄影师常有的自然卷。他常常说着说着就冒出一句闽南语，好像不用闽南语，他就无法精准地表现出这个词的意思，这时台下通常会哄堂大笑。一开始我只能问身边的台湾同学，才能把握住笑点。他很谦卑，不管是对生活，还是对学生。

曾老师不太讲技术，喜欢讲感觉，讲按下快门那一瞬间的感受，喜欢老式的胶卷相机，鼓励我们每个人每天都拍一张照，记录生活，当然不是自拍。除了上课之外，曾老师也自己拍纪录片。12月下旬，他拍的关于台湾绿岛历史的纪录片在成大公映，他提前一周在课上"打广告"，说有个不太知名的导演，拍了一部听说还不错的纪录片，如果大家有兴趣，可以去看看。

5. 简义明老师

台湾文学系的简义明老师是个小个子，他的课是导演专题。有侯孝贤、杨德昌这样的台湾电影前辈，也有姜文、贾樟柯、许鞍华这样的大陆、香港的电影人。我在他的课上看了《恋恋风尘》《南国，再见南国》《牯岭街少年杀人事件》等电影，重新认识台湾人的台湾。简老师会为每个专题安排几本导读书目，帮助我们更好地理解导演和电影。我是那门课上唯一的陆生，看完《让子弹飞》之后他问我，姜文这部寓意这么深刻的电影，是怎么通过审查，拿到上亿票房的？简老师对大陆的电影有很大的兴趣，有一次他问我，除了大众所熟知的电影，你还认识哪些片子不错、不太知名的独立电影人吗？我哑然。海大老师在课上都喜欢让我们看欧美的大导演的电影。又有一次他问我，他要去深圳开一个电影年会，深圳哪里有淘碟的好地方？虽然不能直接帮他，但我告诉他在万能的淘宝上，一定有他想要的。

印象最深的是他的办公室，简直就是一间藏书室。好几个书架，堆满了书和碟。他向我推荐好书借给我，还书的时候，我想要是他在海大该有多好。临行前，我向他告别，他送给我一张林生祥的CD《大地书房》。

6. 廖玉如老师

中文系的廖玉如老师是我和另一位韩国女生朴智垠的导师，我们共同选修了她的戏剧制演课。廖老师也曾经赴英国学习戏剧，她经常用剧团的训练方法，让我们放松自己的身体，对舞台上的队友产生信任感，打开想象力，做各种即兴表演。她的课在地下室一个黑盒子小剧场里。第一节课，她说，修我这门课要自己写剧本、排戏，很辛苦，但一学期之后，你们会成为非常好非常好的朋友，绝对超过那些坐在教室里听课的同班同学。后来的课堂上，我们常常被任意组队，挑战各种题目的即兴创意表演，每一次上完课都筋疲力尽。最后几周我们小组不断地修改剧本，制作道具，常排戏到深夜，但乐此不疲。虽然只是一场内部的汇报课，但大家都做得非常认真。临行前，给我礼物请我吃饭的朋友，大都是那个课上结识的。

很多对戏剧感兴趣的外系学生也乐意选她的课。而且很多是大四的学生。当我们大三就叫嚣毕业怎么办时，我在成大认识的几乎所有大四学生都在安安静静地上课，而且和他们合作的过程中发现，他们做事情比大一的学生更认真细致。学生在学校上课，在他们看来是理所当然的，不管你是几年级的学生。

除了自己表演，廖老师还要求我们一学期必须看两场戏，期末上交票根和看戏心得。她说，只有你站在剧场里，大幕拉开，才能感受真正的戏剧。不过她也教我们省钱的方法，提前一两个月预定，通常能买到折扣低的票。

台湾的土地上滋养出几个非常棒的剧团，比如赖声川领衔的表演工作坊，李国修领衔的屏风表演班，还有台南人剧团等。我很好奇为什么会有那么多年轻人愿意聚集在一起，一遍一遍地磨剧本，磨表演，用一年甚至更长的时间来打造一出戏？我相信我是在台湾的几个月里爱上了我读的戏剧影视这个专业，回来之后，当身边人都关心毕业之后一个月能挣多少时，谁还有心思去考虑这句台词怎么念更合适呢。

周凤婷 [1]

2012 年 10 月

---

[1] 海南大学戏剧影视专业 2009 级。

小羊羔记（节选）

——暑假实习记

1. 初来乍到

暑假实习提前了。是自愿的，张老师帮忙联系，报名13人，5个安排在文昌草皮公司，8个人在海口观澜湖高尔夫球场，都跟草打交道。

我来到世界最大的高尔夫球场。刚来时，带着打兴奋剂的心还不能安顿，想起大学第一堂课专业老师说这个行业是最有"钱"途的，我们爱听这个行业一把手草坪总监年薪百万，屡听不厌。直接就上成功台阶，想想谁不爱复制，在这个爱幻想的年纪，没有抗体的脑子。

以为可以沾上世界最大的光，却不想只是外包公司的临时工，在职位一栏填上"绿化工"那一天，想着也可以绿化别人了，别提有多高兴。

一个老员工说：以前国艺有100多个农民工，现在只剩30多个了，走的走，裁的裁。我们算是补充的新鲜血液了。

接下来的几十天里，与十几个农民工一起"数太阳"。背着太阳拔草、浇水、打虫药、割黄叶、收垃圾、扫马路、修路、搬花、修花、晒太阳、拔树、种树……一起工作的阿姨大叔想不通怎么还有大学生来干这种活，有个路人直接问：学生也干这活，学苦力？

我发现每天背着太阳干活，流着不说话的汗，倒不如当个多心的人，写写我们之间与太阳的对话，对着也好。这篇记录文字就这样发生了，也许它是无声的，也期待"润物细无声"。

点名签到知道人在不在来不来，在学校上课，学生与老师保持一种不信任，"到"或"不到"而已，在外面打工可能成为主雇之间沟通的方式，没有人强迫你开口到、不到，这是一种野外生存法则，老白（经理）说，你给他发钱，叫他干什么都行。

黄大喜写他自己的名字，我发觉"黄"字总少写一横。他说，以前家里穷没上完小学，不会写字啦。这一横可"值钱"了。至少在那次提醒后，他写得挺认真的，生怕还会掉下什么的。

陈二有一次干活时说：昨天一早就安排在南区干活了，还没签到啊，会不会那天就说我不干活。签到表有两份，一份在老白手上，一份给民工自己签到，没签到的干活不算，干一天活值四十几块钱。

干活第一天，老左（主管）发给我们六把新砍刀。从今儿个起，我就是带刀的男人了。后来，他要我们把刀收回时，刀都不见了。

老左说：那好办，从工钱里扣，要不你们得让我看到六把刀。

曾同学说：不可能每天叫我们带刀吃饭睡觉吧。

刀是怎么丢失的，谁也不知道。每次干活回来，我们都叫它躺着，现在仓库一把刀也找不到了。一把砍刀值 20 块钱啊。

老左说：那没办法，扣吧！

有一次在球场拔草时，跟一个工友聊起来。

"公司有给你们买意外保险吗？"我问。

他说："意外保险？没有。"

"不会吧，你们不知道吗？"

他迟疑一下说："你是说 5 元保险吧，那个每个人都要买。"

我们曾在办公室听到老白对冯管说，别给那些学生买保险了。但发工资时，我发现保险费来回扣了 10 块钱，竟然也没有任何票单。那发生意外怎么办，听强哥（主管）说起，其实那个不用担心，到时候还来得及办。

现在我们跟十几个工友以羊群吃草的姿势拔草。偶尔也会愤怒，但不会咬人。这活要有人背着割草机在树下画个圈，然后我们像羊群冲进那里，一会儿就拔干净了。

我们来多少天，都在掐着手指。有人在这里待了一年零几天，有人一个月零几天，日子数着。有人说，你知道每天在太阳底下暴晒，会晒出钱啊！

我问白经理，我们什么时候发工钱。他说，这个月 28 号。

"我们干了 19 天，是全部发完吗？"

"不，先发 11 天。"他边说边数着十根手指，来回盘算着。

2. 我们是来做什么的？

聊聊我学的这个专业：草业科学（高尔夫草坪管理方向），本科四年让人觉得是技校。在一本高尔夫杂志读到一篇文章《高尔夫球场为什么拒绝大学生》，心里顿时拔凉拔凉的。有业内人士说："现在每个球会都在亏损，每天客人也就这么多，竞争又激烈，光靠打球的营业额是支付不起球场的维护费的。"难怪有人就说，一个球场最重要的是拿地，拿地开发。

现在大学里开设了很多相关的高尔夫专业课程，听专业老师说，以前高尔夫行业很有"钱"途的。中国人改不了盲目跟风的脾气，见哪个行业有市场、有钱赚就立即跟上。

但了解到真正是学这个专业出来从事的，没有几个。我们学了四年的专业书，结果一无用处。"教育的目的，并非制造学者、专家、寻找工作的人，而是培养完整的男男女女，使他们从恐惧之中解脱出来，因为唯有在这样的人之中才有持久的和平。"这是 20 世纪灵性导师克里希那穆提说的关于教育的一段话。

……

早上我在球场收垃圾，遇到几十个阿婆弯着腰在石堆里拔草。那些摆设好的火山岩石是设计师仿造大自然的杰作。阿婆们驼着背要碰到它们了，硬的硬，弱的弱。村上春树说：以卵击石，在高大坚硬的墙和鸡蛋之间，我永远站在鸡蛋那方。无论高墙多么正确，鸡蛋是多么的错误，我永远站在鸡蛋这边。

因为管人的来了，就没有跟她们多说话。阿婆们是另一个外包公司的临时工，工钱是按天算的，不包吃住，45 块钱一天，两个月发一次。有人说，最迟的两年才发一次。没有听她们抱怨过钱，有阿婆说，现在的年轻人哪能比老太婆干活吃力，儿媳孙媳估计现在还没睡醒呢。

我发现越是明令禁止的，我们越不想去守规矩。捡球是我们在球场干活的时候，最爱的"运动"。我们花不起几千块打 18 洞的高尔夫，但可以偷偷捡出那些不愿进洞的球，静静躺在隐蔽的地方，通常不为人所知。

大哥说，外面有人收购高尔夫球，练习球 5 毛一个，其他的 1

块钱一个，要看质量好坏。我问大哥，他怎么不去捡球呢。他说那混球有个屁用。陈二是民工当中最喜欢捡球的，如果在球场拔草，捡球也是她的一项工作。她知道外面哪有收购，也懂得分辨好坏。她把捡到的球装在黑袋子，塞进胸前，这样可以躲过检查。她一般不坐公司的员工班车，而去挤国艺的大货车，几十个民工挤在车厢后面，才不会害怕。

有人说，中卫以前捡了一百多个球藏在路边，后来他忘记在哪了。

我捡了30个，曾同学捡了42个，阿包捡了20多个，姚同学捡了几个，女生那边也有人捡了几个。我发现我们都喜欢圆的。

有人说，被保安抓到，一个罚200块钱。

刚来几天，同学们商量等离开的时候，买一条烟送给老白。有人提议，再写写感谢信。我说，没必要吧。有人说，来当天就塞了两包烟给领班，先堵住他的嘴。

后来，礼没有送成，老白死活不要。想想那天是在人多来往的广场送，有人先说：感谢你这些天对我们的照顾，我们有一点心意送给你。讲了半天感谢，拿礼的人还是没拿出烟来给老白。最后拿了，老白怎么也不接受，要知道我们8个人围着他送的（众目睽睽，有这么送礼的吗）。

3. 烈日下

有一天下午，我和姚同学被派去酒店的后花园搬花摆花，晚上这里要举办一场婚宴。现场需要很多花和石头。

我问女工长：今天有人结婚吗？

她说：是啊，不在室内搞，偏要在外面办，累死了。

我说：那浪漫吧！

她抬头看了天说：真想来场大雨，就不用那么累了。几车几车的花和石头要搬上搬下。

我看到一个女孩在搬花时溜号，靠着搬运小车的柄手，望着三层楼高的婚纱照停留了几秒，眼睛饱含着水分。此时她该有多大的想象。

我发现这个球场的员工碰面都喜欢微笑，露出牙齿招招手，要让人感觉很有礼貌。有人说，她们学校还有专门学习微笑的课呢。有人在免税店实习，她说上班时间必须面带微笑，不然被发现要扣钱的。

后来我在宿舍的信息栏看到一则学习内容，要学会对人微笑。看来他们学得很标准。

看过电影《盗梦空间》的人都知道，梦可以造，造梦师任意改变梦的结构，甚至让人误以为是在真实的世界之中。太阳很大，蹲在马路边拔草，突然谈起梦来，曾同学说，昨晚他梦到跟范冰冰谈恋爱，还很逼真。他说平时不怎么关注范爷，却突然闯入他的梦。我在想这样的梦会不会重复。他说，以前经常会做重复的梦，有时会不知不觉改变梦的结局。我想，要是做个"你想做什么梦"的调查，肯定很有意思。

人是不是可以有意或无意造梦呢？

"据消息 2010 年中国农民工总数已超过 2.4 亿，其中 60% 以上是 80 后和 90 后的新生代农民工，这个群体大约 1.5 亿。"

我说自己了解到的情况，在这里干活的大多是 35 岁以上的民工，只有几个小伙子。因为在户外干活天天晒太阳，大家都是黑的模样，你白了就不好意思了。所以没有几个年轻人愿意待下去。他们大多数是海南当地农村招来的，有些人说不好普通话，不耐心听就不知道他们在表达什么。有的人没上过学，识字不多，总会有一些人心里瞧不起他们。

跟他们相处一个多月，慢慢发觉他们都是有故事的人。故事本身没有多大意义，但是他们存在。

黄大喜。海南当地人，第一次听到他的名字就想到大悲大喜这词。他看起来骨瘦如柴，他说肚子吃不惯食堂的饭菜，我叫他以后要多吃点，才有力气干活。他说有什么办法，在家吃惯了咸菜配稀饭当早餐。

他在农村生活三十多年，第一次外出打工。他说上过一年级，那个年代家穷，读不下去。他说脑子现在不好使了，刚来的时候普通话听不懂也不会说。而很多想法，用言语表达不出来，只能笑嘻嘻。

能在这里打工，是靠同村的黄大春带他出来的。有人说大喜还没有讨到老婆。我问大春是不是真的，他说他自己都没结婚，哪轮得到大喜呢。

有人问：大喜，有没有去过那个啊？

他说：什么？

"我请你啊！50块的你要不要？"

大喜笑嘻嘻的，没有接下去。

黄大春。他经常举起五根手指说，再过几天就有50岁了。他家里有五兄弟：国、春、丰、仁、哲。大春开车技术比较好，经常是开柴油车载我们去干活。我们说，大春哥上班开慢点，下班就开快点吧。"那是不行的，早归晚到被人举报就挨骂了。"

他提醒我们不要轻易跟陌生人出去，有危险的。赵亚蓉说，有一天在车上老白突然叫她晚上出去吃饭。她直接拒绝了。

有一次大春说他得病了，可能见不着他了。我们说，怎么会呢。他笑呵呵地说，有病就拿去"修理"。他去拿体检报告，冯管叫他回家治疗。他摸摸胸口说，肝在这里，有病了。

开车回来的路上，大春指着路边一块"女模特泡在温泉中"的广告牌说，哈哈，能那样洗澡该多好。那幅图水蓝得很，天很假，水看不到底却浮出两张一个模样的脸，没有下半身。大春说，晚上会吓着人的。

大家劝他赶紧找个老婆吧，大春说知道我们是在安慰他。他说不是不想，你生活过得好就要，过得不好谁要你啊！在海南农村结婚没有几万块是成不了的。他的姐夫经常叫他没事就多回家，他说没有老婆哪来的家。

陈德江。在我们一群人当中他是年纪最大的。我问他多少岁了，他举起四根手指说，有54岁了。他在这里也待了一年零几天，没听他抱怨什么。他说在哪里都是干活，以前在村里种田，送了两个儿子上大学到毕业。现在种田成本高了，挣不了什么钱，什么都涨，还是来这边打工好，有吃有住。

他儿子不支持他出来打工，但他笑呵呵说，现在过好了，偶尔还能打电话说说话。他两个儿子在外地工作，很少回家。他对生活充满期待。

阿智。海南东方人，80后，做过保安。有人私下叫他"黑鬼"，因为脸晒得很黑，不过他洗澡时，除了晒黑的，其他地方比女人还白。

他爱干重活，不喜欢拔草，所以他能偷懒就偷懒，活是干不完的，不然明天干什么。

他还爱"打奖"，买2块中1万6，买200中160万，那就发财了。他说上次差点就梦到奖了，有两个码对不上。这里的彩票是私人老板按照每期七星彩的前四位号码来开奖的，民间经常买的是这种私彩。他说球场里有人做庄，外面就更多了。他说他买一次就200多块钱，不敢打了，单是"打奖"花了他几千块钱，几个月是白干了。我没有问他有没有中过奖。

中卫。有人说，中卫在外面找不到工作，别人嫌他矮，中卫很木讷，其貌不扬，年轻人。平时一句话也不哼，大春说他连屁也舍不得放一个。在这里他待了一年零几天。发钱那晚，他一个人在角落一张一张地数得可认真了。

陈二。阿包管她叫二师傅，不知道她听懂没，因为她很会捡球的缘故，有一上午捡了十几个球。我们都喜欢向她请教怎么样才能捡到球，或跟在她后面。她不会说普通话，是客家人。后来曾同学说，他干活时教二师傅说了不少普通话。

　　她随身带着一个黑色挎包，是唯一一个带刀上下班的人，也是个循规蹈矩的人，要是老白吩咐今天上午不拔完草，就不下班，她都会很紧张。

　　二师傅会说的一句普通话：白经理会骂人的。

　　张春南。我们要离开的时候，才知道她是越南人。十几岁就嫁到海南了，她没有说是怎么过来的。在我小时候的印象中，海南90年代后期有很多农村人娶了越南女人当老婆，我住的村附近也有一些女人是越南人。上了年纪的农村人为了传宗接代大多选择花两三万娶个越南女人当老婆，但很多人嫁过来后，不久就跑了。听大喜说，大春以前也娶过，后来人跑了。

　　球场也有过一些越南女人来干活。张春南是幸运的，她四十几岁了，在海南某乡镇上生活着，有一个上中学的儿子。这样的异国梦，是不是她当初想要的，就不知道了。

　　徐大哥在球场干活时找到一个野鸡窝，有5只刚出生不久的黑小鸡在叫。他送了3只黑小鸡给曾同学喂养。曾同学说：昨天还需要掰开嘴巴喂食，今天早上起来发现会自己进食了，看来小家伙进步神速啊！阿包为了辨认每只小鸡，给它们的脚系上不同颜色的绳子。没有系绳子的那只叫"呆子"，它在三兄弟中最不活跃。系上红绳的叫"小红"，这只最凶猛，活蹦乱跳的。系上白绳的叫"小白"，阿包领养了它。它们的窝换成老鼠的笼子。曾同学和阿包高兴地把它们带回学校宿舍里饲养，准备接受"新教育"。

开学第一天，"呆子"摔了一跤，不久就闭上了眼。

第二天，最有活力的"小红"，绝食死了。

第三天，"小白"无人看管，晚上才被发现死了。

终于发钱了。老白说，干活累的时候，想一下明天发钱就不觉得累了。30 号晚上在屋子里，几十个人坐着等待发钱的人到来，他们之间有说有笑，他们此刻是幸福的，像花儿一样开放。

他们说，每个月 20 号结算工钱，28 号发放。每个月都要扣压 10 天左右的工钱，有人说，全国各地都是按这样算的，有什么办法。有人因为没做满三个月辞工被扣二百多块钱，他们说，这样的事经常发生。

我们拿到了自己挣的几百块汗水钱，顿时沉甸甸的。

叶长文

2012 年 9 月 19 日

去毕节看清山（代后记）

1. 缘起

几年前，在微博上认识了一个湖北的女孩，她大学毕业后回了小时候读书的小学校做了一名乡村教师，曾经收到她发来家乡下雪的照片：下课了，孩子们在雪地里扔雪球。

我很想知道一个千辛万苦走出来的人怎么样再返回去，回到自己读书的地方给另一群孩子做老师。拖拖拉拉没动身，直到收到她的私信说，她决定辞了乡村教师去上海另谋生路，家人强烈反对，很快，她顶着压力去上海了。也就是在那段时间，听说从海南大学毕业的我曾经的学生清山回家乡做老师了，当时正写《上课记》再版的序言，其中有这么一段：非常想找到更多的同学，比如回老家贵州毕节当了乡村中学老师的赵清山，很想知道他的学校附近是不是像他当年作业里写的，真的有一棵香飘全镇的桂花树。

没能一下子找到清山的联络方式，就放下了，拖了快一年，等联系到他，已经是 2017 年的暑假，赶紧约定 9 月一开学就去看他。

　　前文有写到清山，他有一张方脸，大眼睛，总是笑呵呵的，总比别人早到教室，默默坐在前排。因为曾经在 1999 年，我去过深圳对口扶贫的贵州毕节织金县访问从深圳去支教的老师，对毕节乡下有一点了解，课后，和清山聊过对乡村学校和贵州毕节的印象，比如吃折耳根能上瘾。

　　我知道他 1990 年出生，父亲是白族，母亲是彝族，他上面好几个姐姐，他父母好不容易才得到他这个男孩。

　　大一的时候说梦想，清山的梦想是将来在贵州老家有个院子，院子中心有一棵桂花树，一定要是桂花树，一开花，周围的人们都能闻到香，他就想坐在这喷香的树下，有一把椅子，坐着看书……

　　早早订票，早早把航班告诉清山，他说他来接我。

2. 在乡下有两辆车的清山

　　在毕节飞雄机场的人流车流里，我想象着清山会怎么出现，估计得租一辆专门在乡间跑的营运车，听说从机场到他学校有 70 公里路程，汽车得走两小时。

一辆白色越野车靠得很近，有点意外，清山从驾驶员位置探出头来朝我笑呢，而抢着下车帮我拿包的是个相当麻利的女孩。

赵清山的外貌几乎没变，还是笑呵呵的。事实上，细看才会发觉，毕业三年了，他的变化不小，更结实更镇定，是个成熟的大人了，时间就是中国孩子的成人礼。

帮我拿东西的是清山的妻子杜老师，她和清山都是毕节大方县当地人，2014年她从贵州师范大学毕业，同样回乡，在另一所乡村小学当老师。城市有城市的孤陋寡闻，大多年轻人毕业后想方设法在大城市就业，很少听说回家乡的，真到了乡下，发现选择这条路的并不是一个两个。

偏远的乡村没有交通工具非常不方便，他们贷款买了这辆能跑些山路的车，方便的同时，也背上了贷款的负担。

得说说乡下的车。在毕节下面的县城和小镇经常遇见露天卖车场，好像特别鼓励人们买车。大城市堵车，没想到乡下也堵，赶场的日子，小镇中心拥挤得很，很难找到停车位。车辆、行人、牲畜走的是同一条路，汽车显得最霸道，长声鸣笛，尘土四起。

清山他们有两部车，越野车和摩托车，坑洼颠簸又拥堵的乡村道路，骑摩托车去赶场或者去偏远的乡下学校才更方便。

清山眼睛里有种脆灵灵的光，好像藏了什么不一样的东西，可能那是不同于汉民族的某种遗存。他在乡下开车，驾驶位那侧车窗几乎总是开着，随时探头出去和路人打招呼，好像他认识乡野里的每一个人，又总有要聊几句的，完全不是我们在大城市的地铁和商场里习以为常的气氛。

清山把他的汽车开出了乡间的抬轿、拖拉机和马车的效果，这可能是一个曾经离开家乡的年轻人重新获得的只有家乡才能给他的抚慰。

3. 学校

远远看见竖写着的"中国梦"三个大字在墙壁上，那就是清山的学校，它的周围被快要成熟的玉米田包围着。十几座建筑错落重叠分布在山坡上，高处有国旗和校旗，有在建的校舍，低处有假山喷泉小桥溪水，有心理辅导室，有警务室，有留守儿童之家。

墙壁上写着：办学目标，让孩子走出大山。

这所乡小的前身是1922年的一座私塾，1957年建成小学，现在有学生1053人，包括戴帽初中，是有学生寄宿的学校。

清山大学毕业回来时，他的母校和我现在看见的差不多，都是新建的校舍，他读书时候的老瓦房不见了，对于他，家乡变化最大的就是学校。从高处的宿舍下去教学区，一路上他指给我看桂花树，哦，正开花，香气浓重，是金桂。

见过不少乡村小学，这所学校规模最大。一下课，大操场满是学生，教学楼的楼道被踩得打滑发亮，是多少人多大的脚力磨出来的，莫名其妙地想到"铁杵磨成针"。

每天在固定的时间，校园里的喷泉自动喷出水柱，不过，没见人去欣赏，好像学生们对喷泉的存在习以为常。原本和清山约定去参加他班上的班会，可忽然大喇叭通知学生们到操场上练队形，班会只能取消。其实也没看见练什么，一直有人用方言训话，反反复复的两个老师轮番说，完全听不懂。学生们好像也没有认真听，队伍后面有些小男生嬉笑推搡打闹，个子真矮。

这个学校的喇叭非常非常响，像被那响声给电着了一样，震动，它用这个表达着它的权威。

感觉学校管理挺严格，在老师宿舍窗口，偶然看见两个小男生猫着腰偷偷往山坡上跑，手里捧着泡了热水的方便面，在后坡上找个偏僻角落，他们坐下吃面，一抬头，发现我们几个正在五楼看他们呢，看来那碗面是只能偷偷享用的天下第一美食。

上课的时候异常安静，校外的路上半天没有行人，校门口没有吸引学生的各种小食摊。空旷的操场和周围的玉米田里飘荡着读课文的童声，渐进的激昂，加速度再加速度，读得越来越快，气喘吁吁跌跌撞撞，快上不来气了。

问清山这所学校的特点是什么，他说不挑拣，什么学生都收，这也许就是古人说的有教无类吧。

跟清山去看一个"不可替代的学校"，他就是这么介绍黑塘小学的。

高底盘的车才能走的颠簸的山路，周围都是绿的，烟叶和玉米簇拥着这所学校，它曾计划撤校，但家长们反对。住得最远的学生，上学要走山路四十分钟到一小时，每天走一个来回。

学校有六个班，分别是学前班、一、二、三、四、六年级（一个年级一个班，五年级因学生太少合并到了外校），一共 182 个学生，超过一半是彝族和苗族，学前班里最小的只有三岁多，因为家里没人照看，直接送学校了。和清山的学校比，它是典型的村小，自然质朴，规模小多了。

一间教室里两个不同年级的学生上课的"复式班"现在在这个乡里也还存在，只是我这次没机会去看。

黑塘小学的学生，上课都在两层楼的新校舍，对面的老校舍1992年造的，已经宣布为危房，企业援助盖了新校舍，但教师办公住宿、厨房和图书馆都还在危房里，露天的长走廊连接着几间教师宿舍、办公室和教师食堂，风格不太一样的是教师办公室，城里捐来了办公椅、办公桌，女校长形容只有这儿是"豪华"陈设。上了楼的第一个房间就是女校长的家，房中间有个婴儿学步车。校长的孩子很小，有时候她得背着孩子去上课。

细看新校舍里的教室相当于裸室，除了桌椅和挂在前面的黑板，其他什么都没有，学前班的墙上多了一张画，显得突兀。真正栩栩如生的只有孩子们不太干净的脸，正是课间休息，没有遇见老师，矮小的孩子们眼珠骨碌碌转，见到陌生人，赶紧躲避，都紧张都不笑，那么小那么忧心忡忡，只有恢复了熟悉的人熟悉的环境，他们才会自如快乐吧。

学校厨房里有两个阿姨在洗白米，一个在切瓜，这就是国家免费午餐计划，每个人每顿国家拿出3块钱，使孩子们能吃上有肉的三菜一汤的午餐，这个计划在国家级贫困县实施，按照2012年的统计，全国有2600万学生受惠，清山的学校也在内。厨房外操场边，几张长桌排开，是中午给学生分发饭菜的地方。校长说美中不足是下雨天不方便，有人淋雨有人打伞来领饭菜，找各种避雨的角落去吃,学校没有多余的房子做饭堂。

就是这座处处能看见社会资助的小学,两层新楼正中的校名,企业的名称写在"黑塘"两字前面。2016年,一个曾经在这儿读小学的女生考上了清华大学,无论是校长说起这事,还是我们听到这事,都像神话传说一样。

4. 去清山父母家

"2011年上课记"里写到过我们的诗歌课上读了云南诗人雷平阳的长诗《祭父帖》的片段,下课后清山发来短信说他流眼泪了,想到了自己的父亲。

我问过他父亲的年龄,他脸色有点黯然地说:1952年的。

我说还很年轻呢。

他说:显老,头发都花白了……

相隔一星期,收到他的邮件,写到小时候去上学:

……上学的孩子真苦,比我离学校更远的孩子基本上都是在凌晨五点就从家里出发,不管是春夏还是秋冬。冬天最艰难,得早早离开温暖的被子,穿上厚厚的衣物,带上午餐出发。没有手电,我们把干燥的竹节敲碎，草草弄一下就是一根火把，然后就像一个个英勇的武士向前线开拔了，于是狭长而蜿蜒的山道上都是我们这些武士，也是这些武士撑起整个农村的希望。

辛苦又寒冷的上学路，被写出了一点英雄气概。

清山开车走的正是这条狭长蜿蜒、有无数武士影子的重叠的山路。他家里刚盖好的新房正在装修，我们先去镇上买了一些瓷砖才上山。

他父母在泥屋前剥玉米，阳光照着沉实的棒子和白亮的玉米皮，屋前晾晒着贵州红辣椒。旁边新起的两层楼就是他们的新家了，参观新屋，来到清山未来书房的大落地窗窗口看见远山，他说，这房子全是他自己设计的。

新屋后有过去熏烟叶的屋子，养了七头猪，一个超大的塑料白桶，里面盛玉米粉，旁边是粉碎玉米的小电磨。七头猪一天吃 30 斤玉米粉，一头猪养到 300 斤，大约卖得出 2000 元。我们说话的时候，一只小猪靠在铁栅栏上磨它的长嘴巴。

清山早早移过来了两棵树，都栽好了，银杏桂花各一棵，另外，还有原来的李子树、柿子树和核桃树，围绕着这个在旧房基上新起的新居。他父亲说，贴好瓷片就装灯，看样子，到春节一家人就能踏踏实实住上。

他的姐姐们都嫁出去了，父母身边只有这个儿子，中国的传统观念把他们联系得超出一般想象的紧密，而且，好像经过一次无意识的自然移交，儿子已经成为一家之主，比如起房子这样的大事是他说了算的。如果毕业后清山留在城市，在这么偏远的地方，两个老人很难起一栋新房子。回乡的决定常常不只取决于一个人。

5. 老师们

当年教过清山的老师，现在还留在学校的只剩三个，其余的都不在了，学校50多位老师以年轻老师为主，而且都是有学历的。选择回乡教书或到乡下教村小并不需要高大上的理由，但是一定有非常具体的根据，拿现在的乡村学校和整个乡村的萧条比，学校代表了相对平稳有保障和受尊重。

清山回忆过他读书时一个老师激励学生的话："好好整。"现在的年轻人不一样，他们把新的理念带到了乡下。学生也很关心外面的世界，他们问清山在哪儿上大学，清山说：在海南。学生会问：海南是不是很热，水果是不是很便宜。

学生们还说清山不骂人，而老教师还会像家长一样吼学生。

清山请我和他的同事们一起吃饭，有他做班主任这个班级的语文老师、外语老师、历史老师，也有另外几个他的年轻同事。没有酒，也没有多余的客套，大家坐下开吃，吃完就各自回家。其中有从云南和河南来的两个男教师，他们不是回乡也不是支教，大学毕业就来乡下做乡村教师了。

挨着我坐的是语文老师，进门时，她身前捆着一个白净净玻璃一样透明的小女孩，后来，女老师们帮她卸下孩子，她给刚八个月大的女孩喂白米饭和鸡蛋，她说她喜欢清山这个班，喜欢这个班的孩子。

而外语老师说清山：幽默，爱开玩笑，不批评同学。

她说，她也想幽默，但是，这样老师同学都会觉得她不厉害。

平时，他们并不是手机不离手，到处都没有 wifi 信号。

更偏远的学校缺老师，清山的一个同事每周去那边教体育、音乐、美术和英语，所有这些课，都是他一个人上，一个 90 后，和城市街头青年没两样，耳朵上夹一根雪白的烟卷。这位老师也有自己的车，但是底盘太低，走不了山路，得向清山借摩托骑。

6. 清山的努力

清山刚工作时教五年级，然后教六年级，第三年继续教六年级，现在教七年级，就是戴帽的初一。他是文学院毕业，回乡教的是数学兼做班主任。

九月初，正是新学期，新生刚入学，有的从邻县来，有的从更远的地方来，刚住校，是最想家的时候，老师就得格外多用心。

每个老师都有分配到人头的留守学生，每人负责五个，用清山的话说，又当爹又当妈。平时学生家里用电用火安全要管，代取学生家长的快递，有家长直接把生活费交给老师，由老师按月发给学生。有一天中午，学校通知所有老师在午休时间开会，后来听说会议内容是关于留守儿童。

清山说，现在只要想读书，乡下的孩子就不会因为贫困辍学。

可靠读书走出去实在不轻松。

清山宿舍里有张办公桌，是淘汰下来的学生课桌，桌面被钻了四个贯穿的洞，得一点点用利器挖，日积月累才能获得那么大的洞，可能不是一个学生的功劳，得靠几代人前赴后继。

在清山宿舍吃晚餐，两个女生帮厨，然后一起吃饭，她们从没跟陌生人一起吃过饭吧，一个女孩始终不敢抬头，不敢夹菜，只盯着抱在怀里的饭碗，这个学期她刚转来，又住校，很想家。另一个是清山堂姐的女儿，曾经考过全乡第一名。清山说，在本校她已经很优秀，但是和城里的孩子比，"城里的站在那里就很自信，她还不行"。小姑娘眨眼听着，笑嘻嘻，好像不是在说她。

清山让她俩用普通话打个招呼，这实在太为难，说不出口，好像那是和她们完全分离的语言。

宿舍的墙上有一幅学生画的字画，写着"中秋快乐"和两个大字：感谢。笔迹天真可爱，是一个成绩很好的叫王瑶的苗族学生送的，其中有这么一句：你是一个好老师……听说这个学生想外出打工，清山劝她留下读书，她答应了，赵清山对她说：你不读书，我一下子就看见你的未来了。可后来她还是没再来上学，现在清山还在找她的父亲，想问到她的电话，想她还能回到学校。

说到"一下子就看见你的未来了"，有点悲壮，只有面对面听到清山这么说，才能确切真实地感受到那种悲壮。

原定的班会拖后了两天。

教室门口挂着清山的照片和穿整齐校服的全班学生的合影，他和他的学生们被一本正经地高高摆在墙上，其实他们挺活泼，短短几天，不止一次听学生说，清山就是他们遇到的最好的老师，我最喜欢听这话了。

这个学期教室装了多媒体设备，只是清山还没拿到开机的钥匙，他已经在计划给他们看点什么了。

上课了，清山开始讲话，我坐在教室后排，前面一个男生的校服背后白色部分有手写的字"友谊"和几块圆珠笔的涂鸦。

班会很轻松，我们想到哪儿说到哪儿。

问这些初一学生，读过课外书吗，超过一半举手，另外那少半没读过任何课外书，后来在一份小答卷中被证明了。

谁家有书超过 10 本？

举手的也有一半。

家里有 100 本书吗？

三个人举手。

都是什么书？

其中一个说：养生。

整个班会，学生们听得格外用心，好像懂了，懂得挺深，又好像都没懂。

到了问问题的环节，个个又好奇又认真，只是还没适应主动发问和发现问题。一个女孩起来问：你来这么远，就是为了上今天这堂课吗？

来这么远究竟想做什么和能做什么，在动了去毕节这念头的前后，都没有细想过，但是如果这次不去毕节，我会越来越想知道清山和像清山一样的年轻人究竟为什么会回乡做教师，我的学生一般都知道我总是希望他们走得越远越好。现在，我开始理解清山了。

在别人理解的穷乡僻壤，清山做的都是日常小事，没任何惊天动地的，但是真实和实际，顺应他的个人需求，也顺应他的妻子、父母、同事、学生和乡邻，哪怕他将来选择做其他事情，离开家乡去另外的地方，也是同样的道理，一个读过一些书见过一些世面的年轻人，他的言行举止没有背离他逐渐坚定起来的内心，他能在自己的选择里看见可期待的未来，就是好的，合情理的。

2017 年 10 月 31 日

补后记：

毕节回来后一星期，在闽南师范大学 2017 年新生座谈会上，遇见一个从毕节威宁县刚考上来的男生，很普通但很礼貌。随后的

10月，在广州方所书店关于《上课记》的交流会上，意外见到我的一个学生，过去三年，他分别去过三个大洲教汉语，还有一个为追求自己的教育理念从家乡学校到东莞做老师的年轻人。

从他们那儿再次感到一个人的身体力行可能焕发出多少意想不到，而一丝一毫的付出都可能被感知被效仿被扩展，尽管一个人的力量极渺小。

得感谢从 2005 年到 2012 年那些零星的碎片，学生的笔记和邮件，胡乱标在各种地方的记录，使《上课记》和《上课记 2》保留住了那些原始的语言感觉和状态，连我这个收集者现在再看都会重新发觉生动和真切。

2017 年 11 月 8 日